青味文丛

青味文丛编委会 //

主　　编：梁永周

副主编：许新栋　李振凤

编　　委：（按姓氏笔画排序）

　　　　　王建忠　王梅梅

　　　　　刘存玲　刘　莲

　　　　　许新栋　李振凤

　　　　　李永福　陈旭东

　　　　　周庆吉　梁永周

岁月有痕

阿 莲 / 著

中国文史出版社
CHINA CULTURAL AND HISTORICAL PRESS

图书在版编目（CIP）数据

岁月有痕 / 刘莲著 . -- 北京：中国文史出版社，2022.10

（青味文丛 / 梁永周主编）

ISBN 978-7-5205-3643-1

Ⅰ . ①岁… Ⅱ . ①刘… Ⅲ . ①散文集－中国－当代 Ⅳ . ① I267

中国版本图书馆 CIP 数据核字（2022）第 156282 号

责任编辑：方云虎

出版发行：中国文史出版社

社　　址：北京市海淀区西八里庄路 69 号院　邮编：100142

电　　话：010-81136606　81136602　81136603（发行部）

传　　真：010-81136655

印　　装：临沂市昱昇印刷有限公司

经　　销：全国新华书店

开　　本：32 开

印　　张：10.5

字　　数：153 千字

版　　次：2022 年 10 月北京第 1 版

印　　次：2022 年 10 月第 1 次印刷

定　　价：396.00 元（全 8 册）

用心感受生活的温度（序）

□ 张　岚

　　2021 年的世界读书日，于我也算是丰富多彩了。无论是这样那样的活动，还是走进学校进行公益讲座，都充满了意义。读书日决定为阿莲的《岁月有痕》写个简短的序，为年轻的读写者说上几句话，也算读书日另一件有意义的事吧。

　　看到《岁月有痕》书名的瞬间，就生发出一份亲切感来。前几年，我也出版过关于岁月的三部曲，在社会上也产生过一定的影响力。时间走过，回声嘹亮。看来，岁月留给每个人的，或多或少都有不少的故事或感悟。每个人都是生活、时代最忠实的见证者、记录者，尤其热爱文学的人。冰心说，"能表现自己的文学，是创造的，个性的，自然的，是未经人道的，是充满了特别的感情和趣味的，是心灵里的笑语和泪珠"。是的，写作的过程是记录的过程，更是发现和思考的过程。如果说写作者的笔触流淌着炽热而真切的深情，一定是感受到斑斓多彩、气象万千生活的真实震撼。《岁月有痕》文集共分"恩重如山""似水流年""劝世微言""柴米夫妻""岁月有痕"五个部分。仅从标题，便可看出整部文集的情感取向。

《岁月有痕》，是生活忠实的记录者。法国的蒙田说："灵魂如果没有确定的目标，它就会丧失自己。"文学可养身，亦可养心。因此，我们处在一个全民写作的时代，朋友圈可以写作，微博可以写作，微信可以写作，私人邮箱可以写作，抖音可以写作，甚至弹幕也是写作的场地。分屏的世界，不停交叉的信息，碎片化的阅读和海量的写作中，每个人都是高度参与的。生活经历是文学创作的生机之源。打开文集，无论是写父母、爱人、子女，还是写对孩子的教育，阿莲无一不是从最熟悉的生活和最熟悉的人物、事件出发。这样的出发，是真实的。如开篇的《妈妈的好时代》，之后的文字里，妈妈的手，妈妈做的窝头，妈妈做的棉袄等等，是珍贵岁月的回忆，更是旧日岁月温暖的记录；之后《我的父亲》，虽然关于父亲的只有这一篇，但文中的父亲，如同沂蒙山甚至世间所有的父亲一样，大半生都在为家庭为子女奉献，作为家里的中流砥柱，将子女培养成人。文集中还有描写姥姥、婆婆、舅舅、姨妈、姑妈等亲人，这些作品，无不记录岁月里给予生命温暖的照拂、爱与感动。有人说，写作也是阅读，或者说，是最好的阅读。因此，这样的写作和这样的阅读，有浓重的生活烟火气，有平凡生活的喜怒哀乐，有丰富真实的生活细节，使读者产生出浓浓的"在场"之感，这种高度的参与便容易产生共情，让生活的温度在字里行间、在读者的心头涌动和感动着。

《岁月有痕》，是大时代里的小故事。人生总是一个又一个遇见。我们正处在人类历史上百年未遇的时代，站在两个一百年的交汇点上，站在信息化的时代洪流面前，我们有更多的出行、更多的活动、更大的场面，于是，每个人的遇见是多元的、多面的、庞大的，也是更是快捷的。亲人、朋友、同事，甚至一面之缘的陌生人。许多的遇见是美好的，难忘的。如阿莲与爱人柴米夫妻的遇见，这样的遇见与千千万万平凡夫妻的遇见一样，没有豪宅名车，有的只是平淡夫妻间的烟火生活，以及互相照顾，互相成就的相伴。但正是这种最平淡的遇见，却让我们感受到了一种幸福和美好，这种幸福和美好就在于日复一日的互相信任，就在于不离不弃的共同拼搏中。在纷纭的世界里，他们的感情不仅没因时间流逝而淡漠，反而历久弥坚，越发恩爱。《结婚20年，感受婚姻的美好》《人海茫茫，你是全部》《我们的二人世界》等篇章，都是幸福地流淌。而与女儿的遇见，则是另一种美好：这个谷雨出生的孩子，乖巧伶俐，求学上进，又因为母亲的熏陶，父亲的宠爱，而也加入了文学大家庭，虽然高考折戟，却依旧努力上进，成为大学里品学兼优的学生。每当生日，阿莲就会为女儿写文写诗，倾诉无限祝福。孩子的豆蔻年华，及笄之年，到十六岁花季；从幼年的学习辅导，到中考高考；从孩子的成长到青春期的"麻烦"，乃至高考失利后的鼓励，调整；以至于疫情期间超长的相处，无不记录并倾注满腔爱意。枝枝叶叶总关情。虽然，阿莲都是从最简单、最平凡的生活琐事中起笔，但正是这些平淡的、看似"无关宏旨"的人或事能够得以记录，便从细微处折射出我们这个时代所大力倡导的光谱，这点静水深流，正是我们的生活和社会所希冀的。

似水流年，云淡风轻。每一个人，都是时代飞速发展和祖国日新月异所取得的巨大成就的见证者；仰望天空之下，我们在经历着"新冠"的肆虐的同时，也照见着自然生态改变带来的忧伤。阿莲的文字里，很少有对苦难的描写，更缺少对大事件的记录，字里行间跳跃着的，几乎都是生活的风轻云淡。但细细看来，异乡漂泊者在陌生城市扎根生活所遇到的困难、困惑，在她的文字里也时有所见。可是这些，都被文字轻轻巧巧代入，又带出，让人回味后，才体会出个中滋味，令人生出些许感叹。这些，在她的《凤仙花》中，足以表达苦难过后的坚韧和不屈。她把自己融入第二故乡，深谙城市的历史和人文，即使雨中漫步，淋落狼狈，但也能有所思考，《暮雨漫步洗砚池街》中，将洗砚池街上的烟火气息，以及文化底蕴，乃至古今历史都融入笔下。她热爱并认真观察生活，不管是公交车上的小事，还是采风采访大事大人物，都能冷静思考，中肯下笔，将生活中点点滴滴，记录成文，将别人眼里的小事，小人物，挖掘出平凡人的光辉。《公交车记事》《平凡的光辉》《工作服的等级》《宽容的温暖》等，都是这样让人心生温暖的文章。在家庭生活中，她积极向上，善待家人，在平凡的生活中，活出一个快乐的自己，带动一个浪漫温馨的家庭。

有人说，文学即人学。法国思想家蒙田说："世界上最伟大的事，是一个人懂得如何做自己的主人。"写作就是自己驾驭着自己，自己主宰着自己。阿莲笔下的生活，恰是她自己生活的写照。我与阿莲并不熟悉，只在几次文学活动中见过她，每次都见她忙前忙后地拍照，脸上总是挂着淡淡的笑意，人也是恬淡安静的样子。后来了解到，阿莲不但热爱文学，更热爱公益。工作之余一直坚持为青藤文学网站做公益编辑。当问及她写作的初衷时，电话里的她笑笑说，"我写作的最初，是少年时期懵懂的作家梦。后来工作了，才发现当作家不是那么简单，于是安心本职工作同时，写点文字记录一下生活中的所思所想。我喜欢记录温暖和美好，尽自己的能力，让大家在浮躁的社会里，多发现身边真善美的瞬间，就像做新闻一样，我不喜欢发负面新闻，总是选择正能量的编发，为临沂建设宣传"。是的，写作是一件温暖而美好的事情，它可以时常让一个人静下来叩问自己的心田，去往何方？走向何处？许多人生的迷惘和生活的迷乱往往会在写作中日渐清晰，了然于胸。听了阿莲的话后，不由想起中国女性的写作特点来。中国女性的写作用其独特性构成了书写女性或者书写人性生命故事的重要组成部分，一百多年来，女性的美在不断发生变化，我们对女性文学的评判标准也在发生变化。真正的女性写作是丰富的、丰饶的，她们用细腻的笔触联结着人与现实，联结着人与自然。临沂是文学大市，女性写作也占了不小的比重。因此，阿莲的写作，更多地体现出了女性温暖和美好的特质和特色。说岁月无痕，然而阿莲的文集里，无一不是岁月的痕迹。都说时光柔软，它却坚强地见证着我们经历的过往岁月。岁月的痕迹中，有亲情，有爱情，有对父母长辈的感恩，有对子女的爱护，有夫妻间的平淡相守，有对社会的感受感想，有自己总结的育儿经验……在阿莲的文中，没有华丽的辞藻，却看到许多美好的情感和希望，感受浓浓的生活气息。

中国作协主席铁凝说，"因文学未见，而求索、突破、寻找新的表达——或许是每一位真诚的写作者周而复始的期待和使命"。每一位写作者，都在用自己的方式表达着自己的思想和对生活的态度。阿莲则表示"家人的爱，是一生的财富，这些爱和财富，是人一生的护佑。然而事实上，许多人表达爱和接受爱的能力有限，造成许多心理压力，许多悲欢离合。"她说，"畅顺的沟通，完整的爱的表达，是父母子女之间、师生之间、姐妹兄弟之间最重要的，也是减少社交事故和障碍的力量源泉。"于是，便有了《夜半摩托》溺爱的事故与悔恨，有了《面对孩子，请慎用小偷二字》校园教育中让人警醒的案例，有了《孩子，如果你是玉玉你会怎么做？》呼吁大家加强对孩子心理建设的重视，有了《孩子，给你个手机当玩具》用鲜活的事例对家长们的警醒，有了《孩子，你要有喂饱自己的能力》倡导大家对孩子自理能力加强培养……还有关于职场，社会非正常情感的抨击与记录。

"文学的所见和未见"——近日中法作家之间展开的这场对话碰撞出了许多思想的火花。关于这个文学的命题或话题，我尤为喜欢。"这个世界所发生的一切都是创作的营养，而所有的一切都无法限制心灵的自由和想象力的高度。"每个人都有自己的写作方向和对生活不同的感悟。阿莲说，我的写作是为了回味生活，淘洗时光，捡拾和打磨那些有意味的岁月印痕和生活碎片。是的，在阿莲所见与未见的文学写作中，她一直坚持着记录生活，传递温暖，展示着生活中的美和感动，这是令我感动和赞许的。

铅字静止无言，时间奔腾不息。我们有幸目睹和记录这个恢宏壮美的时代，正在逼近实现中华民族伟大复兴的中国梦。生活是历史的草稿，每一个作家或文学爱好者，都应该在这草稿上留下自己的笔墨，更希望每一位写作者，如同铁凝主席所说的，以文学所见，展现一个民族最深沉的呼吸，承载和传达一个时代最本质的情绪、最生动的气象。也期待阿莲能写出更多厚重的作品，回应我们的生活和这个伟大的时代。

2021 年 4 月 23 日

（张岚，中国作家协会会员，中国散文学会会员，山东作协全委会委员，临沂市作家协会主席。）

目 录

第二辑　似水流年

第三辑　劝世微言

第四辑　柴米夫妻

第五辑　岁月有痕

第一辑

妈妈的好时代

一

二十世纪五十年代初，妈妈出生在美丽的微山湖畔。

妈妈最喜欢在湖边玩耍。夏天，湖里荷花红艳映日，折一片荷叶，遮住骄阳，采一朵荷花，映红脸庞。初秋，芦花飞舞，芦苇荡漾……湖水里有很多好吃的，荸荠、菱角甜甜脆脆，四个鼻孔的大鲤鱼炖出来特别香。

妈妈最喜欢芦苇在水中亭亭玉立的样子，风吹过来，它温柔摇动，水流过去，它静听水声。

然而生活是艰苦而残酷的。大多数时候，妈妈去湖边不是去玩耍，而是要割芦苇，编席子。

那时候农村还是生产队，光靠下地干活挣工分，远远不够一家人的吃喝，妈妈就和姐妹们一起，给队里编苇席，那样可以得到更多的工分，多分些粮食。

妈妈首先要选择粗细均匀、色泽好、苇质柔韧一致的芦苇，然后再破篾片，就是将一整根芦苇劈开成粗细均匀的篾片，这样编织出的苇席才能平整、不凹席心、不翘角。破篾后，还要把篾片浸水一夜，然后开始碾压，把经过充分浸泡的苇篾批，铺在硬而平整的碡场上，用石头碡来回地压，其中要翻两次，直到把苇篾压得像皮子一样，然后就是编制苇席。

这些活计，妈妈在姐妹们中，是做得最好的一个。现在妈妈年逾古稀，还能用废弃的打包带，给我们编制小框子小提篮，所有见到的人都问，在哪儿买的，这么漂亮啊！

编好苇席，还要到十公里之外的公社收购站去送。那时候没有拖拉机和汽车，最好的运输工具是地排车。很多时候，妈妈拉着湿漉漉的一大车苇席要走大半夜的路，才能在凌晨到达收购站，尽早排队通过验收，交上苇席，然后再拉着地排车赶回家。

闲暇时候，妈妈还要烤烟叶、榨香油、织围脖、参加河道工程。生产队里的活，一样也不能落下。为了挣工分，没白没黑地干。

从七八岁能开始干活，到出嫁之前，小小的姑娘，就这样在各种辛劳中度过。尽管妈妈和家人是这样的努力，姥姥家的日子也并没有好多少，吃不上饭的时候多的是。

吃饱饭，过好日子，成了妈妈当年唯一的追求。

从五十年代初到七十年代初，是妈妈的成长过程。那时候，新中国成立不久，国力薄弱，加上各种天灾人祸，大多数人家都跟姥姥家的水平一样，都过着缺吃少穿的日子，同样也都跟妈妈一样，盼望着过好日子。

二

七十年代初，妈妈二十三岁，嫁给了爸爸。婆家的情况还不如在娘家，仍然要面对缺吃少穿的现实。我爸爸只上了三年级，在参军之前，一直帮家里干活挣工分养家糊口。两个姑姑跟妈妈一样，一天学都没捞着上，家里只有二叔和三叔上学。这固然有重男轻女的元素在里面，可最重要的原因，依旧是生活的艰难。

我们家离湖边很远，不用编席，妈妈过门后，爸爸在部队服役，她就和姑姑们一起在生产队劳动。

当年奶奶控制粮食很严格，所有的吃食，都锁在一个柜子里，钥匙从不离身。妈妈在家里吃不饱，在地里干着活很快就饿了，自己就找各种方法弄一口吃的，野菜、野果，总之能入口的，都成为妈妈的腹中之物。

人饿极了，就会做出不理智的事情。那时候队里很多人，会趁晚上去生产队地里偷一些地瓜什么的，拿回家吃。妈妈却从不去。妈妈说她害怕，一旦被人认出来，多丢人啊！要是传到娘家，传到爸爸部队上，就没脸活着了。

即使嫁为人妇，妈妈还是没能实现"吃饱饭"的愿望。

三

我出生的时候，已经是七十年代末。那时候，爸爸已经从部队复员回来了。

更令人欣喜的是，八十年代初，我国历史上第一个关于农村工作的一号文件正式出台，明确指出包产到户、包干到户都是社会主义集体经济的生产责任制。家庭联产承包责任制实施，农村开始分地了。

然而在分地的同时，奶奶就勒令妈妈和爸爸带着幼小的我，分家单过。

妈妈说当时奶奶给了一笸子杂粮，就分了家。分给我家的三间房子，连院墙和大门都没有。妈妈在新家做第一顿饭时，发现没有菜板也没有桌子，着急忙慌地，把门口不知道谁扔在那里的树墩子，洗洗刷刷后当成了菜板。于是这个"菜板"就成了我们家的一员，陪伴了我们好几年。妈妈平时用它切菜，过年的时候，它就变成了面板，我们在上面和面包饺子。这个放在现在根本不能想象的场景，却真真实实地存在过。

我的妹妹们，在这样艰苦的日子里，相继出生了。

生活的艰难，并没有难倒妈妈，只是她更加忙了。

爸爸复员回家后，在大队里当书记。农村刚刚分地，各种工作需要处理，家里的事情，爸爸很少管，妈妈一力承担了家里和地里的所有活计，闲暇时候，妈妈学会了理发和裁剪，免费给周围邻居理发、裁剪衣服。这些原本要去花钱做的事情，妈妈都帮他们节约下来了。尽管是几毛钱的事情，放在当时已经算不小的花费了。

妈妈说，别看理发和裁剪的钱不多，要是买粮食青菜吃，也买不少呢，能帮你婶子大娘省一点，他们也能给孩子多买点好吃的。

因为妈妈的热心和善良，邻居们只要有时间，就会自然而然地聚集在我们家门口拉呱说话，妈妈有时候也参与进来。不过，妈妈和她们一起拉呱的时候，手里总是拿着活计，或者是玉米脱粒，或者是缝衣服纳鞋底，或者直接搬菜板过来，给小动物们切菜拌食。婶子大娘们，一边拉呱一边帮妈妈的忙，不知不觉中，家务活就做完了。

妈妈做饭从不嫌麻烦。别人家的饭，永远是煎饼或者馍馍。妈妈却会在煎饼糊子里加上豆子或者花生米、芝麻盐等，让普通的煎饼变得很香很好吃。妈妈还在槐花开、榆钱结的时候，做槐花和榆钱的窝窝、花饼什么的调剂我们姐妹几个挑剔的口味。

分地以后，妈妈的愿望已经实现了一半：吃饱了。但是妈妈努力让我们吃好。

在我印象里，妈妈好像一直在干活。我们睡觉的时候，妈妈在收拾家务；我们醒来时，妈妈已经下地干活了。

我总是劝妈妈休息会儿，陪我玩会儿。妈妈说她没有时间，家里地里这么多活，哪能休息啊！于是小小的我，也跟着妈妈一起干活了。

给麦田除草的时候，妈妈对我说，等明年一入夏，麦子就熟了，打下麦来，咱们天天吃白馍头；种花生的时候，妈妈说，明年秋天，给你炒花生米吃个够！

繁重的劳动非但没有让妈妈感到劳累沮丧，反而让妈妈的心情越来越好，汗珠在妈妈额头晶晶闪亮的时候，妈妈的眼睛里，也是亮晶晶的。

我想，当时妈妈的心中，一定有着美好的期望，才会在繁重的农活里，还挂着微笑。

分地后的第二年，妈妈"吃好饭"的愿望也实现了。我们家种了七八亩地的麦子，麦收后，就种上玉米和花生，菜园里妈妈种了各种蔬菜，家里养了猪、鸡鸭鹅、羊……我们家的饭不仅能吃饱吃好，而且还吃得丰富多彩。

四

妈妈的"自学"之路，也是随着"吃饱饭"开始的。吃不饱饭的时候，哪有那闲工夫啊，白天干活，晚上得早早睡觉，保存体力明天好接着干活。

妈妈是用我们的旧课本，开始识字的。

妈妈说，她对姥姥唯一的"怨恨"，就是姥姥没让她上学。妈妈说：不识字，就等于是"睁眼瞎"啊！她不想当一辈子"睁眼瞎"。从我开始上学，她就跟着我学，跟着我没学会的，等妹妹上学，她接着学……

就这样，妈妈自学到了能阅读《故事会》《读者》《知音》等杂志的程度，我们的小学语文课本甚至初中的语文课本，都让妈妈放在床头上，晚上睡觉前，她会看一会儿。

妈妈看书可不光为了消遣，更重要的是用在生活和农活上。吃什么补钙、吃什么有助于长高、孩子上火了吃什么……都是她关心的，她会经常搜集这方面的资料，给我们姐妹补充营养，让我们健康成长。

妈妈看的书里，还有很多农业类杂志书籍，还有她做的剪报集本。妈妈说，你别看咱们这里世世代代都会种地，可是种地也有很多学问，这就是为什么有的人家地里收成好，有的收成不好的原因。妈妈很努力地学着这些知识，改善着我们家地的收成，丰富着我们家的菜园。

妈妈还说，看书能看到外面的世界，也能看到很久以前的事情。虽然她成天不是家里就是地里，哪里都没去过，但是，她想知道自己村庄之外，自己没去过的地方，都是有什么，发生着什么事。

对于自己没上过学的事情，妈妈终身遗憾。即使她后来认识了字，能看很多书，也始终是心头的一点痛。

于是她把所有的希望，都寄托在我们姐妹身上。当时农村里很多家庭是不让女孩上学的，即便有的家庭让上学，最多也就上个初小，"认识自己名字就行！"这是村里老人经常说的话。

妈妈却不这么认为。她让我们好好读书，即使别人都觉得闺女是"赔钱货"，读书更是浪费钱，她不为所动，始终坚定自己的看法。自从我们上了学，她就不会在我们写完作业之前，让我们干家务或者农活。即使在时间紧张的麦季和秋收季节，也坚持让我们写完作业再干别的。一切以学习为重，是妈妈的宗旨。

她和爸爸曾经不止一次地说过：你们考到哪，我们就供你们到哪。砸锅卖铁也供！

这句"砸锅卖铁"，一点都不夸张。一个农村家庭，要是供养三个学生，就是放在现在，也是不容易的。何况是在当时没有义务教育的情况下，绝对更是一件异常艰难的事。学生的费用会让家庭陷入很困难的境地，让一家人的生活水平直线下降，所以，很多家庭选择只供男孩上学，让女孩在家里干活供养哥哥或者弟弟。

妈妈和爸爸执拗地坚持着供我们上学，要是实在没钱了就借钱，我的姑姑、叔叔、姨姨、舅舅家，都曾经对我们伸出过援手，我们家长期负债，通常是还了旧债，又得借新债。妈妈曾经好几年不买一件新衣服，我们上学住校时，妈妈和爸爸吃饭就是煎饼咸菜凑合着。只有周末我们回家，妈妈才会炒菜做汤，做一些好吃的。

妈妈的付出，最终得到了丰厚的回报：我们姐妹都上了大学，小妹还考了博士，成了教授。这让村里原来说闲话的甚至质疑的人，全都羡慕了。

五

沧桑巨变四十年。

二十一世纪的今天，吃饱饭，吃好饭，早已不是问题。物质极大丰富、商品琳琅满目，害得大家都犯了"选择困难症"，不管是选择食品，还是衣物，甚至于汽车和房子，都面临着"买哪个好？吃什么好？"的困难。

妈妈之前运送苇席的地排车，现在早就不知道哪里去了，舅舅们家里都有小货车、面包车，不管要去送什么，都非常便利。大舅舅和小舅舅从小平爷爷说"经济搞活"开始，就分别开始行动了。大舅种了很大一片大棚蔬菜，小舅开了一个饭店，生活过得风生水起。

我的爸爸也成立了建筑队，开始承包一些小的建筑工程。农闲时，带着村里的乡亲们到处盖房子。我们村的房子，附近村人们的房子，都在爸爸建筑队的手中，换了新的模样。我们家的经济情况，以及跟着爸爸干活的叔叔们家庭用度，都有了很大的改善。

分家时那三间房子，早就变成了两层楼房。那个曾经陪伴我们好几年，用来切菜做饭甚至擀皮包饺子的树墩子，妈妈没舍得扔，它静静地待在新房子的一隅，见证着我们家的变化，与我们一起，享受着盛世繁华。

我们姐妹已经长大，并成家立业。前些日子，爸爸对小楼进行了翻新重建，干净整洁的农家小院里，妈妈种了樱桃树、葡萄树、枣树，还有很多很多花，其中不乏专门去花木市场购买的新品种。

家里沙发电视等家庭用品自不必说，冰箱、电磁炉、电饼铛以及电压力锅等现代化厨房设备，妈妈也都用上了。而通信设备，从原来的座机，早就换成了手机，家里现在还通了网络，我们姐妹时常会给妈妈视频，让她在想念我们的时候，就能见到。

六

而今，年逾古稀的妈妈，仍旧喜欢探知外面的世界。只是现在，她不用单单通过书籍来了解了。她喜欢看电视，尤其是央视所有频道，只要关于远方，关于世界的，她都喜欢看。

她还学习使用智能手机，通过网络与世界近距离接触，她熟练使用智能手机的样子，让村里人啧啧称奇，赞叹妈妈的学习能力。

我们会带妈妈去旅游，让她亲自实地去看外面的世界。尽管身体不好，但她还是在我们的搀扶下，登上了梦寐以求的泰山，还游玩了许多好玩的地方。她喜欢亭台楼阁的美，也喜欢百花盛开的艳丽，她喜欢山中空气的清新，也喜欢大城市的繁华与富足。

她最喜欢的，还是她幼年玩耍的微山湖，那碧叶连天，红荷如海的微山湖。美丽的微山湖，在新时代发生了巨变，成了红荷湿地旅游区。治理后的微山湖变得更加漂亮，景区管理得井井有条。

妈妈常说，你们赶上了好时代。想当初，你姥姥也并不是不想让我上学，可是家里连过夜的粮食都没有，她也没有办法。你爷爷是老教师，你姑姑都没捞着上学，这也是家庭困难造成的。你们姐妹仨，虽然说上学也上得很难，但分地了，自己家有粮食，都能吃饱喝足，你爸爸干建筑，也能挣点钱，所以我们再困难，也得供你们上学。你们上学了，才能在这个好时代里，发挥你们更大的作用。

妈妈说，微山湖也赶上了好时代。当初，只有芦苇和野鸭什么的，显得很荒芜，现在多好，开发成了大景区，外地的人都来玩。

妈妈说，她自己也赶上了好时代。赶上了分地，赶上了好政策，让人能通过好好干活，吃得饱、过得好，让孩子都能上学。让自己有了几个好女儿，享福着呢。

一生辛劳的妈妈，一身病痛的妈妈，她自己口中"赶上了好时代"的妈妈，脸上总是洋溢着幸福的微笑。她经历了饥饿、劳累以及时代造就的绝境，却从没放弃希望。

妈妈的好时代，是全国人民的好时代，是咱们中国的好时代。想当初，刚刚改革开放的时候，妈妈和爸爸紧跟着国家的好政策，在社会大潮的涌动中，勇敢尝试，积极求索，不断学习，让自己和家人，以及生活本身，发生了翻天覆地的变化。

现在，我们的国家日新月异，国富民强，不断开启着一个又一个新时代。年轻的我们，更要紧跟着国家的步伐，用自己的勤奋和智慧，创造更多的新时代，好时代！

我的父亲

　　这是我第一次为爸爸写文章。我写了许多母爱的作品，很少提及他，近期的文章里，渐渐有了关于爸爸的文字，却无一成文。我还记得曾经为他写了一首打油诗，但真正拿起笔来，为爸爸单独写一篇文章，我想过很多次，却一直不知从何写起。

　　为何有这样的感觉呢？因为爸爸从小跟我们"不亲"。爸爸是封建家长的典型代表，这一点，是我们那个"诗书继世"的家族决定的。古语有讲："君子抱孙不抱子"，爸爸读书不是很多，却把这句话实践得不错。据妈妈讲，我们姐弟四个，爸爸从未抱过一次。以至于后来我生了女儿回家后，爸爸抱在怀里，妈妈就像见了大新闻："第一次见你爸爸抱小孩！"爸爸白天出去工作，晚上回家时，就到了晚饭时间。妈妈做好饭，我们在小八仙桌上吃，爸爸自己坐在大八仙桌的上座，一边吃着妈妈给做的下酒菜，一边喝酒。平时不苟言笑的他，喝多了更让我们这些小孩子害怕。喝得高兴了还好，要是有不顺心的事情，我们就都得乖乖的，早早去睡觉。爸爸有时候也在外面喝酒，喝醉了回家来，我们只要听到大门口的爸爸的脚步声，就回自己房间了。

　　我们与他不亲，当然也不止这一点。爸爸年轻时，曾经打过妈妈，这在那个时代的农村，并不叫什么大事，可是目睹妈妈被打，我们内心对爸爸不仅不亲了，而且还产生了恨意。所以，我们与妈妈的感情，更是浓厚。

看到这里，你肯定以为我的爸爸是村野莽夫。

然而，若你看到了他的戎装老照片，便会被他的颜值和气质震撼到。爸爸是共和国同龄人，出生于新中国成立的前夕。他曾从军 8 年，如今享受着国家对于退役军人的补助。爸爸长得帅气，军旅生涯，更是精彩。虽然只是工程兵，但在 1968 年至 1976 年之间，参与了国家许多大工程的基础掘进，并在一次隧道事故中，立了功。后来，爸爸所在的部队被调往北京，为人民大会堂做修整工作，因为任务完成得非常好，还受到了国家领导人的接见，爸爸作为班长，还得到了留京工作的机会，但终因少年家贫，被迫辍学，导致文化程度不够，只能转业到地方。部队的生涯，是爸爸人生的高光时刻，军功章是他一生最重要的财富。他后来放弃转业到城里的工作，回村当支书，大队长，带领全村一起进行社会主义建设。

我幼年时，因为是支书的闺女，又是书香世家（世代教书）的长房孙女，虽然大家都普遍重男轻女，但我仍然得到了许多的宠爱，也不知道谁教我的，总之别人经常逗我："你是谁家的小孩？"我总是回答说："我是刘书记的大闺女！"然后大家都哈哈大笑。后来懂事了，便不再回答。爸爸貌似很喜欢我这样说，因为每当他在家提起的时候，都会露出鲜有的笑容。见到他因为我的事情笑，我内心有一些高兴，但仍旧只是敬畏。

爸爸好像并不在乎我们与他亲不亲，照样地每天出门工作，晚上回家喝酒。喝完酒后，与妈妈说话很久，但妈妈不喜欢喝酒后的他，所以他们说着说着就会吵起来，我们常常是在吵架声中睡着的。

后来爸爸辞去了公职，靠着自己在部队学习的建筑技术，拉起来一个建筑队。这个建筑队没有干过什么大工程，最大的也就是邻村矿上两栋宿舍楼的建设。其他的活计，都是民房。从1989年左右开始，我们老家的农村，都开始改善居住环境，家家户户都要建二层小楼，外加裙楼，形成农家四合院。爸爸的建筑队因为建筑质量好，请他盖房的排成了长队。爸爸的建筑队，一度很壮大，村里没出去打工的中老年劳力，或者因为家里脱不开身没法出去的年轻人，以及身体强壮的女性，都在爸爸的建筑队里干活。那时候，我们家里很热闹，每天来请爸爸干活的，要到建筑队里干活挣钱的，尤其是到了发工资的时候，说是门庭若市也不为过。我们家的院子，自然而然也成了建筑工具的世界：搅拌机、架板（土制的脚手架）、筛子……至今我还记得那个场景，小时候的我们间接地认识了许多建筑器械。

我对爸爸的建筑，印象最深刻的不是全村乃至周围村庄的四合院民居，也不是二十多年仍旧矗立在矿区的宿舍楼，而是家家户户都有的锅灶。以前的锅灶，烟大，不节省柴火，后来，爸爸用了新的方法，一个烟囱带两个灶，添柴的灶口都有活动的砖，不添柴时，便用砖堵口。所有的烟，都在一个烟道里排出去，厨房里再也没有烟雾朦胧。这让从幼时就烧火做饭的我，感觉非常实用。也让好多个村的父老乡亲，对爸爸竖起大拇指。

爸爸还将建筑用的滑轮，用于我们自己家的粮食搬运。我们家乡在我小时候，地里都竖着"黄淮海农业开发区""世界银行贷款项目区"的牌子，夏秋两季，收三样粮食：小麦、玉米、花生，属于规模型种植，每家每户都有不少的农田，因为科学种植，地里的产量屡创新高。粮食收回家后，要搬到二楼的粮仓。几千斤乃至上万斤粮食，搬运到二楼，是一个大工程。家里有壮劳力的自然不在话下，我们家，却只能靠爸爸和体弱多病的妈妈。于是爸爸在楼梯处高竖一杆，用三个滑轮，形成滑轮组，我们姐妹在楼下只负责将粮食挂在钩子上，然后轻轻拉动绳索，一百多斤的粮袋子就上了楼，爸爸在楼上接着，放进房间即可。这个滑轮组，至今还在我们家的院中，在夏秋收获之际，仍旧行使着它的职责。

不管是建筑队干活，还是地里收粮，都是爸爸养家糊口的方式。爸爸冷漠也罢，重男轻女也罢，我们姐妹跟他不亲，或者"恨"他也罢，都不是他考虑的范围。其实我们很渴望爸爸的认可和关心爱护，尤其是我，总是在爸爸与大人们的言谈中，寻找关于自己的言语。我曾经在爸爸与大人们的言谈中，听到了许多对我们姐妹的褒奖，但在家里，爸爸从未夸过我们一句。他正面夸我们的一句话，对我们只有一句话，那是妈妈在担忧她的遗传基因导致我们长不高时，爸爸总是高声说："我的闺女，吃糠长都比你长得高！"这句话虽然是标榜他自己打击妈妈，但无形中，让我们姐妹有了说不出的一点荣耀，长大后才知道，那是父亲的肯定给予子女内心的强大，只是，这样的肯定，很少很少。

尽管爸爸"跟我们不亲"，但丝毫没影响到我们的生活和求学。这是我们要对父亲终生感恩的事情。要知道，在七八十年代，农村女孩读书，也就是识字即可，一家子要是有好几个女孩，那老大乃至老二都是捞不着上学的。我们姐妹都能上到大学，老三还攻读了博士学位，这在农村，是极少极少的。爸爸和妈妈常说，我们家里，十几年都背着"三个学生"。也就是说，十几年里，这个家庭都要供养三个学生一起上学，这在农村，是天大的负担。但是爸爸却没有像他们一样，让女孩都辍学干农活，而是一再告诫我们："只要好好学，能考上大学，砸锅卖铁也供！"

我们读书期间的所需费用，爸爸干建筑的收入，以及卖粮食的收入，仍旧远远不够，于是那背着"三个学生"的日子，都始终背着债。爸爸没有砸锅卖铁，因为幸好姑姑家宽裕，舅舅家收入也不错，靠着亲戚的帮扶，我们都完成了学业，但是爸爸和妈妈，却因此还了好多年的债，好在都是亲戚，没有人催，反而会宽慰我爸妈，不必急着还。

在成长的过程中，我们与妈妈的亲昵自不必说，与爸爸的接触屈指可数。我曾一度认为父女之间就应该是这样的，直到有一次去同学家里，看到同学上初中了，回家后还要和爸爸拥抱一下，才知道，父女之间还可以这样相处。但是，在我们家里，永远都不可能做到的。其实爸爸也是不断改变的，到了小妹上高中时，他还骑车带着妹妹，送她去上学。现在他年逾古稀，人虽然还是那样倔，但每当我们回娘家，他都亲自下厨，做我们爱吃的菜，给我们准备许多的土特产，目光中，慈爱已经满溢。

爸爸的大半辈子，起起落落，我们家庭中，遇到的困难很多，面对困难和不如意时，他总是喝闷酒，但第二天，他会给妈妈留下一句话："你别管了！"便出门寻求解决的方法。他经历了怎样的为难我并不知道，但问题和困难每次都能解决。

我提笔写这篇文章的时候，本来想隐去爸爸的缺点，为他写一篇赞颂父爱的文章。但我还是照着内心，写了一个真实的爸爸。人无完人啊，我们很幸运，遇到了一位虽然"不亲"，但有责任有担当的爸爸，他虽然疼爱不表现于日常生活，但他倾尽所有，在那个重男轻女的时代，给我们姐妹以公平上学的机会，给我们的生活奠定了良好的基础。他任劳任怨，历经艰辛。十几岁被迫辍学，跟着父母一起养家糊口；青年从军，又因学历失去改变命运的机会。

半生辛劳，满头华发。我们亲爱的爸爸，那个当初飒爽英姿的青年，如今已经是古稀老人。曾经托起整个家庭的他，如今仍旧在帮扶着弟弟的小家庭。稍有闲暇，他便侍弄家里的绿植，以及他种植的庭院蔬菜和果树。这位共和国同龄人，与祖国一起经历苦难，又一起在盛世中安享天伦。

母爱的铠甲

"慈母手中线，游子身上衣。"这句脍炙人口的诗句，不仅仅是游子对母亲的思念，在我看来，它始终是一幅温情且极美的画面：多少个夜晚，母亲在灯光下穿针引线，灯光摇曳，淡黄色的沙影一样，拥抱着我们在她的身边安静入睡……这幅画面，在"七零后""八零后"以及之前出生的人的脑海里，都是极为熟悉的。

是啊，我的记忆中，妈妈不做农活、不做其他家务的时候，总是端出她的针线筐，做着针线活。不管是缝新衣服还是补旧衣服，或者给开线的被子缝上几针，把洗薄的接近破碎的床单补上一块让它更加耐用……总之总是在缝缝补补，不闲着。

那时候，好的针线活，是可以为女性增光添彩的。妈妈常提到她小时候，村里有个手特别巧的，据说能"描龙绣凤"，虽然不认识字，可是天上飞过一个小鸟，别人还没看清呢，她就能绣下来。说的虽有些夸张，但足以看出这位"巧织女"的巧，是多么传神，人们对善于缝织的人，是多么羡慕和崇拜。

妈妈常说，以前没这么好条件，什么都没有现成的，所有的一切，都要靠双手。"推着吃，磨着喝"，指的自己磨面，自己捣臼做吃饭的材料。妈妈们每天五更甚至三更就起床，在磨的周围不知要转上多少圈，才有了孩子们起床后热乎乎的饭食。衣服，当然也要自己缝着穿。

棉衣棉裤，单衣夹衣，上学的书包，脚上的棉鞋……妈妈嫁到婆家自己开始过日子的时候，已经不用织布了，这样大大减少了主妇的劳动量。但缝纫机依然是很贵重的东西，所以仅仅是做衣服，就已经让妈妈不知要熬多少个通宵。那时候孩子多，孩子多穿的衣服就多，关键是孩子总是在长，总要更换衣服。给大的做新的，给小的改旧的，妈妈用手中的针线，缝啊缝，谁也不知道她何时做完睡去，总之，第二天一早，衣服都做好，放在床头了。

妈妈不仅会缝衣服，还会裁衣服，很多邻居都因为妈妈做的衣服好看，都拿着衣料到我们家，让妈妈给做。我的好多小伙伴，都是穿着我妈妈裁的衣服长大的。妈妈没上过学，却能清晰记得小伙伴们的腰围、肩宽等每项裁衣的尺寸。偷了空闲，妈妈便拿出针线筐，用里面的剪刀和木直尺，以及粉块，熟练地画线、裁剪、缝制。在娴熟地穿针引线中，很快地，衣服就穿到了小伙伴的身上。

妈妈缝的衣服，针脚整齐，尺寸合适，不管是我们还是小伙伴们，都很喜欢穿。她还很会改衣服，大了就缩一点，小了就接一点，总是能改得不露痕迹，甚至锦上添花，巧妙得很。最近她到我家小住，还把闺女的裙子给我改成了一个时尚的布包，我拿着出门，丝毫不逊色于商店里卖的。

在那个"新三年，旧三年，缝缝补补又三年"的日子里，在煤油灯的陪伴下，不知缝进去多少母亲的青春韶华，不知缝了多少个千针万线。

我小的时候，很流行"拾衣服"。"拾衣服"就是亲戚家姐姐哥哥穿小了的衣服，送来给农村的我们穿。那时候，有条件"拾衣服"的人，都是令人羡慕的。因为"拾衣服"的首要条件是你得有衣服可拾。一般能把衣服小了不穿给别人穿的，都是家境殷实的亲戚。我们姐妹很幸运，城里有亲戚，所以我们经常会"拾到衣服"，而且城里的衣服会更加时髦，料子也会更加好。大姨家的表姐，常有不断的剩衣服给我们。一直到初中时，我还穿着表姐的衣服，有的还打了补丁。

也许只有我自己知道，我喜欢拾衣服，不是因为时髦或者好看，只是不希望妈妈为我们为难。好几个孩子的穿衣除了熬夜和千针万线的辛苦，还有没钱买布的窘迫。农活的劳累，家务的繁重，缝衣服的辛苦本来就让妈妈不堪重负了，到了换季或者长高的时候，妈妈还要为难新衣服的布料钱，家里姐妹我最大，每当看到妈妈想方设法为我们买布做衣服，我心里都有说不出的难受。有亲戚的衣服拾就不一样了啊，既有了衣服穿，妈妈还不用为难和辛苦，我也不用跟着心里难受，所以我喜欢"拾衣服"。

妈妈这辈子从没对我们说过爱，但一直用自己的方式表达着爱。这沉默又深沉的母爱，浸濡在生活的每一个细节里，缠绕在一针一线里，寄托在我们穿过的每一件衣服里。

小时候，妈妈的穿针缝织，给我们温暖和体面，长大后，这些温暖的记忆，是护佑我们一生的铠甲。

婆婆和她的空中菜园

日渐茁壮的韭菜、茄子、辣椒和青葱，蓬蓬勃勃的丝瓜秧、苦瓜秧，争先恐后地爬在架上，比赛似的开着大的或者小的黄花，蔓延的绿色，满眼的生机。你肯定以为到了农家的菜园？抑或谁家的自留地？

非也。

这是我家的六楼之上的"空中菜园"。

两米见方的田畦里，种着郁郁葱葱的韭菜和青葱，旁边是包装蛋糕的泡沫盒子，里面也长出细细的葱苗；蛋糕盒子的旁边，是几个废弃的涂料桶，桶里是长势正旺的茄子苗；再往这边看，你可能无法一下子看出来是什么器皿——告诉你吧，因为没有合适的盆子，婆婆套了两层编织袋装了土，在里面种了辣椒。空中菜园最引人注目的，应该是边上这棵已经小臂粗细的石榴树，没有什么意外的话，明年就能结石榴了。石榴树植在一个破旧的大缸里，那个有个缺口的大缸，是婆婆和女儿在放学的路上捡的，因为太过沉重，祖孙两人费了很大的劲才弄上来。

你一定会问：在混凝土和钢结构的城市里，在单元楼里，怎么会有这样的菜地？这要从婆婆来城里开始说起。

　　婆婆今年74岁，从老家来到城里已经两年。这么大的年龄，按理说应该需要儿女照顾，颐养天年的。但我们家老太太结实硬朗得很，来城里之前，在老家依然坚持下地干活，自己做饭洗衣，从不甘人后。

　　来到我家以后，她没有了满院的鸡鸭，没有了麦地和菜园，没有了相处几十年的左邻右舍，脚下再不是松软地散发着清香的土地，而是千篇一律的钢筋混凝土。白天，孩子上学去了，大人上班去了，她手足无措地在家里转悠，或者在楼下满眼陌生的溜达。孤单和落寞从她的眼神里就能看得出来。我家住顶楼，楼层高且比楼下热，却因祸得福的有了一个十余平方米的露天阳台。因为在房间的最北边，我们家统称其为"后阳台"。后阳台原来与房间之间是没有门的，只有一个窗户相连，在房子装修的时候，我让师傅打通了墙，安上了门，这样就使得进出更加方便了。

　　婆婆来了以后，经常对着后阳台上我养的几盆恹恹的花沉默，久了，便情不自禁地莳弄起来。但是我知道，她并不喜欢我自以为很雅致的吊兰、绿萝等绿叶植物，多年种地和收获的习惯，使她更加喜欢看见悦目的花朵和实在的果实。

　　不知从何时起，后阳台上的花盆和土渐渐多了起来，土有时候在方便袋装着，有时候在编织袋里，有时候，会多几棵不知名的花。

　　终于有一天，下班后我惊诧地发现，后阳台上用来乘凉喝水的简易石桌没有了，取而代之的是一个两米见方的菜畦！用砖仔细地砌过，土还不是很满。砖是我们装修的时候砸墙剩下的，一直放在那里，没有什么用处，还怪它占了阳台的面积。婆婆细心地把砖上的混凝土敲掉，敲成平整的面，一块块砌起来，竟然垒成一个像模像样的菜畦！剩下的砖，婆婆垒砌了两个花台，将所有的花都放置在上面，整洁有序。紧接着，葱苗、辣椒和茄子的幼苗，都走进了我家的阳台，婆婆喜欢的月季花、马莲花、太阳花等也接踵而至；没有盆子，便跟人家装修的要了漆桶，甚至大瓶饮料瓶的底部，编织袋等都是种花种菜的家什。我家的后阳台，渐渐热闹了起来。

　　起初，我们是不同意她弄这个小菜园的。最重要的原因是她年纪大了，上上下下这么高的楼，还要下去一点一点地弄土，很不放心。她表面上总是答应：不弄了，不弄了，弄来也不一定能结果。可是后阳台上的土和秧苗还是一点点多了起来。我印象最深刻的是，婆婆搜集韭菜的方式：因为没有种子，也没有现成的根苗，婆婆经过缜密观察，发现在小区周围，拆迁后尚未改建的旧房前后，有原来别人家剩下的零星半点的韭菜根，便每天搜集一点，集着集着，竟也有了一小片韭菜地的样子。若干天后，婆婆把韭菜移栽成了四垄一米余长的行状，精心地施肥浇水。它们现在长势很旺，我们经常割了来吃，炒鸡蛋、做韭菜盒子、包饺子……没想到这一点点韭菜，竟能有这样的收获。

　　而今，小小的空中菜园已经颇有些样子。小小的、嫩嫩的丝瓜已经挂在架上，辣椒挂在枝上，顶着小小的白花，也是丰收在望的样子，苦瓜和茄子都绽开了希望的花朵，而韭菜和葱，已经一茬一茬地为我们佐餐。而现在充满绿色的后阳台，则是我们晨起做吐纳深呼吸的天然氧吧。每天早上，打开后门，便可闻到清新的泥土香味，令人精神一振。下班后，我第一件事，就是去看看众植物的长势如何。这菜畦，似乎成了我生活不可或缺的一部分。

婆婆与我们的小菜园，给了我几点启示：她虽然已是70多岁的高龄，但对生命的热情却从来没有退却过。她儿孙满堂，完全可以没事出去散散步，看看电视，找人聊聊天等，但是她却对闲着的生活状态非常不以为然，她经常说：闲着，不就完了吗，她的理念是：生命在于干活。

婆婆颇有"现代管理理念"：她设定了明确的目标——种菜，便开始周密计划，并一步步实现。她并不因为菜园的可行性小，周围土资源的匮乏而放弃。她每天都在观察，哪里能弄到可以种菜的土，哪里有可以种植的种子，她不放过吃过的丝瓜和苦瓜的种子，每天都在积累，每天都在行动，她根据自己力气小的实际情况，每天用各种方式向楼上提一点土，直到这些土足够她菜园的用量。

婆婆善于废物利用，变废为宝。因为买盆子需要花钱，她便想尽了一切办法：装修剩下的砖块，原来只是面临扔掉的结局；别人不要的破缸，放在路边都影响市容；废旧的编织袋，因为不美观，现在连做垃圾袋的机会都没有；大瓶饮料的瓶子，原来也就是被卖废塑料的结局。而在婆婆的菜园里，它们是花盆，是栽种辣椒和茄子的母体，是盛放希望的基石。

婆婆敢于面对困难和阻力，采用迂回战术，曲线救国。面对大家的反对，面对我们"就是种了也没有什么收获"的打击，她没有直面反对，却也一直没有放弃，终于，她用最最实际的收获，验证了她的成绩。

"空中菜园"的存在和蓬勃，不仅仅是一个小小的菜园，它记载了一个老人的用心和辛勤；它是一个老人心中的绿色田园。它是一个老人对生命和绿色的热爱，是她对劳动的热切盼望，是她想看见"春花秋实"的最朴素的心愿。

（此文写于十几年前至本书出版时，主人翁已近90岁的老人，依旧勤劳爱动，健康安然。）

过年时，我陪妈妈看夕阳

自从远嫁他乡，便不能像小时候那样，常常陪伴在妈妈身旁。几百里路虽然不算遥远，但是，也足以隔断妈妈守望的目光；平日的忙碌不能算作借口，却也渐渐地让回家成为一种奢望。

只有在过年的时候，才会有相对长的一个假期，让我可以回家，陪陪我亲爱的妈妈。这是长久以来，我像个孩子一样，期盼过年的唯一理由。

那年大年初二，冒着纷飞的大雪，我迫不及待地回到了这个已经被称作"娘家"的家。家里新鲜的对联和满地的鞭炮屑，洋溢的过年的气氛。妈妈和爸爸，却变得更加苍老了。

爸爸正在感冒，由于长年的病痛，妈妈走路还是一瘸一拐的样子，看到我们来了，她抑制不住脸上的欣喜，忙里忙外地给我们找吃的，忙着给外孙女压岁钱，忙着看看我，这么长时间瘦了还是胖了……妈妈总是那样的忙碌着。

听着妈妈关切的问候，我竟哽咽的一句话也说不出来。我必须忍着难过，强忍着我看见她更多的白发，更多皱纹，更加弯的腰身……难以言说的悲伤。我强忍着，不让眼泪在大过年的时候流出来。

　　记得小时候，妈妈也总是这样忙碌着。在我的记忆中，妈妈没有休息的时候。白天，妈妈下地干活，晚上，要给我们姐妹洗洗涮涮、缝缝补补。我们早早地睡觉了，妈妈却要忙到很晚。那时候，我总想偎依在妈妈怀里，静静地待一会，享受一些母爱，重要的是，也让妈妈休息一下。可是，始终没有这样的机会，因为妈妈总是不停地做这、做那，直到我困得不能支持，独自睡去。

　　即使到后来，妈妈积劳成疾，腿走路时变得一瘸一拐，腰也疼得直不起来，她也没有在家完整地休息过。做饭时，在灶台前等待饭熟的时间，算是休息了；收花生时，因为腰痛，她不能像以前那样直立，便跪在地里，爬着收拾爸爸从地里刨出来的花生，累极了，就坐在潮湿的地里一会，也算是休息了；每次回到家，她总是满身的泥水……

　　眼前的妈妈，脸上挂着幸福的笑容，因为我们的到来，她觉得高兴和满足。我解下了她身上的围裙，替她做完了她要做的一切，然后在她耳边，轻轻地说，妈妈，我们去大门口坐坐吧。

　　我家住在村口，门前便是一望无垠的麦田。此刻，正是夕阳西下，空气微微有些冷。我从不远处抱来柴草，拢起火堆，拿两个小板凳，和妈妈一起坐在墙根。夕阳的余晖和温暖的火光一起映照在妈妈脸上，映照在妈妈的皱纹和日渐稀疏的头发上。此刻的妈妈，像往常一样的慈祥。她不断地和我说话，说着我们给她买的电动车、电磁炉、洗衣机是那样的方便和让人羡慕；还有，她身上的这件衣服是妹妹今年给买的，花了二百多呢，别人都说时髦好看；她不断说着，别人怎样羡慕她有几个又孝顺又能干的女儿……

她似乎从来没有抱怨，她辛劳的大半生，她病痛的身体，她为了两个远嫁的女儿的痛苦的思念，没有抱怨我们为了所谓的忙碌而半年甚至一年才回家一趟的不孝，她没有抱怨在她心脏病发的时候，身边只有那一小瓶"速效救心丸"；没有抱怨在她腿痛的时候，只有自己在捶打；她只是教育我，你婆婆年龄大了，这一辈子不容易，对她要好一点；你的房贷还没有还完，有什么困难给妈妈说，临走的时候，别忘了拿些面条，你从小就喜欢吃……

我一直没有说话，只是随声附和着。在我几十年的生命中，从来没有一刻，似这样清醒和安静。我静静地听着妈妈诉说，我知道，已经好久，没有人听她诉说了。在我的脑海中，却不断浮现着妈妈抚养我们姐妹从小到大所经历的辛劳和忧伤。在我们都长大成人时，却都远走他乡，留给她无尽的孤独和悲凉。她比我们更加地盼望过年，尽管一年又一年的春节只会让她更加的苍老，但是却是她最快乐的一段时光。

我不知道该怎样补偿，我对妈妈的深深的歉疚。几天以后，我还是要离开她，让她继续孤独的悲凉，我也知道电动车、电磁炉和洗衣机，不可能弥补什么，那或许只是女儿安慰自己心理的工具。我不能在辛劳了大半辈子的父母膝前尽孝，看着他们日渐苍老，我心里有无法言表的难过。

妹妹送我离开家的时候，我没能正面和妈妈道别，坐在车上，我背对着他们，说了一声，妈妈，我走了！我留给妈妈一句还算完整的告别，将满脸的泪痕留给了自己。

我只是期盼，我会经常有时间，陪妈妈一起坐在老家的门前，伴着夕阳，燃起篝火，听妈妈诉说着她想说的话，在她腿疼的时候，给她轻轻地捶打。

我只是期盼，我们大家在不算很忙的时候，陪着爸爸妈妈，坐在我们小时候经常玩耍的门前，听他们絮絮叨叨地，说着他们想说的话，让他们的白发，在夕阳照耀下晶莹透亮，让他们脸上的皱纹，变得平展而安详。

妈妈，明年，我还陪您一起看夕阳！

愿天下所有的父母，幸福安康。

浸润母爱的窝头

某天，我去妹妹所居住的城市公干，因为有一件东西要带给她，而我日程紧张，所以就打电话告诉了她，让她来酒店会场拿。

电话那头我听到妈妈说："你姐姐要来吗？"这些天，妈妈住在妹妹家，还没到我家去，听到我的消息，赶紧巴问着，我知道，妈妈想我了。

我们开完会，在酒店吃午餐的时候，妹妹说她到了，就在院子里，让我出来一下。我出了酒店正厅门，外面下着小雨，我一路跑到停车场，远远地看见妈妈在车里探出头来，喊我。我们娘仁在车里坐着聊了一会，妈妈急着说：我刚刚蒸的窝头，给你拿来了。我一摸，呀，还热乎乎的呢。

妈妈一定是因为我爱吃，今天又能见到我，才特意蒸的。

这是妈妈用杂粮蒸的窝窝头，里面没有一点白面，也没有通常所用的地瓜面，里面的材料，就是用我们平日里买给她的杂粮：红豆、黑豆、薏米、菱角等，妈妈把它们磨成粉，蒸成窝窝头。妈妈蒸的窝窝头，因为是农村最朴素的做法，所以样子和颜色，显然不如饭店里卖的好看；因为没加糖等调料，可能味道也不似饭店里的那样好吃。初入口时，甚至有一点涩滞。这一次妈妈给我蒸的窝窝，还特意加了时令野菜：苋菜，我们老家叫银银菜。加了一点盐，一点花椒面。

无论是有着涩味的原味窝窝，还是带着时令野菜的窝窝，都是我极喜欢的样子和味道。妈妈匆匆而就、未加雕琢的窝窝头，让我想起了我和妈妈在一起的那些忙碌的岁月。

每当夏收和秋收时，农村是最忙碌的。七八亩地，满院的鸡鸭鹅，还有圈里的猪，以及我和我的妹妹们，都是妈妈需要照管的。忙得没有任何空闲，每每都筋疲力尽，做饭哪会精雕细琢？一口大锅，一个大箅子，从院外抱来一抱柴火，和点面，捏个窝窝头，或者用发好的面，贴个门挂子（鲁南地区一种食品，用发面贴在铁锅的壁上），就有了好几天的主食。

那时候，在上面捏窝窝或者贴门挂子的是妈妈，而去抱柴火、烧火的是我。到今天，我还记得妈妈教我烧火时说的一句话：人心要实，火心要虚。所以我很小就会按照妈妈说的样子，架起火的"虚"心，烧得一手好火。而我的心，也如了妈妈的心愿：实心眼。长大后，虽然因为别人的"不实"曾经吃亏上当，但从不后悔。

几年前，妈妈的左手被收割机惯性转动的利刃所伤，失去了三个手指，另外的两个手指虽然接上了，但功能已经失去了大半——这相当于，妈妈失去了一只手。

妈妈陷入了深深的痛苦，除了伤口本身的痛，还有对未来生活的担忧——对于一个常年劳作的人，不健全的双手是多么大的桎梏和痛苦！

尤其是我妈妈的手，那原来是一双多么灵巧的手啊。年轻时是编苇席的好手，平日里裁剪、缝衣服、做鞋等手艺，都是周围人效仿学习的对象，妈妈还自学成才，给邻居们免费理发……即便到了后来，不用编席也不用做衣服的时候，妈妈也会经常做一些小提篮、小筐子等，其做工精良，绝不亚于商店里的商品。妈妈给她的每个女儿、女婿、外孙、外孙女都做了棉袄、坎肩，知道现在屋子里有暖气，所以做得很轻便，让我们在居家时穿，不冷也不臃肿。

妈妈的手，做饭时最巧。

小时候农村里没有什么好吃的，我们吃厌了每天的馒头，爸爸又不舍得用麦子换烧饼什么的，妈妈就变着花样给我们做饭。同样的白面，妈妈会做成门挂子、榆钱窝头、槐花窝头、锅贴、手擀面、水饺……，让白面各种变身，给我们几个馋猫解馋。

就算是烙煎饼，妈妈也会在面糊里加上芝麻、大豆、盐、花生米等，让那普通的煎饼变得好吃起来。

窝窝其实是不常吃的。但是到了有花有野菜的季节，妈妈总是忍不住想让我们尝尝鲜。有时候我嫌麻烦，妈妈说的一句话让我至今记忆犹新：给自己孩子做饭吃还嫌麻烦，那肯定不是一个好妈妈。这句话在我的人生中，产生了很大的影响。在女儿上小学和中学的期间，我学着妈妈的样子，每天凌晨起床，按照营养搭配，精工细作，给女儿准备可口的早餐。

除了做饭，妈妈还将之前所有的活计全部练习适应过来，仿佛她的手从不残缺，就像她做的饭，缝制的衣服，编好的提篮一样。

食不厌精，脍不厌细。一个母亲所有的细致，都是因为爱自己的孩子。来自母亲的、有内涵有情感的食品，会越嚼越香，口齿芬芳。

今天妈妈做的窝窝头，除了回忆的甜美温馨，还有一层特殊的意义。妈妈现在所做的窝头，乃至更多的活计，都是她左手劫后的涅槃，是一个花甲老人自强自立的不息精神，是妈妈对美好生活追求强有力的佐证。

想家，永恒的旋律

常常在比较累的日子，早早上床，打开卧室的音响，静谧的夜里，让旋律在居室里低回，重温着一首首年轻时的歌。往事，便随着熟悉的旋律，涌上心头。今日，听到《流浪歌》，忽然抑制不住喷涌的情感，非得从被窝里爬出来，打开电脑，让情感宣于文字，分享给我的亲人、朋友。

"流浪的人在外想念你，亲爱的妈妈……"这首歌，是我二十年前最喜欢的歌，现在听起来，仍有说不出的亲切。一首歌能催人泪下，因为旋律，更因为歌词。

这首《流浪歌》曾经红极一时，我想不是因为这个歌星帅，而是这首歌，唱出了离家在外的人们的心声。

我少年离家求学，毕业后不愿在工厂流水线"浪费青春"，在自己向往的自由中，曾经拖着行李在异乡街头流浪，一度不知下一餐在哪里，也不知当晚宿在何处。彼时的窘迫和流浪的经历，对于一个身在异乡的少女，是刻骨铭心的记忆。即使多年后再回忆起，我仍会盈泪在眶，哽咽不能言语——太苦太孤独太害怕，提起就心悸。

在我不断地应聘求职中，在一份份简历投递出去的时间里，我曾在街头，用很小的几乎听不见的声音，哼唱着"流浪的人在外想念你，亲爱的妈妈……"终于，在陌生的城市，我有了第一份工作，爱唱歌的我，居然能在我喜欢的音响电器商行工作。

当时的家电城，鱼龙混杂。许多商家都在流通货或者假冒伪劣货品种逐利，我所在的公司，却一直追求音响的纯真和高端，并大力培养我们，让我们参加了音响专业方面的培训和考试，拿了 DJ 等方面的资格证，让我们学会了专业的录音等技能。在当时最让我喜欢的，是雅马哈调音台，JBL 音响，以及湖山牌专业功放音响和卡座。

我喜欢的这几样，是放音和录音最棒的器材。在一个寒冬，在临沂家电市场当时两门通透寒风自由的门市，我穿着单位发的军大衣，带着哭腔，和同样远离家乡的几个同事们一起用卡座录歌，我当时唱了几首歌，录了整整一盘磁带。后来我将磁带寄了妈妈，那盘磁带第一首歌曲就是《流浪歌》。妈妈想我的时候，就会用随身听一遍遍播放，一边听，一边流泪。

当时一起录歌的，有一个来自咸阳的小姑娘，姓强，与我同岁，我们大家都亲切地叫她强强。还有临沂本地的一位姓陈的哥哥。当时，他们都在录音带里，表达了自己对我妈妈的祝福和问候。

虽然唱歌的水平参差，甚至有些跑调，但我依旧记得，我们那时的情真意切，我唱给妈妈，他唱给女友，强强，则唱给那大西北的故乡……没有任何的矫揉造作，每个人在演唱时，眼角都泛起泪花。

我们唱《流浪歌》，唱《大头皮鞋》，唱许多当时流行的歌曲，我们一遍一遍录音，一遍一遍洗掉，再一遍一遍地录音……直到大家都认为比较满意。我们在歌中的旁白都颤抖着声音，那是因为，对亲人说出自己的想念，是真的很激动紧张。

时光荏苒，轻轻巧巧，云淡风轻。然而物是人非，曾经在一起唱歌的人，而今各奔东西。

一别经年，亲爱的强强，你在哪里？那年你回咸阳，临沂一别，恍若隔世。

当年青葱的陈哥，已经是两个孩子的父亲，在本市做生意风生水起。当时他唱《纸飞机》情深义重，是因为他即将去广州学习技术，离家一年，与热恋女友分离而散发思绪。

我的那盒有着《流浪歌》的磁带，一直保存在妈妈的柜子里。直到二十年后，我已经家庭美满，幸福无比，妈妈仍旧说，她每当听到我唱这首歌，就会想到我自己在异地流浪的日子，心疼地哭到不行。她说她不仅仅是因为想我，还因为对我这个老大缺乏照顾而愧疚。

我本初的原因，是想让妈妈感受到我的思念，经常能听到我的声音，却没想到引发妈妈这么多的伤心，于是我一度对录制这盘录音，有些后悔了。然而妈妈却说，这是最宝贵的，让她能随时听到我的声音。

现在，随着通信的发达，妈妈不仅能通过电话听到我们的声音，而且能通过智能手机随时与我们视频连线，不管相隔多远，沟通都不再成为问题。

但是妈妈说，那盒有她大闺女唱着《流浪歌》的录音带，她会永远放在身边。我对妈妈说，二十几年后，我依旧在异乡，多年打拼，炊烟氤氲，异乡已经成了第二故乡。但在我的内心里，却偶尔还是会哼起这首歌："流浪的人在外想念你，亲爱的妈妈……"

梦见妈妈

　　早晨，我在自己的泪水和哭泣声中，被爱人唤醒。他轻轻问：又做梦了？我泪水依旧流，靠着他身边抽噎着说：嗯，我想家了，梦见妈妈了。

　　离家二十多年，我已经无数次，做这个梦了。

　　梦中，还是 1995 年我离家上学的情境，十几岁的我与家乡渐行渐远，妈妈和爸爸的身影越来越模糊，村庄，也与地平线渐渐混为一块……我在父母面前佯装的坚强，强忍的泪水，顷刻喷涌而出，我哭着喊着，面对着家的方向：妈妈，放心吧，我在外面会好好的，会努力的！

　　而我其实多想拥抱着妈妈，甚至像小时候撒泼打滚一样，抱着门前的大树，就是不离开家，哭着告诉妈妈：我不想离开家！背井离乡独自在外面好辛苦啊！

　　离家上学的时候，我常常在下课时，倚着栏杆发呆。望着学校前面的居民区，看着人们在院子里来来往往，看着晚上那一扇扇窗户后面的灯光，我仿佛听到锅铲和碗筷的交响，仿佛闻到饭菜香。那时我就想，要是我家就在前面，该有多好！放学后，我可以回家，看到妈妈……

　　我也常常在异乡的街头，用目光追着与妈妈年龄相仿的阿姨，要是能看到与妈妈发型或者服饰相似的，我总会心里一热，眼眶充盈。

那时候觉得，在拥挤的公共汽车里长途颠簸，是很快乐的一件事，因为那样就能回家，见到亲爱的妈妈。

那时候想着，等毕业了，就可以天天与妈妈在一起，却在毕业后，留恋异乡的工作机会多挣钱也多，可以给拮据的家庭，增加更多的收入，便未曾回归。离家的痛苦，形单影只的无边孤独，曾经折磨着年轻的我，但挣钱让妈妈轻松，让妈妈不再愁眉不展的愿望冲淡了这一切。多挣钱，早早回家是我最大的动力。

直到我在异乡结婚定居，我才知道，当初我这一走，就再无归期，那个我为之努力的，与妈妈朝夕相处的日子，再也不会有。

于是离家时，那个场景，又浸透了我在异乡的泪水，从此循环在梦中。

我年少离家，继而远嫁，在异乡独自面对每一个白天黑夜，面对工作和生活，面对世间的纷扰和人心的凉薄，妈妈的温暖，便成了唯一的慰藉，梦见妈妈的夜晚，虽然浸透泪水，却也温暖着内心。

故乡到异乡的路，从颠簸到平坦，我不知走了多少遍；回家的工具，从公交车到私家车，越来越方便，但来去匆匆，与妈妈的短暂相处，执手泪眼，徒增更多挂念。

我常常在小区里，看到同龄人拉着妈妈的手散步，耳边经常有她们平常得却让我羡慕的念叨：

我今天上俺妈妈那里去吃饭，一会就回来……

我等会接俺妈妈，一起去逛街……

每当听到或者看到这些，我心里总是一阵酸楚：她们嫁得近，想见妈妈，马上就能见到，多好。不像我，回一次家，要考量孩子的时间，爱人的时间，我自己的时间。孩子要周末才有空，还要避开上辅导班的时间，爱人周末也不一定有时间，而我的工作，更是没有准时的周末……回一次家，要三方面的机缘巧合，才能开始几百里的回家路。

奔袭几百里回一次家，最多住一个晚上，过年的时候，或可多住一晚。一是事情繁杂，时间紧张，二是看不得妈妈忙上忙下的慌张，好像在一天半天的时间里，弥补我长久缺乏的母爱。

梦见妈妈，我却不能打电话告诉她。我的远离，是她心中不可触碰的痛：我年少离家她日日夜夜的担忧，我在外受苦她揪心的疼痛。我想她，她更想我。我曾经将自己用调音台和卡座录制的磁带给妈妈，让她想我的时候听听我的声音，却没想到，她听一次哭一次……因为太想我，所以她听到我的声音，就无法控制。

不能想，想着便都是眼泪。

不能想，想着晚上又是一个泪水淹没的梦。

梦见妈妈，想见妈妈。

再见到妈妈时，我一定要给妈妈一个大大的拥抱，告诉她，我想她。

棉袄，妈妈做的棉袄

　　每年春天换季，我总是要将冬季的衣物清洗晾晒一番，然后放进衣柜存储。于是，棉衣、毛衣、厚重的被罩、床罩等，都趁着无限好的阳光，尽情沐浴着，吸纳着天地之灵气，而后，在橱柜和木箱里，氤氲着太阳的味道。

　　我冬季的衣物中，最温暖最亮眼的，是棉袄。

　　我说的，不是街上卖的丝绵、太空棉和羽绒的那种棉袄。我的棉袄，是妈妈用里表两层花布，加上棉花，亲手做的棉袄。这些棉袄，在寒冷的冬季里，穿在我和老公、闺女的身上，温暖了整个冬季。

　　妈妈做的棉袄，都是上好的新棉花。因为妈妈虽然平时不种棉花，却每次在打算做棉袄或者棉被时，专门在田地里种上几垄棉花，等到收获时，轻轻摘下，细细挑选，去除棉籽……妈妈精工细作的棉袄又轻又软，暖和无比。这棉袄，我从小穿到现在，即便有了羽绒服等新式衣服，妈妈做的棉袄也从来没有被替代过的。即便是上班了，我仍然坚持穿在外套里面，因此，常常会遭到同事善意的玩笑。

　　几十年来，在每一个寒冷的冬天，都有妈妈做的棉袄陪伴。后来，不仅仅是我，孩子和老公也同样地穿着我妈妈做的棉袄。

妈妈每一年都会盘算，自己的孩子和孩子的家人，谁还没有棉袄，谁的棉袄旧了，于是在春天便要行动起来——种棉花。小时候，妈妈只做我们一家人的，现在要做很多人的，自己的孩子、孩子的爱人、孩子的孩子，甚至，我的婆婆身上，也有妈妈做的棉袄、坎肩。不太冷的时候，先做坎肩，做完坎肩做棉袄。一般要做两件，一件薄的，一件厚的。薄的初冬穿，厚的最冷的时候穿。包括后院我的小叔，因为母亲早逝无人给缝，也都是穿我妈妈做的棉袄。

妈妈做的棉袄，因为做的合体好看，不仅我经常穿着，就连经常出差的女婿们，在羽绒服的里面，都塞着小棉袄。工作应酬时，在空调的房间吃饭，我们就直接暴露出小棉袄，却没有人笑话我们土，有的只是羡慕，他们都说，从这看似土气的小棉袄上，看到了暖暖的母爱。孩子们因为这些棉袄，更是轻松暖和，上学的时候，里面无须繁缛的一层又一层的保暖内衣，只要穿上小袄，套上校服就 OK 了。

妈妈做的棉袄，或许大家觉得有些土气，不能穿到外面来。但是我觉得，在家里当然可以穿，在外面仍然也可以穿。外套里面，只要穿着棉袄，再大的雪你根本不会觉得冷；只要穿着棉袄，我从来不担心孩子在学校冷不冷；只要穿着棉袄，出差在外的老公也绝对不会冷。

小时候，尽管家里不富裕，妈妈也从来没有让我们穿过隔年的硬邦邦的袄。即便是旧的，也要拆洗干净，把棉花在阳光下暴晒，直到松软如初。短了就接一点，妈妈喜欢用好看的袜筒接棉袄，又软和又有弹性，或者根据情况絮点新棉花。妈妈也从来没有让我们单独穿过棉袄，总是要加上一个套袄的褂子，一来是防止把袄弄脏，二来是美观好看。

妈妈说，"十层单不如一层棉"。

小时候的冬天，棉袄棉裤棉鞋，都是必备的。在没有机器的年代，除了繁重的农活和家务之外，妈妈还要亲手缝制这些，可想而知，会有多么辛苦。可是慢慢长大，知道爱美的我们，对穿棉袄开始抵触，总是找机会不穿，甚至宁愿冻着自己。小小的我们，感觉厚重的棉袄棉裤棉鞋，都是不好看的，让自己丢面子的。

终于在一个冬天，爸爸发工资后，给我们每人买了一件滑雪衫（类似羽绒服的丝绵冬衣），还有一双卷头的翻毛皮棉鞋，我那时叫它牛角鞋。我们穿上崭新的衣服，立刻就跑出去撒欢。可是，外面实在是太冷了，滑雪衫和牛角鞋，都不管用，冻得我们赶紧跑回家烤炉子！最终，还是要穿上妈妈做的棉袄棉裤棉鞋，才能痛快地在外面疯跑。按照现在的话说，在温度和风度之间，我们还是选择了温度。

洗净的棉袄，悬挂在阳台的晾衣绳上。棉袄本来是不能直接洗的，问了妈妈，妈妈说你不会拆不会缝，就直接洗吧，但是别用洗衣机甩干，尽量别压缩棉花。看着棉袄在明媚的阳光中，滴滴答答地滴水，心中涌起阵阵温暖，仿佛看见妈妈戴着花镜，一针一线缝制的情景。妈妈身体不好，这些棉袄是一个大工程。心疼妈妈，几次让她别做了，她却执拗得很。我们不好拂逆，只能由她。

我知道，妈妈做的时候，定然想到在寒冷的冬天，我们穿着她做的"风刮不透"小棉袄，暖和得很。她也会像我一样，想着上学的不冷，上班的也不冷，心里就熨帖舒畅许多。

前些天回家，妈妈又提起我们的棉袄问题。可是今时不同往日，妈妈的手在几年前受了伤，失去了左手的小指和食指。没有了左手的协助，妈妈灵巧的右手就受了很大局限。虽然经过不断的练习，情况好了很多，但终归大不如前。但妈妈总是自比那些没有双手的人，说自己比他们要好很多了。

现而今，需要做的，只是这棉袄。想当年，一家人的衣服，千针万线都经过妈妈的双手。几十年来，妈妈的手从不停歇。即便是受伤后，也总在筹谋着家人甚至已经出嫁女儿的甚至女婿、外孙的衣食。所以，别人看起来土里土气的棉袄，在我们姐妹眼里却是至宝。

因为，经由妈妈的手，这些棉袄都带着恒温的神奇。

妈妈的手

那双手，手背总是斑驳着黑褐色，掌心总是堆积着老茧，指头总是纵横着裂开的血口，手指总是佝偻曲弯。

那双手，是妈妈的手。那次妈妈来我家，趁她睡着，我和衣而卧在妈妈身边，却毫无睡意。窗外，月明星稀，我睡不着，便细细观察妈妈的手。

我从来没有试过如此近距离地看妈妈的手。这双手，也曾饱满丰腴，在美丽的微山湖边，穿越过苍苍蒹葭，编织青青苇席，然后用这双手，拉着满满一地排车的苇席，徒步去城里卖。这双手，从很小就参与家务和农田劳作，在生活困难的时候还要去地里挖野菜，去湖里采菱角、荸荠、莲蓬……尽管是辛苦，但是很快乐。妈妈的青春的年华，就在这双手不断的劳作中，轻轻飞过。

我想象中的那双年轻丰腴的手，我从来没有见过。我见过的那双手，从很年轻的时候也就是我小的时候，就是那样的粗糙。因为她要在打麦场里扬锨挥耙，要在田野地里握锄拿镰，要不断地擦拭辛苦的汗水，那双手，在猪栏、鸡窝、鸭塘、狗舍、锅台、案板不停忙碌，辛苦的岁月就在这手的忙碌中，匆匆流转。

那双手，是一双灵巧的手。在那个穷苦的日子里，被褥床铺，衣帽鞋袜，连同上学的书包都需要亲手缝制，面条馒头，包子煎饼都需要用手来做。平常日子里的缝漏补缺更是不在话下。因为灵巧，邻居们也会拿衣服来找她裁剪，乃至缝制。这双手，还会简单的理发技术，在不在乎发型的农村，她经常为左邻右舍的女人们剪发。

那双手，牵着我们姐妹四只小手，走过了几十年的岁月。自己照顾自己月子的苦难岁月，让那双手不得不一如往常地沾染凉水，提拿重物。我对那双手的记忆，清晰而痛楚。除了捶捶伤痛的腰腿，在地里干活时，支撑因为腰腿疼而无法支撑的身躯，要知道，那双手上面的臂膀，也是经常疼痛。

因为长期的裂口，那双手对盐和洗衣粉等有刺激性的东西很是惧怕，因为那样就是绝对的"伤口撒盐"。每次洗衣服或者做饭，总会遇上躲之不及的刺激，总会深深地刺痛裂口，总会有一声轻轻的因为太疼而无法隐忍的唏嘘。可是她无法逃避这些刺激，因为这是她每天必经的生活。

昨天衣服掉了纽扣，匆忙找我的针线筐，突然不可控制地掉下眼泪，失声痛哭良久。这个针线筐，是妈妈的，因为我从不做针线，妈妈每年帮我做几次，于是便有了针线筐，这是以前我没有也不需要的。现在对着妈妈的针线筐，自己笨拙地拿起针线，不断地想起那双手，那双因伤致残已经不完整，不能再为我缝制的手。

那双手，从出嫁开始，一直"被勤劳"。婆婆如天下所有婆婆一样，疼爱着自己的亲生，尽管她们的年纪与母亲相当。

于是压榨着同样是别人女儿的媳妇，将所有活计推给那双同样单薄的手。那双手，干了几乎所有的家务，吃了常人几倍的苦头，却很少有机会拿到家里的馒头煎饼，粗面窝窝和咸菜是家常便饭。

那双手，最渴望拿笔写字，但是却从来没有拿过。因为家境的原因，母亲没有上学。于是这双手，在我上小学的时候，拿我学过的书看，并向我学习最基础的——识字。妹妹们上学的时候，她如法炮制，继续识字。现在这双手已经能够端起一般的杂志和书籍，并从中学习到很多生活的道理。在家里厕所改建的时候，她第一次拿起笔，写了男、女二字，兴奋得不能自抑。而后她学会了写自己的名字，因为有一些文件需要本人签字的，例如养老保险确认等，这样的进步积累了几十年的努力。

那双手，在人生的长河里，不停辛劳，浸染柴米油盐酱醋茶，浸染雨雪风霜岁月情。那双手如今已经老去，变成了我开头说的那个样子。然而最最重要的不是外表，而是她不似年轻时候的有力。长期的腰疾和腿疾，长期的肩背酸痛，让身体积贫积弱，再也无法恢复年轻的力量和丰腴。

其实，无微不至不仅仅是妈妈的手，还有妈妈慈爱的心。从小时候的养育，到长大以后的牵肠挂肚，直到我成年成家，妈妈也从来没有停止过担忧和关心。虽然，她只能担忧和关心。关心是永远不可能停止的，我能做的，只能是尽量地避免妈妈的担忧，报喜不报忧自然是一种方法，努力地过好，更加是事实胜于雄辩。

妹妹又给妈妈的手换了两次药，但是依然要包扎着，因为还很痛。真的很感谢妹妹，她有一个四合院，适合妈妈生活起居，我虽然很想也最有责任照顾妈妈，可我的楼层实在太高了。重要的是，姐妹之中，数老二最细心，跟妈妈最贴心。我们经常会开玩笑说妈妈偏心老二，就足以说明她们娘俩的默契。

妹妹们长大以后，就承担了照顾妈妈的责任，所做的，比我这个老大更多。她们很照顾我的多病，暗自承担了很多事情。即便妈妈伤手的时候，她们还忧心我的身体，说一切有她们，让我不要忧心伤了身体。说实话，她们小的时候，我牵着她们的小手照顾带着她们到处玩的时候，没想到她们的手还如此有力，如此温暖。

爱的传递，从妈妈的手，到妹妹们的手，一路相互扶持，绵延久远。我很想告诉妈妈，即便你的手不再有力，也无须担心。因为你多了好几双更加有力更加年轻的手，这些手，会让你的晚年无虞。就像当年你的大手护翼着我们人生最初阶段一样，在人生的另外一个阶段，我们还是要一起走过，只不过，这次是我们一起，护翼着你。

想起姥娘

姥姥，我们家乡叫姥娘。

想起姥娘，是因为今晚老公做的咸鱼。

小时候，姥娘总是赶早市，在微山湖的渡口买了刚刚打起的鲜鱼，细细搓了盐，腌一会，不要超过一个小时，这鱼就成了咸鱼。姥娘便刷干净小锅，锅底架起玉米秸秆，火苗升腾，慢火煎炸，外酥里嫩，当是人间的美味。背井离乡后，再很少吃到这种咸鱼。也许是饮食习惯的原因，我现在生活的城市，饭店里的咸鱼总是腌得齁咸，还干干巴巴的，实在难以下咽。

我心目中，妈妈是无所不能的，但独独煎咸鱼这一项，妈妈做的总是不如姥娘。连妈妈自己都说，你姥娘煎的咸鱼最好吃，我从小就学，就是没学会。

小时候，我最喜欢去姥娘家。除了咸鱼，姥娘还会给我们买很多好吃的。两个舅舅年轻时尚，又颇为疼爱我们，总会非常温和地和我们说话，带我们上街，不同于我们家爸爸和叔叔的严肃。我们总在他们房间玩，总会在他们抽屉里发现我们家没有的新奇玩意，例如磁带，唱片，明星的贴画等等。记忆中最深刻的是姥娘家集市上卖的小圆饼，在我们老家叫"缸帖子"的食物，在水缸一样的炉子里烤出来，金黄酥脆，芝麻粒粒香浓……这对我是一种绝对诱惑，因为在我们家，爸爸因为觉得用麦子换饼吃不合算，总是自己发面蒸馒头，或者烙煎饼。因为轻易得不到，所以直到现在，我仍然对"缸帖子"和小圆饼怀有深刻的感情。

姥娘不常去我们家，可以说是极少。生有众多子女的姥娘，她的母爱已经无法全心眷顾某一个儿女。妈妈和姨妈们长大出嫁了，两个舅舅年龄还小。何况，家里还有一大堆的事情，一院子的鸡鸭猪羊……

难得去我们家住几天的时候，我总是有莫名的幸福感，从而倍加珍惜。妹妹和妈妈到现在或许都不知道，我为何这样的幸福，这样的珍惜，其实我不是为我自己，我是为我的妈妈感到幸福。姥娘在我们家住，妈妈就可以每天看到她的妈妈，这对于经常思念母亲却因为家务缠身分身乏术的妈妈，是一种巨大的安慰。姥娘来我们家，我总是会尽量很听话的，我不想让妈妈生气，破坏妈妈难得的幸福。可惜这种幸福总是很短暂很少有，所以显得弥足珍贵，深藏记忆中。

姥娘在我们家从来不闲着，旧社会裹下的小脚尽管走路不快，但从不耽误她忙这忙那。尤其是我们的衣服和被褥，姥娘总是帮着缝缝补补，洗洗晒晒，姥娘总是说，你们要听话，你妈妈太累了，要多帮妈妈干点活。一如现在的我的妈妈，每次来到我们家，也是这样的忙碌，也是这样的交代我的女儿，也是这样温情的场景。

我有时也怕姥娘。姥娘要是发现我们不听话或者不帮妈妈干活的时候，就会板起脸来，狠狠地说我们。这让贪玩的我们感到内疚和羞愧，于是停止了玩耍，帮妈妈做家务。

我想，只有母亲，才会这样地用心用力地爱吧。

姥娘已经仙逝很多年。在我心中，她的音容笑貌仍然和蔼而可亲。然而我最留恋的，是姥娘对妈妈的爱，那是只属于妈妈的母爱。妈妈一生辛苦，积劳成疾，养大我们，牵挂我们，我们给予她的，最多是欣慰。而假如姥娘健在，就能给妈妈最最甜蜜的母爱。

世间万物，都有它的属性。因为一盘咸鱼，我想起姥娘，想起妈妈，想起童年美好的回忆。生命中的很多东西，都有了属于你的属性，而所有的东西，也都会成为回忆。

想起姥娘，不禁泪眼迷茫。母爱的传递，从姥娘开始，妈妈给我，我给女儿……每一个母亲，都是爱的使者，不管她是富有或者贫穷，温柔或者泼辣，俊俏或者普通，高大或者瘦小……她都在儿女的身后，永远亮着温柔的灯光，伴随儿女走向远方。

想起姥娘，想起那永不再来的温馨时光。那些吃上咸鱼就满足幸福的单纯幸福，是人生的一段高光。物质丰富的今天，各种美味佳肴交替出现在餐桌上，却永远不会再有，姥娘做的，那咸鱼的鲜香。

妈妈在老家

每当听到那首"想起老妈妈",我都会不由自主地流下眼泪。

我老家在滕州,与临沂相隔挺远,由于工作的关系,我不能经常回家陪妈妈,便让妈妈来临沂陪我。妈妈身体不好,只能走很小的一段路,爬楼对她来说,是一种加剧疼痛的折磨。而我们家又住在六楼,老式的楼房没有电梯,妈妈即便只在来的时候上一次,走的时候下来一次,也是一项颇大的"工程"。

妈妈不常来,我愈加地想她。

妈妈虽然腰腿疼,可在我家住的时候,每一天都坚持给我做饭。每天快下班时,妈妈总会把我喜欢喝的酸辣汤做好,把菜洗好,从阳台窗口看着小区的路,只要我从进入她的视线,妈妈便从窗口回到厨房,开始炒菜,等我把车放好,上了楼,就会闻到香喷喷的饭菜味。

每天晚上睡觉之前,妈妈总会问我,明天早晨你吃煎蛋还是荷包蛋?是喝稀饭还是下面条?要不我给你包包子吃吧……每一个清晨,我总会被妈妈熟悉而慈祥的声音叫醒:"快起来吧,要不饭就凉了。"从小学就开始,到离家上学,无论酷暑严寒,不论风霜雪雨,妈妈这温柔催促的声音,一直是我的起床号。其实我很早就知道,那时妈妈肯定还没有做好饭,只是让我起来刷牙、洗脸，而我做完这些的时候正好吃饭，这就保证我吃的饭是最"热乎的"（妈妈语）。

每一个人都是最喜欢吃自己妈妈做的饭，谁都不例外，不是因为天下所有的母亲都厨艺超群，而是只有妈妈最知道儿女们的口味。妈妈总是按照我们从小的饮食喜好做饭，我喜欢吃饺子，上次妈妈来在我家连续包了三天饺子，每天不同的馅，但都是最合适的味道，让我过足了瘾。

妈妈在我家住的时间里，让我尽情享受了这人间最普通，最博大，最无私的母爱。"世上只有妈妈好，有妈的孩子像个宝"，妈妈在这里的日子，我可以像我的小女儿一样对妈妈撒娇，仿佛又回到了童年。工作一天的疲劳在妈妈的一声呵护中飘远，职场的压力在妈妈的轻抚中消散；这样的日子，对于已经将至而立之年的我来说很是难得。多么希望妈妈就这样永远住下去，可妈妈总是说，家里还有你爸爸、弟弟，他不懂自己照顾自己，我要回家去照顾他，还有我养的小鸡、小鸭，不能总让邻居给喂。就这样妈妈住几天便回家了。在妈妈刚走的这几天，回到家看到冷冷的锅灶，看到妈妈留下的痕迹，我就像一个小孩一样，瞬时间眼泪瓣里啪啦往下掉，心里空空的，不知做什么好。

大姨前几年去世了，表姐、表哥们对妈妈更好了，就像对自己的妈妈一样。因为我们姐妹都不在妈妈身边，表姐们只要有时间就去看妈妈，陪妈妈唠家常，帮妈妈做家务，想着办法逗妈妈开心，从未让妈妈因为我们不在身边而感到寂寞。我打电话感谢他们时，都说，姨妈也是妈啊！是妈就要孝顺，我们在找有妈的感觉。想起那句："子欲养而亲不在"，心中不由为自己父母健在而庆幸，也为自己不能常在父母身边而深深愧疚。

　　如今，我自己也做了母亲，我更能体会到母亲的辛劳，一个孩子尚且如此，养育我们姐弟四个，在那样物质匮乏的年代，妈妈不知要付出多少倍的艰辛，和妈妈谈到我们小时候他的脸上总是带着和蔼的微笑，从来没有诉过苦，还总是说："你们小时候跟我受苦了，没吃过好的，没穿过新的。""你妹妹小时候哮喘没看好，留下了病根，都怨我，妈妈对不起她。"诸如此类，总是念叨，带着满脸的内疚。而我的学业，更是让妈妈一生遗憾：考试的时候发烧，昏倒在考场，没能上高中，失去上大学的机会，以至于现在的生活状态不好，每每提及，妈妈总会又是一番"对不起你们"的言语。

　　妈妈，比起您来，我们现在的生活真的很好，我的工作也很如意，老公疼爱、孩子听话；二妹妹的病也基本康复，很少犯了，小妹妹更是学至博士，在大学当了老师……我的妈妈，您以后再也不必担忧我们了。

　　"想起老妈妈，如今她在老家……"

　　是啊，我亲爱的妈妈，她也在老家。不知道她现在在干些什么，是在忙碌？还是在一个人待着。妈妈，您是否还经常去村口？看来往行进的车辆，盼着女儿能常回家看看。妈妈，尽管在电话里，你总是很肯定地说："我很好！"可我还是要问一句：

　　"妈妈，你在老家还好吗？女儿想您了！"

渐渐老去的亲人们

每年的大年初二，是出嫁的姑娘回娘家拜年的日子，今年回家拜年，正巧爸爸的战友来访。我当时没有认出来。爸爸嗔怪到，这是你王伯伯，怎么不叫人！我赶紧拜年问好，但惊诧的心情差点表现在脸上。当年的王伯伯，飒爽英姿，双目炯炯有神。可面前的这位老人，满脸沟壑，右眼明显刚刚经过病痛，还残留着病变的痕迹。

隔一天，妈妈说，今年你三姨和小姨都生病住过院，你去看看她们吧。

妈妈姐妹四个，大姨已经仙去。由于积劳成疾，妈妈和三姨小姨都是疾病缠身。小姨还很年轻的时候，经常来我家帮我妈妈干活，照料我们。记忆中的小姨很漂亮，精明强干，快人快语。每当小姨来我家，家里就会更加干净利索，妈妈的笑容也会更多。所以，尽管小姨在我家，会指挥我们干活，批评我们懒、贪玩，但我们还是喜欢她。

三姨不经常来我家。因为她自己也有三个孩子。除了种地，三姨还养鸡，下手工粉条。总之一年四季，不得空闲。我在镇上上学的时候，离三姨家近，经常去她家。三姨总是嫌我瘦，给我弄鸡蛋吃。稍有空闲，她会去学校看我，给我送煮鸡蛋。

我记忆中，三姨慈爱的脸上总带着忙碌和焦虑的神情，大概她太忙了吧。

很惭愧，自从远嫁他乡，便不经常去探望姨妈们。去年挨家拜望，今年复又。小姨虽然依旧干净利索的样子，只是眼睛里不再有那时的亮光，几经病痛的身体让步履变得虚弱而缓慢。装饰一新的大房子已经给了儿子住，小姨和小姨夫住在老房子里，虽然衣食无忧，但在四周林立的两层小楼中间，小姨的平房显得低矮落寞，颇有些聊度余生的感觉。我独独看不了这样境况，心中感慨良多，泪水盈眶。

去年，三姨还能一瘸一拐地行走，今年虽经过手术，却要靠拐杖辅助。儿女皆已成家立业，孙子在旁绕膝。早已不养鸡，粉条粉皮还在坚持下。我们每年都会吃到三姨下的粉条，没有任何添加剂，粉条一折就断，非常好煮。不像超市里的粉条，非常有"韧性"，每次下锅前的长度调整都是大难题。下粉条的季节是秋收后，将要入冬的季节。我看着三姨手上的血口子，含着眼泪想象她在深秋初冬的寒风中劳作的场景。

去了姨妈家，还要去舅舅家。大舅全年无休地在蔬菜大棚里，去年去看他，我们直接去了大棚。今年也是把他从大棚里喊来，才得以相见。我们小时候，每到三秋三夏农忙时节，舅舅不仅会来帮忙，还会带来一筐一筐的西红柿和黄瓜，都是刚刚从地里摘的，顶花带刺，新鲜无比。在烈日下劳作的，又累又渴的人们，怎能抵挡住这样的诱惑？于是蜂拥而上。大快朵颐。想来，这大棚蔬菜，大舅也种了二十几年了吧。这几年又增加了种植面积，大舅就更累了。我们每次去，大舅总会挑选最好的茄子、西红柿等给我们带着。如今的大舅，本来就瘦弱的身体，更加佝偻了，真真地像一个小老头了。那个穿着海魂衫，喜欢音乐的小伙子在记忆中渐行渐远。

我记忆中的二舅，是高高大大的。可是我到了他开的饭店里，看到围着围裙正在忙活的二舅，显得矮了许多。我小时候，二舅经常在我们家，跟着我爸爸一起帮别人盖房子为生。二舅是个文艺青年，喜欢听歌也喜欢看书。我偷着看他的书，总被他抢回去。他看到我来，一直乐呵呵地笑着，跑来跑去准备饭菜。他儿子我的小表弟，也成了大小伙子，正在上大学。

我们老家过年串亲戚，是很有规章的。无论贫富贵贱，只要按照规矩需要走的亲戚，必须要走到。因为亲戚多时间紧，所以一天要走好几家。那么在谁家住下（吃饭），就成了需要选择的事情。以前骑自行车来回走亲戚的时候，大舅和小姨夫最喜欢到我家吃饭。其实我家条件最差，饭食也一般。大舅和小姨夫之所以喜欢我家，是因为他们喜欢和我爸喝两杯。我现在仍然记得他们把酒言欢，酒醉后红光满面的样子。父辈们很厉害，即使醉了，骑自行车晃晃悠悠，却也照样回到家。现在走亲戚，大都是小一辈的，开着车匆匆来去，父辈们也都老了，不经常串亲戚，即便再次聚会，怕也喝不了这么多酒了。

家门前的那条小河，河坝被加固修成了外环路。沿着河坝，依势造了公园。公园里有很多游乐设施，也有生态植物园。近在咫尺，爱逛公园的妈妈可以经常去玩了。那日午饭后，我和老公用三轮车推着妈妈在坝上行走，我拍了一张妈妈在斜阳下笑得最灿烂的样子。爸爸不喜欢照相，临行前，爸爸在门口站着，我偷拍了一张他的侧影。妈妈和爸爸虽然日月清苦，妈妈还体弱多病，却是在同龄人中最显年轻的。年近古稀，他们不用染发，也是黑发居多。

我很后悔，没有拍下我这次见过的所有亲人的照片，放在手机里随时看看，以解想念之情。过去的日子艰难，父辈们走过了几十年的时光，过了几十个滋味不同的年，我们感叹时光荏苒的时候，他们一定不以为然，笑着摇头。

无论我们怎样留恋岁月，岁月总是无情走远。曾经为我们遮风挡雨的长辈们渐渐老去，而我们的鬓角，也有了岁月馈赠的礼物。我们能做的，唯有反哺，像小时候他们疼爱我们一样，关爱和呵护他们。

第二辑

似水流年

凤仙花

凤仙花，小时候我们叫它"染指甲花"，农村里家家户户，房前屋后都有。

"闲摘秋花捣蝉蜕，殷红醮甲玉掺掺"，这句诗是写凤仙花的，我以前并不知道。年幼时只知道它能染指甲，跟着大人用苘麻叶子包手指，晚上包上就睡觉，像鸡爪一样伸着手指不敢动，睡梦中期待着第二天拆掉麻叶，指甲变成美丽的红色……这是当年一个乡村女孩最初的爱美之心。第二天，指甲果然就变了，变成红色了，但有时候也会变成黄色或者粉红，我们不是很计较，毕竟是只是七八岁的年龄。管他好看不好看的，都会到处给人看看新染的指甲，听听大人"好看，好看"的敷衍的夸奖，而后兀自疯玩去。那时，家家的姑娘都会染，一次染不好就多染几次，就像玩一个游戏，乐此不疲。反正凤仙花多的是。红色、黄色、白色、粉色，很多种，或许这也是指甲颜色不同的原因吧。

来到城市，搬进现在的家，花也养了几棵的。吊兰、芦荟、月季等，养花的原因嘛，或者贪恋花的鲜艳，或者因它的实用（清新空气），竟从来没有想起过凤仙花，仿佛生命中从来没有出现过它。

直到有一天，后院的花盆里出现了一棵凤仙花，初见时还是很小的幼株，不知它从何处飘来，悄悄地落入我的后花园。是它，真的是它！就像突然造访的老朋友，虽然近二十年没见，因为太熟悉，所以一眼就认出了。它叶子边有些锯齿，长长的椭圆的，叶子的顶部尖尖的，粗壮的根茎显示了它超强的生命力。有句歌词说得好：从来不需要想起，永远也不会忘记。这简直就是我和凤仙花的写照。

古人对于花草也有尊贵卑贱之分，曾因凤仙花生命力顽强，随处可见，并不珍惜而把她喻为"菊婢"，意为菊花的婢女。当成熟的种壳炸裂，种子随风飘飞，四处流落，不知所归。但是她相信，总有一颗种子会遇上土壤和水。它对生长的环境要求很低，它吸收自然界的风霜雨露，储存能量，备用生命，努力把草本的茎长到木本植物的粗壮。

从此，这凤仙花年年都自己出现，红的、白的或者粉的。这几年我已经习惯它的到来，像老朋友一样。我没有刻意给它留空地，也没有留种子。因为我知道它会来，会自己找地方，而且会长得比其他的花都壮。

天有不测风云。由于今年我的"后花园"遭到投诉，慌乱间土壤都被紧急堆起，菜园和许多的花木都被铲除，只留了原来花盆的几棵花，我便有些忐忑，凤仙花的种子不知深埋在哪一处？它今年会不会出现？

终于有一天在一个砖缝里，旁逸斜出一棵凤仙花，一开始它黄黄的，像是营养不良，我没有把握它能活下来，但是期盼着它还能像以前那样，自己长大，长得粗粗壮壮，花开得纷

纷扬扬，落一地缤纷。看到它，我觉着心里很安慰，终于没有
辜负我的思念，它来了。虽然从砖缝里出来，虽然歪歪扭扭。
渐渐地，它努力地长直了，长得像以前那么健壮。遗憾的是，
今年只有白色的花，没有以前的绚丽。

　　我喜欢寻根问底，看得久了，就想看看这房前屋后的平
民花，会有什么典籍？借助网络的神奇，查了一下。哦，原来
我的老朋友，也是秀外而慧中啊！这凤仙花不仅可以染指甲，
还可以染头发，而且方法简单，无毒副作用。凤仙花还是入药
之宝物，有活血通经的作用，内服外敷均可。

　　除了这些，凤仙花还被历代文人骚客写入诗中，寄托明志。
就连我最仰慕的毛泽东主席，也有一首《咏指甲花》：百花皆
竟放，指甲独静眠。春季叶始生，炎夏花正鲜。叶小枝又弱，
种类多且妍。万草披日出，惟婢傲火无。渊明爱逸菊，敦颐好
青莲。我独爱指甲，取其志更坚。

　　而用凤仙花染红的指甲，也让诗人浮想联翩，元代杨维
桢在《凤仙花》一诗中有"弹筝乱落桃花瓣"的语句，形容染
红指甲的女子弹筝时，手指上下翻动，好似桃花瓣落纷纷。还
有，"洞箫一曲是谁家，河汉西流月半斜。俗染纤纤红指甲，
金盆夜捣凤仙花。"

　　是夜，我独坐后花园，在月光下看我的凤仙花，它还是
粗粗壮壮土里土气的样子，就像小时候我看到的它一样。但是
真正了解它，却是在二十年后的城市。若不是它几年前突然造
访，或许我现在还仅仅保留着小时候染指甲的记忆，而从未发
现它的作用和美丽。

人生，又何尝不是这样！太多默默无闻的人，长着一颗娟秀的心。在纷扰俗世中，一直的平凡，却在平凡中用自己的才能和善良，闪着自己独有的光芒。只是，不知有多少人能看见，也不知何时能被看见。

或许，我们不用被看见。就像凤仙花，保持着一直的美丽，坚强，奉献着自己的花叶，并不是怀揣着当花魁的梦想。

干豆角

周末，与女儿宅在家。女儿说，想吃包子了。

我说，想吃咱们就做。娘俩兴冲冲去超市买了面和发酵粉，还买了点肉。回家后才发现，没有买包子馅的主料。所谓主料，指的就是配菜。本着荤素搭配的原则，我从来不包纯肉的饺子或者包子。但刚从超市回来，懒得再去一次，就在厨房里寻觅，看有什么原材料能替代。忽然眼前一亮，看见我前一天泡好的干豆角，原本是要用它炖肉吃的。好的，就是它了！

把面和上，我开始准备馅料。将干豆角一根根捋好，切成小小的丁，与肉丁拌在一起，加上调味料，淋上香油，香味立刻溢出，充满着整个房间。女儿最喜欢干豆角的味道，做馅或者炖肉都喜欢。

这些干豆角，并不是超市买来的。在食品安全堪忧的当下，市面上腌制和晾晒食品我都不太信任。我的干豆角，都是爸妈亲手做的。我们姐妹出嫁后，家里只剩下爸爸和妈妈两个人，可是他们的菜园还是那么大，每年还是种很多豆角、白菜、辣椒等很多蔬菜。平日里妈妈自己吃些，邻居想吃了，也可以摘些。吃不完的菜，就要想法子储存。白菜和土豆，可以窖藏到冬天，豆角等一些新鲜蔬菜却不可以。于是妈妈在豆角丰收的时候，摘下来，择洗干净，煮熟晾干，做成干豆角。不仅仅是豆角，菠菜、小白菜等，妈妈都如法炮制，晾成干菜。到了我们回家的时候，妈妈就可以将这些新鲜的或者干的菜，都让我们带走。

虽然我们姐妹三个，但是这些，妈妈几乎都是为我准备的，妹妹们一般不带许多。单说辣椒，妈妈因为有咽炎，根本不吃辣椒，妹妹们也吃不得辣。但妈妈仍然种着很多辣椒，也同样是晾干了，给我储备着。妈妈曾经开玩笑说，不是为了你，我才不种辣椒呢。

干豆角，土豆辣椒白菜，还有许多的时令吃食，在我回家看妈妈时，它们就会都到我的后备箱里来。每每我给妈妈买的东西，总是不如妈妈给我带回去的多。在我每次离家的时候，妈妈总是不停在家里搜寻着，唯恐准备好的东西忘了给我拿。妈妈总是说，花生拿了没？豆油装上车没？千万别落了东西，要不你爸爸又说我。恨不得把家里所有东西，都给我装上。有时候，我都已经回到自己家中，妈妈又打电话，问辣椒什么的拿了没？得到肯定回答后，才能完全放心。

远嫁的苦楚只有远嫁的人才会知道。离家三百里，不能亲侍父母，时常挂怀。而那留在家中的双亲，对远嫁女儿的思念与牵挂，也较别的父母更甚。妈妈身体不好，行动不便。却仍然拖着病体，种菜、择洗、煮制、晾晒。劳累和辛苦中，妈妈肯定更多地想着，这个是给女儿的，那个也是给女儿的，她拿回家后，可以包饺子，也可以炖肉，在她忘记买菜的时候，可以顶上一顿。她甚至会想，这些菜，会为她的女儿省下一点钱……

青青的豆角，在蒸煮晾晒之下，变成黄褐色，原来能掐出水的嫩绿的豆角，现在变得干枯坚韧。抚摸着这些干豆角，我眼泪突然流下来。因为这黄褐色，这干枯与皱褶，像极了妈妈的手。

从小到大，吃穿用度，无不经过妈妈的双手。我们已经长大离家，妈妈的手，却一天天的老去。皱褶和裂口，干枯与色斑渐渐占据那双曾经水葱般的手。我想，那干豆角的味道之所以独特绵香，是因为沁润了妈妈双手的光华。

热腾腾的包子出锅了，干豆角的颜色染了薄薄的皮。香味引来正在做作业的女儿，顾不得洗手便抓起一个吃起来。美食总是让人心情愉快。女儿从不吃外面的包子饺子，最喜欢我亲手做的食物，女儿总说，外面的饭没有妈妈的味道。所以，尽管工作繁忙，但包子馒头等面食，我都在家里自己做。我有一个同事姐姐，经常在深夜做食品给孩子，美其名曰"深夜厨房"，我则喜欢早起做馒头烙饼，还有女儿喜欢的疙瘩汤。于是也经常显摆"凌晨厨房"。

凌晨起床做饭，在夜幕还未散去的时候，灯火通明的厨房是最温暖的。小时候妈妈也是这样，凌晨起床，在灯火不是很亮的锅屋（厨房），烧火做饭。洗菜的水是冰凉的，烧火的柴不时迸出火灰，落在妈妈身上。这幅画面从我上小学时开始，到二妹、三妹……在我们上学的每一天，都在上演，已凝成永恒。

不管是深夜厨房和凌晨厨房的灯光，不管是儿时妈妈给予我们的，还是今时我们给予儿女的，都是温暖的，充满着母爱的。就像那不起眼不值钱却珍贵无比的干豆角，那些土豆大白菜，都带着妈妈的关心和爱。

做干豆角的妈妈，做着的时候想着女儿，吃干豆角的女儿，吃的时候想着妈妈。斗转星移，生命轮回。亘古不变的，正是母爱。

暮雨漫步洗砚池街

从兰山作协办公室开完会，与一众文友推门出来，在回廊里道别，看到天空已经暮色深深，从中午开始下的小雨，此刻仿佛更畅快淋漓了些。我婉拒文友驱车相送的盛情，撑开伞，义无反顾，走进小雨中。

细雨迷蒙，街上店铺灯光次第点亮，路面上的积水，映着微微闪亮光。临沂人最熟悉的洗砚池街，老城区仅有未开发重建的街巷之一，在暮色中散发着独有的风采。

洗砚池街东西走向，东到沂蒙路，西到通达路。不长，不宽，这个书香气的名字因王羲之的"洗砚池"而得。是的，这条街上有大书法家王羲之的故居，借着书法家的熏陶，借着千古墨香氤氲，这里成了临沂有名的书画一条街——这里有上百家充满着墨香的书画装裱、收售的店铺。一家紧挨着一家的书画店铺，很有些年代感。"淳艺堂画廊""瑞丰斋""心匠""集萃轩"……每个店铺的名号各不相同，却一样的高雅、耐人寻味。

因为是老城区，这里少了一些都市的繁华，却更多了一份烟火气。还未曾拆迁开发的道路两旁，虽然有些杂乱，却充满着生活的亲切感。不用穿堂登阶，抬腿即可进入路边的小店，随便一个巷子，走进去就是好几户人家，那小院落，那或许不高档的门扉，都是家的感觉，甚至在某一个瞬间，我想抬手叩门，进到院里……

街边拾荒的老人，在这个时间收获满满，正拖着超载的三轮车慢慢行走，你看他淋了雨的样子有些狼狈？不，他很快便在小巷深处的小院门口停下，推开门，便是他那虽然窄小但温暖的家，家中，有明亮灯光，一桌简单的饭菜，一壶热酒……

飞快驶过的电动车，不知要拐入哪个巷子？提着青菜行走的老人，不知要推开哪一扇门？那些放学后骑单车疾驰而去的孩子，一定是饿了吧……

小小的伞儿，就快撑不住我愈加慢慢的速度，在风中轻摇，仿佛在催我快走。洗砚池街上的积水，也竟然侵入我的球鞋，脚指头觉得阵阵凉意，仿佛也体验着冬雨的意味，体验着这条老街里，岁月的五味杂陈……

这样澎湃的情感，在细雨的凉爽中渐渐冷静，只有我自己知道，那是想家的情感涌动，那是对家中小院的无限思念，那莽撞着要推开的门，是想要推开，就看到爸爸妈妈满面的笑容……洗砚池街的烟火气，有着独特的魔力，竟让我在恍惚的思绪中，走了很长一段路。

洗砚池街路边生长着高大的梧桐树。夏秋时节，树荫遮蔽了路面、蝉鸣不绝于耳，闹市里拐进这条街却感觉清静了许多、生活的节奏也慢了下来。

不知道，有多少临沂人的家里，挂着这条街上装裱过的字画？多少人，曾经在这条街上流连转悠，寻找着喜欢的墨宝？有多少人，在这条街上出生，玩耍？多少人经过这条街道，走向更加广阔的世界？又有多少人，终生在这里，过着平凡而幸福的生活？

洗砚池街虽小而窄，却是独有的一方天地！就像街旁的梧桐树，枝叶总向着阳光和蓝天，既要护翼着长年相伴的人们，又要自身不断强大，不断丰盈……唯有如此，才能枝繁叶茂，洗砚池街才能绿荫常青。

我是一个外乡人，但是居临沂已然二十五年，在临沂买房定居，女儿在临沂出生长大，我，已经是一个临沂人。早年，为工作曾经遍访大街小巷，但印象早已模糊；后来，在临沂批发城的某处工作，临沂的商业繁荣每日在眼前，送货装货，商品物流方面非常熟悉，却不知道城区，竟还有着这样充满书香气的街巷。

近十年来，机缘巧合进入临沂媒体行业，成为记者、编辑。职业使然，对于临沂的人文地理，临沂的城市印记，临沂的历史等等方面，进行了各种形式的了解和报道。也正是因为这样的深度了解，才让我更加了解这座城市，渐渐地将这城市放在心里，当成自己的第二故乡。

洗砚池街不长，却并不是无所接傍，比方说，若是再往西，过了通达路就连着青年路，那可是每天车水马龙，摩肩擦踵的商业街，临沂最早的西郊。直到现在，尽管西郊很多的市场都已经搬至更西的"西郊"，但老市场的人气，仍旧十分旺盛，那是临沂"商贸之都"的根本所在啊，那时，西郊真的在临沂的西郊，而不是现在大家多看到的，临沂老城区中心。那时，地摊、大棚刚刚兴起，朴素的临沂人，用自己勤劳，吃苦耐劳的品格，一步步，走向成功，临沂，也走向富强与繁荣。

洗砚池街过了沂蒙路往东，就是考棚街，考棚街可是有着悠久的历史，据说，很多城市都有着一条"考棚街"。据《临沂县志》记载，考棚，又称考院，是科举时期考试生员的地方。清朝前期，临沂没有考院，沂州府七属（兰山、郯城、费县、莒县、沂水、蒙阴、日照县）的考生，均需到曲阜应试，十分不便，"士子苦之"。乾隆十九年（1754年），知府李希贤倡议捐建，"先出岁俸为之倡"，"而七属绅士争输如云"，兰山知事王堦又"乐任其劳"，于是，选择了"郡署之西曰颜家巷"的空地，"复买废宅扩之"，创建了考院。当时整个临沂的才子都是从这里功成名就的。考院所在的街道，遂名"考棚街"。

一头牵着历史与文化，一头牵着现代与繁荣，我们的洗砚池街，又责无旁贷地承担着文化的重任，我觉得，这窄窄的道路，实在是承载了太多。伟大的临沂人，何尝不是承载了太多？食不果腹仍小车支前，赴汤蹈火，前仆后继！新时代建设中，农村建设一马当先，商业发展全国瞩目……现在的临沂，高楼林立，孩子们可以享受良好的教育，老人们得以幸福的供养，所有的人们，都不缺营养均衡的食物，清新的空气……

不知不觉，我走到了洗砚池街与蚂蚱庙街的路口，即将北行，却又在巷口，驻停。不顾脚上的球鞋已经湿透，我站在洗砚池街旁边，回望着，憧憬着，留恋着……

对土地的依恋

小时候，我急于想离开农村。我仿佛是不喜欢土地的。做农活时一身土，下雨时一脚泥，都是困窘和不堪的。然而长大后，我身居钢筋水泥的丛林里，却愈发依恋着土地，这种依恋程度，可能自己都不是很清楚。

比方说，当我走过一排别墅的跟前，看见小院里无一例外地种着菠菜、蒜苗，有的还很专业地盖上了塑料薄膜。现在是春天，正是撕开薄膜，让缩了一冬天的菜舒展舒展的时候，每个小院里都有老头老太太在忙活，那锄头呀、铁锹呀工具还挺齐全，我的心情就豁然舒展，透过别墅区的铁艺花墙，透过人家小院的矮墙，竟然就能感受到田园风光。是啊，住在这豪华别墅里面，推开门，就是田园的气息，绿油油的小菜，细条条的蒜苗，鲜嫩欲滴的，想吃了就摘几棵，放在汤里，得是多美味啊！小蒜苗是可以直接吃的，卷煎饼，加上一点小咸菜，清爽可口，胜过大鱼大肉，酒店宴席。居闹市而守田园，那是怎样的一种惬意？

去年的植树节，正是一个阳光灿烂的日子。在美丽的沂河岸边，我们参加了政府组织的植树节活动，领到了免费的树苗。这树苗可当场种植，亦可拿回家。现场热闹得很，各种单位组织员工一起植树，看着他们都开心地笑着，闹着，正如这温暖的阳春三月，笑意盈盈，暖意融融。因为带着孩子，我们没有加入到他们的阵容里，填写资料后，将树苗领回家中。

领了树苗，回来就种在我的后阳台上，竟也渐渐地开始长出叶子，眼看着活了起来。可惜，因为妈妈来我家小住，看到我种的小树，教育我说，这样的树不能种在花盆里，长不大的，阳台上适合种点实惠的，能吃的。于是，妈妈拔掉，种在了楼下的花坛里。我苦苦留了一棵。老人家都这样，我妈妈喜欢种实惠的能吃的，我婆婆爱花就喜欢能开花的，不喜欢绿植，总说，不开花要那玩意干什么。我们后阳台上的土，都是婆婆一点一滴弄上来的，尽管我也没怎么正用，可一直保存着，不舍得扔掉，总觉得以后能用得着，每每看着堆得方方正正的土，心里就特别踏实。

毕竟是从农村出来的孩子，看见黄色的土，茁壮地长，绿色的翠，就心痒得不行。也算是进城工作和生活了，总是在城里找不到任何的归属感，反而是每次回娘家，总要赖着妈妈一起到园里走走，菜园，我们那里简称为"园"，我总是喜欢在园里，一屁股坐在地上，回忆起从小到大的很多事情，找到家的感觉。

闲暇时，我总浮想联翩，设想着孩子长大后，我要回归田园的种种。盖个什么样的小屋，种个什么样的小园，小园里种些什么菜……一时间，落叶归根的念头竟然也跑了出来。我想，这不是心态老去，而是真情使然。土里生土里长的孩子，依恋着土地，想回归土地，都是无可厚非的。

雨夜小酌，我走过秋风秋雨

窗外，秋雨打窗，仿似绵绵无尽。室内，音乐低回，酒已开瓶，满室正香。

空调此刻颇有些尴尬，开着有点冷，关了有点燥，于是，便开着空调，用一杯酒，暖着温着，缓解这季节的温差，纪念着，与夏天的丝丝疏离。下午，参加了个热闹的会议，鼓乐喧天，笙歌鼎沸，我却在其中，昏睡半晌，直至，在散场的掌声中，瞬间清醒。

返程中，堵在河边的路上，近处河面上，恰有一片绿荷，虽已入秋，没了荷花的美丽，却一片绿云蔓延，一池摇曳娉婷，荷叶上挂满晶莹的露珠，随风滚来滚去，一梭露珠滚下去，雨点又添上一梭子。此刻的她，不再是静默无声，不再是荷花的陪衬，而是整个荷塘的主角，雨珠像珍珠一样与她共舞，风儿像良人一样，与她呢喃细语。她没有深秋枯黄，亦非冬日残荷，此刻的她像一个个袅娜的美女，纤纤巧巧伫立在河塘中随风轻扬，烟雨中，灵动异常。

及近居所，挥别同事，兀自走进风雨中。包里的雨伞不想打开。明知风雨会迷人眼眸，却一意孤行，享受肩头、脸颊、唇间的清凉。这是多么惬意的事情啊，我正好与天地对话，与秋雨对白，雨水洗净我一路颠簸的土，落满灰尘的鞋，雨滴打醒我潦草的漫不经心的足迹。我走过秋雨的道路，却不知，哪滴雨会敲击我的心灵；我聆听秋雨的倾诉，知道她，如我一样，有着湿漉漉情愫。我懂得她无声激起层层轻雾，弥漫心间，让心跳骤然加速。

雨越来越大，不得不撑起伞了，站在熟悉而陌生的街头。深藏的记忆，在风雨中剖开，心中，突然溅起彼时的水泥。那饱含苦难和期待的日子，让我不由心疼我自己。

每一个流年，秋雨都会亲吻街道，一遍又一遍；每一阵秋风，都会吹动枝头的叶，以及草丛里的花。每一个秋天，都是最容易让人迷失的光阴……

雨夜，最适合小酌。无须壶殇繁缛，只将酒瓶打开，瞬间满室浓香。我饮酒，最不喜寡淡无味，凡所谓低度畅饮，均摒弃在外。酒在于精而不在于多，高浓度的一杯琼浆，足以陪伴雨夜，陪伴曲中妙音，手中书卷。数盏，仿似炽热的炉火，融去心上，因这秋雨，带来的远方寒潮。

开电脑，写点东西吧。就如旧时铺笺，诉说那梦或者非梦。

清贫半生，如堕尘埃，像一个看客，看繁华，也看楼塌；看宴饮，也看铁窗无涯；看青春年少，也看耄耋鹤发。

我曾经年少，此刻尚未到耄耋鹤发，我不爱应酬宴饮，也不爱繁华；我只喜欢，静静倾听，无论是风雨伞下，还是在这酒酣里，听窗棂噼啪。

我喜欢在秋雨中漫步，就像去了远方，看见金色的叶子落去，在地上慢慢地漂移，听到叶落的声音，听到雨打地面……

　　我很容易，走进虚无。就像在这夜间，看花园里雨水微澜，看不知名的小花，在秋雨中的悠然和恣意。我很容易快乐，眼中都是滋养灵魂的土壤，我也很容易游离，不知怎的，就打开了隐藏的梦境。

　　来自秋天深处的雨水，将一片片落叶洗净，深沉地牵挂着，却无法挽救她们的沉沦。

　　我祈祷的钟，在深夜响起，雨水不停，虽是阴郁潮湿，却是所有生命最温润成熟的季节；虽是深夜寂寞的街道，思念，已满满涨起，直抵骨头深处。

　　或许是醉了吧，我好像在影子里，自己与自己推杯换盏，雨一直下，那回响声，溢出平和的样子，静美安然。

蹦跶的中年

这几天，朋友们见了我都说，你好忙啊。是的没错。就连生日的今天，我都还蹦跶了一整天——我管我每天的到处窜（采访，开会等活动）叫蹦跶。昨天参加完青岛啤酒节在临沂的推介会之后，紧锣密鼓地又去跟拍一个观摩会，奔五的年纪，拖着满身五花肉，轻巧地蹦跶在领导的前面，抓取一个又一个镜头，内心还不断组织着文字。

今天的蹦跶，则特别有意义。兰山区文联组织兰山作协赴临沂西城新区建设现场，以及临沂商城采风，并组织了临沂商城文化研讨会。在生日的当天，得到如此文学滋养，是我的幸福。是的，从朋友圈看来，我真的是很忙。朋友圈动态下的地址不断变化，仿佛刚刚还在开新闻发布会，一会又去客户的新品发布现场；上篇动态还在某个签约仪式现场，而后又出现在县区的景区……从现实看来，我其实比朋友圈更能蹦跶。为了不打扰朋友们，我朋友圈内容，还是控制了再控制的。参加新闻发布会，自己欣赏的文章和风景，微信公众号，网站以及各种平台的内容需要分享，我都没好意思发。

我妹妹说，你这个年龄，就多在办公室里写写东西，出去跑的事情，交给年轻人就行。我对这样的话，嗤之以鼻。我这个年纪怎么了，每天照样蹦跶着，充满活力地蹦跶着。我这个年纪，正是好的年纪啊！

我在三十多岁时才转行，开启了新的生活和工作方式。从企业管理到记者和编辑工作，跨度之大，让人觉得不可思议。然而因为喜欢，我愿意从头再来，就像在自己的人生中，任性、快意。身边，有许多朋友，四十几岁开始创业，成功或者失败的都有；也有安然于本职工作，在书法写作或者其他领域崭露头角的……总之，快乐、舒心。

此刻正当年。中年如盛夏，灿烂，却比盛夏更美。在岁月中，我们已沉淀了太多，积累了太多。忙碌于孩子的时间已经过去，稳定的家庭让自己有思维，我们已见过太多生死别离，也有过太多喜怒哀乐，有能力，有机会可以为自己活一回。我们现在过的，才是真正的人生。人生的前二十年，我们无法选择；人生的第二个二十年，我们无法挣脱；人生的后二十年，乃至后来的更多的二十年，都将属于我们自己。

昨天那场跟拍，是老公送我去的。整个过程有一个多小时，与领导一行挥手告别后，就觉得有些虚脱，果然，2020 年的首次中暑，来临了。老公在车里开开空调，让我喝了水，说你还逞能要自己乘公交来，公交车上你晕了咋办。可是，我的工作，你请假陪我，这算怎么回事。我说。偶尔一次还行，刮风下雨，天太冷太热，你都这样，怎么可以。可是这个迂腐的人，就是不听呢。他说，你要是晒晕了，或者淋雨了，或者，冻着了，都是麻烦事。

我们这个年纪，正收获着人生中甜美的果实。这样细腻平凡的相守，就是最甜的那一颗果实。不再疲于奔命的夫妻，可以慢慢回忆美好的最初；已经懂事的孩子，开始懂得感恩并反哺，用他们自己的方式表达着对父母的爱意。我们这个年纪，不再盲目。苏轼说："博观而约取，厚积而薄发。"人生的道路和际遇不同，厚积的素材便不同，那么薄发的点，便不在一处。但无论在何时何处绽放，都将是美丽的。

对于平凡的我们来讲，能在中年时依旧蹦跶，在生活的各个场景畅快自然，平凡而快乐地生活，是最美好的事情。

父爱也温柔

父亲节前夕，我在超市门前，看见如此温柔的一幕：一个虎背熊腰的彪形大汉，怀抱着 2 岁左右娇娇弱弱的女儿，女孩正不知为何事而哭得梨花带雨，在怀中肆意撒娇，大汉极尽温柔，宝贝长宝贝短地哄着……随后进了超市，出来时，已经是大包小包的零食，爸爸欣慰地看着女儿开心的笑脸。

超市门前正在为即将到来的父亲节而大肆宣传，这个西方的节日近年来渐渐为我国人接受，各种特价、赠品等消息充斥耳目，让人应接不暇，气氛相当浓厚。

目睹这一切，我心中感慨万千：粗犷如彪形大汉者，或许就是成功人士吧，也许在外叱咤风云，在商海呼风唤雨，这一点从他的高级轿车就可以看出来，他或许已经习惯了正襟危坐，不苟言笑的威严，或许很少有人能看到他温柔的一面，或许他自己都忘了自己也会这样。也许只有作为父亲时，在孩子面前，才能如此耐心，展现自己温柔可亲的另一面。

我的父亲不苟言笑，严肃有余，从未对子女有任何温柔的举动，甚至有时候，有些让人害怕。所以我成家时，对丈夫的唯一要求就是，老实可靠，待人宽厚。很幸运如我所愿，爱人属于居家温柔的男人，十几年来对我，如对待女儿一样关心照顾，任由笑闹。

我公公去世早，我没有见过，但爱人对公公生前对他的关爱留恋至今，每每想起，每每流泪。我爱人而立之年才做父亲，对女儿娇宠至极。女儿出生那天，刚刚抱出产房，就对着尚未睁开眼睛的女儿一路逗笑，竟然忘记了依然在产房中的我，害的护士在后面大呼：家属！家属！这件"有了女儿，忘了老婆"的事情，一度传为我们亲戚之间的笑话，爱人因此被我"亲友团"——两个妹妹揭短至今。

我最喜欢看女儿和爱人在一起的情景：小时候是骑在脖子上，大了是搂在怀里，小小手会伸进爸爸的胳肢窝，让爸爸痒痒发笑，爸爸的胡子茬会触痛嫩嫩的小脸蛋，会触得孩子"咯咯咯咯"不停地笑闹。爷俩通过拉钩约定了"好朋友"的关系，会在一定时候甩掉我，单独行动。当着我的面，两人会故作亲昵状，让我"吃醋"，我也会很配合地做"吃醋状"，两人便会更加亲昵。

老公和女儿爷俩最喜欢在河边一起跑步，追逐。闺女小的时候，爸爸就故意放慢一些，让蹒跚学步的闺女跑出"冠军"，闺女大了一些，爸爸不用装，也是"亚军"了。闺女一般不敢给我撒娇或者强要买什么东西，跟爸爸是可以的。父女俩买了什么"违规"的东西，做了什么"违规"的事情，都会一起瞒着我，露出蛛丝马迹，又会抢着承担责任。

为了给女儿成长标上进度，有章可循。我们给她做了"快乐成长星星榜"，从行为、学习等方面进行考核，做对了做好了就会加星星，做得不好会被扣分，减掉星星。女儿对此很不满，怎么就考核她自己呢？我们就把她爸爸也标上了"榜"，与女儿同时接受考核。"可怜"的爸爸，陪着女儿，一起练习朗诵、默写、早起刷牙，还有舞蹈老师的家庭作业——劈叉……很多的项目，爸爸都要陪同，妈妈做老师，评判，打分。

朗诵环节中，爸爸蹩脚的普通话和一成不变的肢体语言屡屡逗得一家人忍俊不禁，屡屡被扣分；劈叉这种高难度的专业动作，就更加难为这个 30 多的大男人了，生硬的胳膊腿张牙舞爪，他哪是几岁专业学舞蹈的小女孩的对手啊，大家笑得前仰后合之后，女儿有些不满意了，感觉爸爸不是对手："爸爸的星星太少了，不好玩，妈妈你来吧。"爸爸便又开始努力，争取表现优异一些，扳回几分，多加几个星星。爸爸耐着性子，一路陪着女儿成长，直到女儿已经明白这些星星的含义，不再需要"快乐成长星星榜"。

女儿的体质随她爸爸，爱跑爱跳，从不觉得累。九岁生日的时候，爷俩从泰安车站下车，一路走去，直达玉皇顶。凌晨三点，爷俩在泰山之巅给我打电话，彼时我正在担忧得睡不着觉。妈妈，我登上了泰山！妈妈，我不累！妈妈，明年生日，我还要去登山！

我在电话的这头，眼泪充盈，不能自抑。是爸爸的一路陪伴，让九岁的孩子健康快乐地成长，让她学会坚强和坚韧，让她稳健迈出人生的第一步。是父爱的无限温柔，给了孩子勇气和力量，让她在山巅感受一览众山小的荡涤，发出人生第一次豪言壮语：明年生日，我还要去登山！

人们常说，父爱如山。但是现实中，大多数的父爱是温柔的，是真实的，触手可及，潜移默化在生活当中。感谢父亲节的倡议者多德夫人，让人们不管是如山的父爱还是温柔的父爱，都有了可以倾诉的公共节日。

感谢我的爱人，在女儿成长的道路上，用他一贯的温和宽厚，让孩子有的放矢，无羁无绊地一路奔跑，自由翱翔。

父亲节来临之际，愿天下的好父亲，健康平安。

灿若夏花

　　夏夜的临沂滨河休闲景区，河上的凉风携带着花草树木的清香，令人心旷神怡。我家住在祊河岸边，处于祊河即将在三河口交汇的临界点，同样也是滨河景区两大广场之间，所以异常热闹。乘凉的人们，来来往往，络绎不绝。今日得闲，我们一家三口加上女儿的堂姐，晚饭后出来走走。

　　前日刚刚下过一场小雨，雨后的空气，让河边的风流动起来带有更多的潮湿，吹在脸上，很是润腻。夏天的花儿特别多，开得特别好看。虽然是晚上，但在浓浓绿意中，那五彩斑斓亮眼的颜色，还是很惊艳。大多数的花儿，我都叫不上名字，但感觉却很相熟，可能是因为，每年夏天都会见面吧。花儿的陪伴总是让人感觉有了情调，感觉一天的压力和疲惫也都消失了。

　　离开了办公室，暂时放下生活的繁杂，全身心面对着大自然的时候，人，会很快让自己的心情平静下来，进入思考。今天看到罗曼罗兰的一句话：人与自然的交流，只要心灵与音乐就足够了，不需要更多。

　　女儿很少主动要求照相，恰巧我们又没带相机，幸而她姐姐的手机能照相，便趁着夏花灿烂，夕阳尚有余光，咔嚓了几下。女儿今天心情特别好，也许是因为姐姐的加入让她兴奋，连照相都开始摆姿势了，这在以前，是不曾有的。也许是因为长大了，爱美了，想留住美好时光了，也是啊，不知不觉，女儿个头已经超过我的肩头，看起来像个大姑娘了。

来来往往乘凉的人都似曾相识，平日里很拘谨的人们，在河边的晚风中显得随意自然。宽松休闲的衣着，走走停停地在鲜花和绿叶中间，同伴间或嬉笑打闹，或窃窃私语，或相视而笑，或默默相伴而行。

此刻，我想改一下罗曼罗兰的那句名言：在河边，只要心灵和风就足够了，不需要其他！在忙碌了一天，赶路了一天，矜持了一天，端着架子装了一天后，在晚饭后这个河边，终于放下所有负重，回归自己，拖鞋短裤，闲庭信步。

我不知道怎么才是真正的人生意义，也不知道怎么才算成功的人生。我觉得有一个可以糊口的工作，不耽误下班接孩子，一家人能在一起吃晚餐，就特别满足。也许这有点没追求，但平凡的生活不就这样吗？

大多数的人，都在过着这样平淡的生活，没有巅峰，没有波澜。永远都像一棵小草，春夏秋冬，没有花红柳绿的鲜艳。然而正是这大多数的人，组成了这个丰富多彩的社会，以自己微薄的力量，从各个角度建设着国家，推动着社会进步，让这个世界活色生香，绚丽多彩。

就像夏夜里，陪伴我们的小草小花，微小而灿烂。它们或许只存在朝夕之间，却在这朝夕之间，全身心绽放，不虚此生。生而为人，于这浩瀚天地间，也如夏花一样短暂，我们也要尽力，活成夏花一样绚烂。

把生活的苟且，变成一首歌

生活不只是眼前的苟且，还有诗和远方。生活不只是眼前的苟且，还有看不懂的诗和去不了的远方。生活不只是眼前的苟且，还有远方的苟且。

……

网上这样的文章和这样的句子，无处不在，充斥耳目，也躁动着许多人不安分的心。很多人以此为金句，去追寻自己心中的诗和远方，甚至有人为了诗和远方辞去公职，义无反顾。

作为一个在烟火人间生活了四十多年的人，我一直不太理解这句话。生活到底有多苟且？怎样的生活才是苟且？怎样的生活才算不苟且？

二十年前，从学校毕业但又不服从分配的我，背着行李站在陌生城市的街头。那时候的生活，应该绝对算是苟且的。远在异乡，我心中全部都是身体不好的母亲，幼小的弟妹和瘦削的父亲。那时候，我们家的生活啥都缺，最缺的是钱。缺上学的钱，缺买化肥的钱，缺看病的钱，缺还账的钱……

我没有什么职业规划，不懂什么青春年华的享受和放纵，不会穿衣打扮，甚至忘了继续对自己再教育，让自己提升进步。为了家里急需的钱，我在一个小公司安定下来。我逼着自己学会了从来没有见过的机器操作，不善言谈的我学会了销售，木讷如我，寒酸如我，土气如我，也成了销售冠军。而促使我这样努力的，只是钱。

这样的生活，苟且吗？我当时真没觉得。

我们每天把店面打扫得干干净净，干净到自己都觉得心情舒畅。我们与客户交流，让他们倾听各种音乐，选择音响，达成销售。闲着的时候，我们把最好的设备接驳上，音响，均衡器，调音台，舞厅灯光，所有都启动起来，会唱的唱，不会唱的就听，就舞蹈，欢乐得很。冬天的时候，我们那个两面通风的店面跟外面一样寒冷，风飕飕地，我们穿着统一发的军大衣，放着音乐跳舞取暖，照样欢乐。

这样苦的环境和工作，让我和我的同事们，演变成了青春的变奏曲。我们还有一起录制的卡拉OK磁带，虽然声音青涩，不成熟，但在里面唱的歌和说的祝福都是真心的。我们下了班一起去社区宣传，现在大概谁都不愿意干的活，我们却把它变成了练舞场，趁着青春的轻盈，趁着围观的人群，我们尽情跳舞，放声歌唱。

多年以后，当我们再想起这段岁月，没有人想到苟且，我们怀念的，只是那时的快乐，那时的勇敢，那一去不复返的青春。就连我自己，也忘记了那将大部分钱寄回家，自己能不吃就省一顿的苦涩。

要说那时算是苟且，那苟且的生活并没有影响我们的发展，一起快乐的我们有的当了老板，有的成了高管，就连做家庭主妇的，也是幸福得让人嫉妒。那时候我们所在的小公司，而今也成了大公司，当年的小老板成了大老板。

所以，暂时的苟且，先不必幽叹。

说说我苟且的生活。我们刚刚结婚的时候，我拿着九块钱的结婚证，和他静静地坐着。两边家庭的贫困，让电视里看到的婚礼场面成了梦境，就连老家的拜堂成亲都是无力举行的。婚房和红包什么的就更不用想了。十六年前，还没有"裸婚"这个词，我们就先践行了。算是赶了一回超前的时髦吧。

从此开启了我们两个人在陌生城市苟且的生活。租房住，打工。

起初，生活的轨迹，都在工作和家庭两点一线。孩子上了幼儿园，就多了一个点，还是一条线。我们生活的全部，都在孩子生活费、学费以及首付而后的每月的贷款上。孩奴和房奴的双重人生，历经了五到十年之久。

其间许多事，不能细讲，比方说孩子连续二十多天的发烧，我独身一人抱着孩子跑了二十多天的医院；比方说我自己高烧去打针，在大雨里一手打伞一手扶着背上的孩子；比方说我急性肠胃炎在地上打滚熬到早晨把孩子送到幼儿园才去医院，到了医院就昏厥在地上。

还有，我在冬天水果贵的时候，每天只买一个或者两个苹果给孩子吃；在忽然的大风里，扔掉已经扶不住的自行车，把身体做成拱形，罩着孩子；放弃休息主动加班只是为了加班费的时候……因为，我怕看到这篇文章的你们，从文字里看出悲戚，流出眼泪。而这种现象，并不是我写这篇文章的初衷。我不能说，我在凌晨抱着孩子去医院的时候，没有过泪水，我不能说，我在节衣缩食的时候，没有过怨言。

我过的这些苟且的日子，影响到我大妹妹在择偶时，都引以为戒。说，太辛苦，太辛苦。

生活虽然苟且，但生活的热情就如同那张裸婚的结婚证一样，仍然红彤彤，没有斑驳。生活一直在前进，因为爱唱歌的我，即使在泪水滂沱没有音乐没有麦克风的时候，也会想到唱歌！即便是在狂风暴雨中，丢了自行车，抱着我的孩子，也会想到《隐形的翅膀》《阳光总在风雨后》《铿锵玫瑰》《飞得更高》……这许多励志的歌曲，一直在我脑海里，萦绕盘旋。

多年后，我在自己温馨的小家里，出行有专职的司机（老公）；女儿已经高过我，从小到大乖巧的，简直不像个孩子；我们似乎没有经过三年惆怅七年之痒，因为我们所有的时间都在建设生活，没有太多时间闹矛盾、打仗。迄今为止，我们仍然是最初的样子。我仍然会在生日或者纪念日，收到大束的鲜花，也会在晚归的时候，享受到温馨的晚餐；我仍然是怕凉水怕洗衣液洗洁精的样子，仍然是那个上街就有人站在左手边的小女生；我仍然不用自己剔除鱼刺，不用自己去掉肥肉，仍然可以咬掉瘦肉就把骨头或者不喜欢吃的，都扔给他……

纵然，多年后，我们的生活看起来仍然平凡甚至卑微，但是我们并不觉得苟且。大千世界，芸芸众生。哪有那么多的光鲜亮丽，哪有那么多的风生水起！哪有那么多的飞黄腾达，哪有那么多的宝马香车？

大多数人，都在大家所说的苟且中度过。大多数人，经过我这种苟且的生活。有谁与我，把这苟且，一路唱着歌？是夜，我用耳机听着，我喜欢的歌。突然想：为什么情歌几乎都是忧伤的？为什么这么多人喜欢忧伤的情歌？为什么电视剧里的主角都是曲折虐心的？而我们，为什么还喜欢看这样的电视剧？试想，一味的赞歌有几人品味？平铺直叙的文章有几人收藏？电视剧里的主角，一帆风顺，步步高升，这电视剧还有拍摄的必要？

　　而生活呢？人生呢？

　　我们如果去不了远方，也看不懂诗，但也不要盲目想象远方，也是苟且。

　　即使生活都是糊涂的苟且，我们也要把这苟且——

　　变成一首歌。

心中的红大衣

蓦地，就想给自己买件红色的大衣。那种正红色，下摆飘逸，竖领，最好有腰带，前面有一排大扣子，必须有两个口袋，能装很多东西。

是的，就是给我自己买，穿在我心宽体胖的身上，配以我不上不下尴尬的年纪。我要穿上高跟鞋，走出那种走路带风的气场，我要婀娜多姿的风采，我要摇曳生风的气质。

我要买一件红色的大衣，让自己成为一抹亮丽的红色。

我要买件红大衣，还想改变身边一些同龄人阴郁衰老的心情。她们过得很幸福，但慢慢跟年龄低了头。她们觉得这个年龄不适合再扎马尾，剪短了烫了卷；偶尔有几根白发，赶紧染上全部的黄色；她们有很久很久不看书不听音乐了，她们的言语之间的老气横秋，让我觉得恍若隔世。

我坐在办公室里，对面的"80后"，每天都喊着自己老了，而"90后"，则成为办公室的主力。但我是个糊涂的人，假使别人不提起，我绝对不会想起自己的年龄，也不会为之感到老去。

因为，这是最美丽的年纪啊！依旧眼明心亮，依旧斗志昂扬，知识层面更加丰富，人生阅历不断累积，为人处世机敏睿智……她们为什么会感到悲哀？想到老去？

　　与十年前相比，由于孩子已经长大，我的时间更为自由，家庭的琐事大幅减少，所以会有更多的时间学习，充实自己的知识，可以全力以赴去工作，让人生更加充实。这是小一些的女孩们的短板，是我们莫大的优势。她们为什么会不自信而心情阴郁？

　　所以，你若不提醒，我简直忘记了自己的年纪。

　　所以，我要给自己买件红大衣。让它不仅仅让我变成一抹亮丽的红色，还要它持续照亮我漫漫的人生路。年少时曾抄写名句：路漫漫其修远兮，吾将上下而求索！当时并不解其意，而如今才知道人生是一场修行的道理；年少时也曾怨怼人生甚至满腹戾气，而今才知道所遇恰好，人生都是机缘；年少时曾历经磨难而斤斤计较得失，而今义无反顾追求理想，只要心之向往，就无悔无惧！

　　今晚，在窗前码字。看窗外灯火阑珊，车流人流依旧，不知怎么，突然有了这样一件红大衣的愿望。或许是心中某些涌动的情愫，又或者是藏于内心已久的夙愿？简单而温馨的晚餐过后，便是我们夫妻间你侬我侬的二人世界，一点点音乐，或者一两集电视剧，或者一起打扫整理房间，也可以各自为政，做自己喜欢的事情……或者怎么都好，只是别辜负了这时光，就好。

　　夜深，我将会带着红大衣的愿望入眠，就像小时候憧憬一件花裙子，就像少年时渴望一个随身听，就像我所曾经有过的，深切向往却没实现的愿望。

工作服的等级

近期经常在网络上看到，很多例进城务工人员乘公交或者地铁遭人嫌弃，因为他们的穿着，而被"普通乘客"勒令不许坐座位的新闻。也不知谁给了那些人这样的权力，可以勒令驱赶别人。而那被驱赶者，脸上的难堪可以看到，内心的阴影无法深知，他们竟然就真的起身而蹲到角落了。

这几天网络又有一新闻，一个下班回家身着工作服的环卫工人，被一位穿着入时干净的女士，言语攻击，被迫从公交车座位上起开，蹲在角落里。注意，又是蹲在角落里。当然，那位女士的做法遭到了大多数网友的口诛笔伐，也是她自作自受吧。

建筑工人之所以被嫌弃，无非就是他们工作服上的石灰和水泥。他们下班后，没有立刻洗澡更衣的好条件，只能带着满身的石灰水泥乘车。这就给了那些干净体面人憎恶嫌弃的理由，也给了务工人员自卑的理由，即便公交车上有座位，即便没有人言语指责，他们也会"知趣地"蹲在角落里。

环卫工人之所以被嫌弃，是因为身着工作服，这位出言不逊的女士，大概因为环卫工人每天接触垃圾桶，身上会沾染垃圾秽物，所以会觉得脏吧。其实环卫工人在工作时，工具是很齐全，防护设施很完备的，我常看见小区里的保洁人员，收集以及倾倒垃圾桶，都是机器运作，人员只是协助而已。根本不会有垃圾弄到身上。

我自小生活在农村，父亲从部队退伍后，曾组建了一个小小的建筑队，以帮助乡邻盖房为生。他的工作服就从军装变成一个帆布的褂子。每天父亲回来后，帆布褂子上都布满了石灰水泥，父亲一般都会将帆布褂子脱下来，洗漱后换了别的衣服，才进屋吃饭。父亲说，这个工作服是专门干活用的，又不穿着出门。即便今天清洗干净了，明日还要沾上，所幸就省了麻烦。我们家里也是建筑工具堆积，每个上面都有许多的白灰或者水泥的痕迹。日子久了，我就习惯了这样的景象，也习惯了那白灰和水泥的味道，仔细闻起来，不仅不脏，还有一股石灰特有的清香。

说起来那时父亲真是幸运，每天骑自行车出去工作，又骑车回家，他的工作服同样也是一路穿在身上，要是放在今天，乘公交或者地铁什么的，同样也会遭人白眼吧。

无知的人并不知道，那石灰和水泥一点都不脏，因为石灰本就是去毒之物。几年前我妹妹得了蛇胆疮，在医院打了多天针，我就无力负担医药费了。于是我带着她出去找偏方。小诊所的医生以银针刺破，挤出黑血，辅以药物，最后嘱咐要每天用生石灰水擦洗。擦洗了十几日，竟然痊愈了。我不敢说这病的痊愈石灰水起到多大的作用，但百科书上有记载："石灰具有一定的杀菌、杀虫作用，可以杀死寄生在树干上的一些越冬的真菌、细菌和害虫。"这有力地说明，石灰不仅不脏，反而能杀灭细菌。

有句话经常听到：先敬罗衣后敬人。大抵是说衣着的重

要性。工作服是一种特殊的衣着，既有大家所熟知的各种政府
部门例如公安、工商、税务的制服，也有各种超市商场统一的
服装，那是公司的标志，再就是真正起到防护作用的工作服，
例如环卫工人、保洁、保安等。于是便有好事者，根据这工作
服，将人分了个三六九等，罗衣敬之，工作服鄙之。

因为工作在大厦里，常遇到保安或者保洁人员，别人或
许觉得他们普通甚至低人一等，我却是尤其敬重这种"罗衣"。
也许因为我和他们一样，是一介草民，靠自己的双手创造自己
的生活。靠自己双手的劳动人民是最值得敬重的。所以每天出
入，我都会给保安大叔一个微笑，问一句好。那天上班，我忘
记带工作证。按照规定，是不可以在员工通道进入大厦的，只
能等整栋大厦全部营业后，才能进入。可那样的话，就迟到了。
于是我试着走进去，跟门卫大叔说明了情况，没想到他竟然爽
快地放行了。还跟我说，我知道你是这个大厦的员工，因为只
有你每天进来出去的都跟我们微笑问好，我记得你。

这个大厦的保安，都是五六十岁的样子，记得那次老公
接我晚了点，当值的大叔让我在他的值班室等待，我与他聊天，
聊他的生活。他说着自己的儿子孙子，整日严肃的脸上，便露
出温和的笑容。与他谈话，让我想起自己的父亲，想起家乡，
心中涌起一股暖流。

我常在工作的间隙，与保洁大姐聊天，于是便与她们混熟。
这种交往最是干净，双方无所图希，只是在偌大的大厦里，除
了同事之外，有几张熟悉的脸，有几个可以说话的人。然而我
还是感知了她们的温暖。在一个寒冷的下午，我有点感冒。正

如往常一样，我在卫生间遇到她们。其中一个刘姓姐姐，发现我脸色不好，于是叫住我，用她的手摸了摸我的额头，说："有点发烧，你吃药没？"我说还没去买。她于是很着急地说："外面风这么大，如果你下班时再受了风，会更加严重的，等我一下啊。"她匆匆走开，旋即匆匆返回来。回来时手里拿着感冒冲剂。我眼眶有些湿润，她挨近我用手摸我额头时，我闻到她身上有肥皂的香味，她带着皱纹的微笑，让我感到母亲般的温暖。因为及时吃了药，我那轻微的感冒很快就好了。从此每当看到那淡灰色的保洁工作服，心底就会涌起一股暖流。

所以，工作服本身并不脏，穿工作服的人，更是干净得很。我不太明白在公交车上鄙视甚至呵斥环卫工人和建筑工人，而让他们蹲到墙角的体面人，到底出于何种心理。是真的觉得那石灰水泥不干净，还是带着先敬罗衣后敬人的心态，看不起那带着石灰水泥的建筑工人，穿着工作服的环卫工人，下班回家的保洁员呢？

大千世界，芸芸众生。在还没有实现共产主义之前，贫富差异依然存在。钱多的，自然吃穿用度都优于他人；钱少的，自然吃穿得普通些。这本是基于经济情况的客观事实。可这个世界却根据钱多钱少，把人分了等级。分等其实也并不可怕，可怕的是仗着钱势体现出的飞扬跋扈，甚至恣意伤害别人。

还记得苏轼与佛印那个"心中有佛便是佛"的小故事吗？那其实是一个真理。同样道理，那些看到务工人员穿着工装，就觉得他们脏的人，实在是因为自己心灵蒙了尘。

公交车纪事

我自诩是属于那种"宁愿燃烧脂肪不愿燃烧汽油"的自行车一族，不会开车也很少坐公交车。然而事情没有绝对性，遇到天气不好或者路途遥远时，我偶尔也会乘坐公交车的。

那日，正值下班时间，天空突降大雨，没带雨衣的我，将自行车放在单位，风雨中赶上了 23 路公交车。上车一看：还好，有一个座！只是在最后面，无所谓了，我别无选择地坐上去。到了下一站，车门一开，又上来好多人，看来大家都和我一样，被这场突如其来的雨，赶到了公交车上。其中有一个老大爷，在上车的时候，连挤带撞的，一个骨碌倒在地上。唉，我心中一紧，像这种本来身体就弯成问号的老人，根本无法站在这拥挤摇晃的车上。

本来我以为，前面的小伙子小姑娘会让座给他，我坐在最后，有些远，不是很方便老人。可是过了半分钟左右，老大爷依旧颤巍巍地站在原地，无奈我只好大声说道："大爷，这边坐吧！"很多人看过来，就像看着一个另类。看得我很不自在。售票员感激地看着我："谢谢你！"这么个举手之劳，很值得感谢吗？只不过每每遇到这样的情况，我会想起我那腿脚不好的妈妈，我希望，在她乘坐公交车的时候，有人给她让座。

我是在为自己积德。我希望每个人在这样的时候，都想想自己的父母，他们也有出门在外的时候，而不是厚颜无耻地坐在爱心专座上，即使有"老弱病残孕"站在一旁也无动于衷。

雨依旧下，坐在最前面的"一家人"——"儿女"和"母亲"，有说有笑的，一派温馨祥和的气氛，"女儿"站在"母亲"的旁边，帮她挨住摇晃的包裹，同时也可护住母亲不致在车辆摇晃时有危险，很是细心。

车到达我的目的地的时候，却发现"一家人"只有"母亲"一个人下车了，"女儿"还一个劲地交代：阿姨，我电话里帮你跟家里人说好了，你在车站等着，你儿子来接你。哦，原来不是一家人啊！"母亲"下车后，没带雨具的她，被雨淋得根本无法站在露天的公交站等待，我也没带伞，便问她："大妈，您去哪个小区啊？"大妈说："我儿子跟我说是馨园B区啊"！我说那和我很近，我帮你拿东西咱们走吧！说完就和她一起淋雨走。走着走着，突然间，感觉不下雨了，原来是一个男士在帮我撑伞，仔细看，原来他也是刚和我们同坐公交的。他将一把雨伞打在我和那位大妈的头顶并笑着说："我让女儿给我多送了一把伞。"我说那我怎么还给你？"放在馨园小区门前的杂货店里就行！"

大妈的儿媳很快就迎出来了，她对我千恩万谢，不断挥手接走她的婆婆，雨中此刻独剩我一人。我回味着公交车上的一幕一幕：虽然那些年轻人不给老人让座令人气愤，可后来遇到的那些好人，比方说一路上照顾大妈的"儿女"，以及后来为我们撑伞的男士，都让我在当了落汤鸡后，却越发感知这个世界的温暖，甚至对他们肃然起敬。我突然感到，这雨下得并不讨厌，雨中的世界是那样的清新。世上还是好人多！

在公交车上，我一贯坚持让座给需要的人，只想完成自己做"善小"的心愿；在路上，我坚持帮助力所能及的困难，并不因为有人冷漠而不为。

那大多数不让座的人，不知他们是否能坐得安心，也遇到过许多像那个"母亲"的"儿女"一样的好人，我能看出他们自己因为帮助别人而得到的快乐。

我是一个平凡的人，但我愿意做一个好人，无论是不是在公交车上。

平凡的光辉

那天，我乘坐 25 路公交车去罗庄办事，深秋时节，窗外风景宜人。

途经汽车南站时，上来一个小伙子，看样子没准备好零钱，站在车门口，着急地翻钱包。司机师傅说："站着不安全，你先坐下再投币吧。"小伙子坐下后，只翻出来一张一块的，其他都是大票。司机师傅又提醒，要不你看看车上谁有零钱，给你换换。小伙子于是用目光扫描车内的人员，我也开始翻自己的钱包，看看能不能帮他一下。

这时，一位举止优雅的女士对小伙子说：你不是有一块钱吗，我再给你一块不就行了？于是她给了小伙子一块钱，小伙子连声谢谢，成功投币。投币后，小伙子觉得过意不去，就主动问这位女士的微信号，而后通过"微信红包"的方式，将钱还给了这位美丽的女士。

我坐在旁边，看到这一幕，心中感到无比温暖。于是将此事通过朋友圈分享出去。不一会儿，朋友圈评论如潮。一位朋友说，今天我在灯具城后面，看到一个姑娘正在大风中捡拾路上的碎纸片。因为后面就是文化用品市场，也许是某个商家在运送纸张时不慎撒落的。这位姑娘走到这里，看着纸片影响了市容，于是一片片捡拾起来。风很大，车流量也大，纸片很多，她耐心地一张一张捡起来，努力地做着这件看似与自己毫无关系的事情。我朋友被她感动，一起捡拾，后来，更多的人一起帮忙，很快就让街道恢复干净整洁。

还有一个朋友评论说，他曾经在新闻大厦站点乘坐36公交车回家时，也是遇到了没有零钱的情况，同样也是素不相识的人帮他投了币，他说当时没有留下那位好心人的手机号码，却永远记得他的容颜，至今想起来就觉得温暖。

我不由想起来，我曾经在罗庄工作的那几年。刚刚毕业的我，身体孱弱，面对陌生的环境和紧张的工作，一时不太适应而生了病，在举目无亲的龙潭路，晕倒在地。我醒来的时候，已经在医院，一个慈眉善目的阿姨坐在我的病床边，正关切地看着我。看见我醒了，立刻叫医生："医生，她醒了！快来啊！"我昏昏沉沉地，竟然也没问阿姨的姓名和地址，而她趁我不注意，就转身离开了，连医药费我都未曾还给她。至今，我脑海中只剩她笑意盈盈的脸庞和母亲般关爱的神情。

还有，女儿5岁那年，她的舞蹈课结束，我却还没赶到去接她，于是不懂事的她自己跑出来找我而迷了路。我和朋友家人在马路上疯狂寻找，我心痛而哭到哽咽时，接到了一位女士的电话："你好，你是□□□的妈妈吗？你女儿在路边哭呢！"她给我说了位置，我便飞快地赶到那里。在我抱着失而复得的女儿哭的时候，她悄悄地离开了。我甚至没有看清她的容颜，只留着她打来的那个手机号。我每逢年过节，都往那个女士的手机号里发祝福的短信，每次都得到她非常客气地回复，仿佛朋友一般。

我想，那个支援小伙子一元钱的女士和那个小伙子，一定会成为朋友；那个 25 路公交车上体贴的司机师傅，在以后的征程里都能一路平安；那个在大风中捡拾纸片的女孩以及我朋友和那些一起捡拾的人们，一定会互相鼓励而共同促进的；那个在 36 路车给我朋友投币的陌生人，一定会感受到我朋友的常年的记挂；那个送我去医院的罗庄的阿姨，一定能收到我月月年年默默的祝福；那个"救"了我女儿的女士，接受到我文字的祝福，定然也能如我祝福所愿，一生平安而心想事成。

这些好人们，在自己生活的环境里，一定会潜移默化地感染着身边的人。身边的人，也会推己及人，在生活中散发着熠熠闪光的人性光辉。

我们所知道的这些好人，都是千千万万临沂人中的普通一员，他们在做这些好事时，或许什么也没想，随手就这么做了；然而社会上的我们所不知道好人们，绝不仅仅是这几个，他们未曾接受过任何的宣传和褒奖，却依然故我地做着这些平凡的小事，甚至来不及接受道谢，更有人觉得，这些都是太小的事情，简直不值一提。我只能说，这是人性的光辉。而人性，则是社会长期文明教化的结果。

《韩非子》说："圣人见微以知萌，见端以知末。"衡量一个人的真正品格，是看他在平时生活中做些什么；同样地，要想知道一个社会一个城市的文明程度，除了生产技术水平的不断提高，社会财富的增长，剩下的就是社会道德风尚了。而社会道德风尚，就是通过市民的日常行为所体现出来的。

见微知著，细节决定成败。社会的文明需要全社会的共同参与，需要您我他一起行动起来，共同创造大美新临沂的幸福美好的生活而共同努力。

宽容的温暖

女儿的腿上有一个小小的疤痕，因为缝了几针，又经年日月，现在看起来颇像一只小乌龟。女儿腿上的这只小乌龟，来自她3岁时的幼儿园老师。那天老师感冒生病，倒杯水要吃药，孩子们调皮，碰倒了桌子上的水杯，杯子破碎，其中一片飞溅到我女儿的腿上，顿时鲜血直流，老师和校长忙带她去了医院，我赶到时，已经从医院回来了。

晚上，那个年轻的幼儿教师带着礼物，怯怯地来我家道歉，我看出她眼睛里的惶恐不安。她真诚地道了歉，表示她一定好好照顾我女儿，包赔所有医药费。她没想到的是，我们一家反而会安慰她：没事，伤得也不严重，好好治疗，好了就行了。那一晚她千恩万谢地回去了。我的女儿从此在幼儿园被她照顾得更好了，冬天里细细地帮女儿烤弄湿的衣服，夏天里洗脸梳头用心尽力，我每天都会在接孩子的时候，看到一个整洁干净的孩子。我想，3年的幼儿园生涯可能是女儿最快乐的时光，那老师更加多的爱，会温暖她幸福的童年。

暑假间，与妹妹一家同回娘家，女儿和我的小外甥好久不见，高兴地玩耍。突然，听见女儿说：妈妈，弟弟腿上也有一个小乌龟呢！我一看，果然也有一个小乌龟样子的疤痕。忙问妹妹，怎么回事啊？妹妹说，是在学校里摔下楼梯弄的，当时划了一个大口子，不过现在已经好了。我问，学校里怎么说？算了，妹妹说，学校里因为照看不严，非常内疚，及时将孩子送医院，事后也赔礼道歉了。

我这同样善良的妹妹啊。

当年我记得就有人对我说，要追究她，追究学校的责任，让他们赔钱！精神损失费什么的，都要算上！腿对女孩子，很重要的嘛！腿上有个疤，多难看啊。要是以后当模特，当空姐啥的，或许因为这个还考不上呢，这个责任谁来负？等等。

我说，追究了又怎样？最多让幼儿园赔些钱，或者辞退那个老师，后果呢？毁了人家的前程，那个老师会恨我很久，闺女也肯定不能在那个学校上学了。而疤痕，却永远也去不掉了，模特或者空姐，即便是追究了所有人的责任，怕还是当不上了吧。

于是很多人说我傻，但是我想，我的不追究，同样也会温暖女儿的老师。而且我笃定，这样的小小一份善心，虽然不能带来任何回报，那麻烦和灾祸，肯定会远离我的女儿。

但我却永远无法忘记，别人对我的宽恕和不追究。那是一个风雪交加的晚上，雪落到路面瞬间结了冰，我带着女儿，冒着风雪，骑着电动车回家。突然一个趔趄，我摔倒了，坐在后座的女儿像一个皮球被甩到几米远的地方。还未来得及看女儿，却发现我的电动车，闯了大祸，刮到一辆崭新的汽车上。我自己，因为头部着地，也摔得有些晕了。周围好心的人们帮我抱回女儿，扶起我。汽车的车主下车查看，是的，的确是我刮到了，一个很明显的划痕。

我很害怕，因为我身上没有太多钱，我在想怎么办？老公在外地，城市里我举目无亲，我该向谁求助……万万没想到的是，车主帮我扶起车说，没事，你走吧。我说这怎么好，这不行的，我划了你的新车……没事，他说，车子上了保险的。说完就上车启动，在我目瞪口呆中消失不见。车不见了，人也没记住脸庞，但他留给我的，是风雪中的暖阳。他本可以追究的，可以让我赔钱，可是他没有，或许她看到了我摔破的手和甩到很远的女儿，突生怜悯，或许他一贯乐善好施，是个好人……无论怎样，他对于我，永远值得感恩的人。

记得那天，我是含着眼泪回家的，我在心里一直告诫自己，要永远记得人家的好，记得人家的不追究。倘若人家追究呢？这风雪夜，我抱着幼小的女儿，怎么办？

说起外甥的"小乌龟"时，妹妹豁然的笑容，我便知道了她也没追究。这是我们姐妹的善良，我相信这份善良，会感动小外甥的老师，我相信他也会跟我的女儿一样，得到老师更多的爱。

我也好，妹妹也好，还有那位几乎没有看清面容的车主，都是宽容的人。因为宽容，留给了他人无限的温暖。我唯愿，这个世界，少些丑恶，多些温暖。您的不追究，就是冬日暖阳。我们的不追究，则无形中拓宽着人生的道路，一路向前方。

腊月门

进了腊月，就进了"腊月门"。这也说明，我们又一次，快速向"年"走近。

都说愈来愈富裕的日子里，愈来愈没有了年味儿，依我看，还是心情的关系。心中有年，便处处洋溢年味儿；心中冰冷，满堂华彩也无济于事。

腊月里，第一个重要的日子，就是"腊八"。腊八最重要的，就是"腊八粥"。多年来，每一个腊八节，我一直照着妈妈的样子，履行着节日的小小仪式。在单位里，与同事们聊天，聊到各自家乡习俗的时候，有的说是"腊八"吃干饭，就是普通的米饭，有的说是熬"腊八饭"，熬的米饭不像米饭，稀饭不像稀饭的，混沌一锅。

我家乡是鲁西南的一个小城，一直有着熬"腊八粥"的风俗。到了腊八这一天，全村的妈妈们，都早早起来熬"腊八粥"。我的妈妈当然也是很早起来，与大家不同的是，我们家要用家中最大的锅，比别人家熬更多腊八粥。妈妈淘洗干净米、麦仁、红枣、红豆、花生米、豇豆、绿豆等等，大火烧开，文火慢炖，等我们起床，一大锅热腾腾的腊八粥就熬好了。起锅的时候妈妈还会放进冰糖，好美味哦！

这么一大锅肯定不是我们一家能喝完的。我家的这一锅粥，里面还有一点家乡的风俗故事。在我们家乡，娇气的孩子，总是喜欢讨一点吉利。在孩子小的时候，家里人会挨家讨要分币，串在一起，戴在孩子身上，以求平安。在讨要这种吉利的时候，我们家乡的人认为，姓氏很重要。大家固执地认为，最好的姓氏无外乎牛、杨（羊）、马、朱（猪）、刘（留），顾名思义，刘很好理解，留住嘛，其他的四个姓氏，都是四条腿站地的，活得稳当啊。

我们家姓刘，所以腊八粥便有了吉利的意味，挨着近的别家孩子都会来喝一碗，甜甜蜜蜜，粘粘黏黏，寓意着幸幸福福，平平安安。因为这个刘姓，爸爸还被当了干爹，所谓"被"，就是几乎被强迫着接受了干儿子的叩拜，当了干爹。

出嫁后，我离开了家乡，离开了妈妈，再也没有人会在腊八的时候，早早起来熬粥，使我躺在床上便闻到香味。就像没有人在端午的时候煮鸡蛋，没有人在冬至的时候煮羊肉，没有人在六月六喊着我晾晒衣物……而我自己，因为也当了妈妈，便一定要传承当妈妈的样子，在平淡的生活中，认真履行着节日的仪式，让我的孩子闻到腊八粥的香味，吃到端午的鸡蛋，喝到冬至的羊肉汤。

每逢佳节倍思亲。我常在过年过节时，痛恨重男轻女的恶俗。妈妈不让我回家过年，中秋节什么的都不可以。因为按照我们的风俗，闺女回家过年是不吉利的。这莫须有的不吉利，阻断了我合家团圆的念想。所以，每年一进腊月门，我总是莫名焦虑，无端烦躁。

所以，每一个腊八节，我都会学着妈妈的样子，坚持熬腊八粥。因为上班时间紧张，往往我都会在前一天晚上就将做腊八粥用的米类和豆类淘洗干净，放进电压力锅里，预约 8 小时后启动，而后它自动熬煮、放气、保温。第二天一早醒来时，已经是满满一锅香香甜甜的腊八粥。

每当看着一家三口坐在桌旁，热热乎乎地品尝着腊八粥的时候，我眼前总是浮现出老家冒着炊烟和热气的锅屋（我们老家管厨房叫锅屋），那时候没有可以预约的电压力锅，或许做粥的材料也不像现在这么多，但是妈妈凌晨就起来淘洗米，豆，烧火，等着锅里的腊八粥从冰冷的原料，变成香甜的腊八粥。等我们起床，已经是香飘满院。那时候，我们一家几口也是这样围在桌旁，热热乎乎地吃。每年每年，都如此，妈妈从不间断。

每一个腊八节，我都会打电话给妈妈：你做腊八粥了吗？

有的时候，妈妈会说，做了一点。有的时候，妈妈会说，马上做。更多的时候，妈妈都没有做。我们姐妹都在远方，只剩妈妈和爸爸俩人在家，饮食简而又简，节日的习俗，也是能省就省了。妈妈和爸爸不常做了，听说我的两个妹妹，也不常记得做腊八粥。日往月来，时移世易，我便替妈妈守着腊八的记忆，每年做一锅腊八粥，守着一家人喝粥的温暖和香甜。

小时候一家喝腊八粥的情景，那样的平凡，却不可再现，成为永远的记忆。我每年都一早起来做腊八粥，看着一家人一起吃的情景，其实也是为了给女儿留下这样美好的记忆。

人生中很多平凡的事情，很多很俗的习俗，现在看起来淡了很多。很多人为了方便，别说腊八粥，年夜饭都改到饭店里吃了。可是，那怎么会有年夜饭的感觉呢？要知道，一家人在家里，一起准备饭菜，包饺子，冒着热气和香气的厨房里，爸爸妈妈在忙碌，孩子在玩中等待。忙完，便是热热乎乎一起吃饭，或许喝醉了，忘了收拾桌子，第二天还一片狼藉……

但是，这是多么温馨！这才是家的感觉，年的感觉。我不知道在饭店吃过年夜饭的人们，能否承受回家冷冷清清的厨房，没有一点年味的家。

又进了腊月门，又要过年了。尽管一年又一年，让人老去，没什么的新意，但是所有的中国人，都在这个时节，纷纷赶回家乡，与家人一起包饺子，一起在冒着热气的厨房忙乎，一起热热乎乎地吃年夜饭，平平安安地过这没有新意的一年又一年！

不管是在妈妈庇护下的故乡，还是在钢筋水泥城市里自己的小家，不管是与姐妹们一起欢闹的童年，还是远嫁后，异乡里一家三口的幸福，温暖每一个寒冬的，必定是暖暖的腊八粥，以及，那暖暖的回忆。

梨未开，柏正浓

　　我是个懒人，很少能愿意出来玩。然而今年突发奇想，又因为清明节天公作美，便在未作调查不知就里的情况下，贸贸然约着妹妹一家，跑到费县万亩梨园看梨花。

　　到了梨花峪，梨花却未开。含苞待放的梨花固然别有韵味，但总不胜于千树万树梨花开的唯美。但既然来了，总要将好心情进行到底。于是一行人放弃闹哄哄赶集似的盘山公路，停车在半山腰，一路攀岩而上。不走寻常路的代价是手脚并用，披荆斩棘，不一会我们就从空旷钻入密林。孩子们爬得最快，肥胖的我总是垫在最后。

　　密林自是别有风韵。我们攀爬所经之处，满是柏树，所踏之地，野花成毯。妹妹说，这柏树让她想起了小时候，新娘嫁妆上总是挂着柏枝，她很喜欢这个树叶和味道。其实我也是从那个时候认识柏枝的，新年陪嫁的柜子上，橱子上，甚至笸子里，都放着柏树枝。当时我们并不知是何种用意。此刻置身柏林，周遭全是柏树，空气中也全是柏叶的清香，大自然极大满足了我们幼时的回忆。我们自顾往上爬，却不小心超过了天桥的高度。

　　悬于山涧之间的天桥，是仙人洞景区的一个吊桥，蓝色锁链上铺上木板，晃晃悠悠地连着两个山头。这正是我们在山下的目标呢。当时我还觉得不可企及，拒绝配合爬山并一屁股坐在地上不走了，耍起赖。没想到轻轻松松就过了既定高度。当我们从密林中钻出来的时候，并不知道身在何处，与沿公路上来的人们比较，显得那么与众不同。

　　天桥的桥头是挑着儿女的牛郎雕塑，也就是说，此天桥是代表牛郎织女相会的鹊桥吧。因为我们是从后山爬上来的，所以与大家的旅游路线正好相反。我们逆着人群，走这晃晃悠悠的吊桥，看着深深的山谷，我腿发抖头发晕，须得有人扶着，不然根本无法挪步。大家一边笑话我一边扶着我。孩子们才不会害怕，还故意地加大晃悠的力度，这当然使我更加害怕。正在觉得自己特别丢人的时候，前方来了一个蒙着头走吊桥的七尺男儿，顿时觉得自己还是很勇敢的。于是大着胆子看几百米的下面，看看迎面来的人们。看着很多人脸上的紧张，我知道，担心吊桥断了掉下去的人不仅仅是我自己哦。

　　逆着走是很难受的，就像汽车逆行在单行道上的那种窘迫。却也有很新奇的感觉在里面。走到仙人洞口，我被拽着进了黑乎乎的小洞洞，七扭八弯的，我也不知道是如何出来的，如何就到了另外一个平台，我想假如只有我自己，我断然是出不来的。当然也是不敢进的。我这样胆小的人，是很不适合爬山探险的。但就是这样的一个我，还得配合着老公和女儿以及我的妹妹，他们都是极喜欢刺激而吓人的活动的。

　　终于，沿着崎岖不平的山路，临着陡峭的崖壁，我们到了景区的大门。大门口是有售票和检票口的，我们根本不知道。

这算是逃票吗，不管了！因为算下来，我们省了正好一顿午餐的钱。我们是做了野餐准备的，食物很丰盛，连肉带酒，刚刚好是五个人的门票花费。于是带着占了很大便宜的窃喜，我们开始寻找野餐地点。妹妹凭着"地主"的熟悉，指挥道路，却没料到清明节这天，山上也会堵车。几经挣扎就是不能进退，于是因陋就简，找了个空地，铺将开了。

不过也不用席地而坐，因为山上有的是平整的石块，午餐布也不用铺在地上，因为我们带了塑料箱子，翻上盖子，正好是一个迷你餐桌。我们的餐桌摆在一棵梨树下，旁边还有几棵桃树。吃饭的时候，我还开玩笑说，我要在这树下，等着它开花，不开花我就不走了。于是大家开始吃喝，梨树下觥筹交错。春日暖阳下，花树相伴的野餐，这是不多的人生体验，我很珍惜。孩子们吃着吃着，就忍不住去旁边玩一会，跑一会儿，任凭呼喊也不听。

一路走走停停，也能遇见开得不错的梨花，遇见了，就欣赏一会。今年暖得晚，花也开得晚。所以在人们放假踏青赏花的时候，花却没能应景开放。今年的花期，花注定是要寂寞的，因为等它终于盛放，赏花的人却要各归其位，只留下人的遗憾，谷的空旷。

下山后，大家已经累了，只想快快回家，睡一会，歇一会。可是看到漫天的风筝，终于还是忍不住。这次买的风筝很好放，这也是我第一次将风筝放得如此之高，高到把它收回来很费事费时的程度。又看到卖棉花糖的小摊，明知道棉花糖其实就是一撮白糖，却每次都抵挡不了诱惑，每次都要买来先欣赏，然后慢慢吃完。

很多事情都一样，就是一种感觉而已。市区的河边，花树的品种不计其数，百花争艳的景色随处可见，可我们非要翻山越岭的，看这未开的梨花。

其实，游玩就是一种心情。面对美景时，你感受不了美景，那是没有心情。但是今年这个清明，我们在未开的梨花峪，看到了盛放的雪白。

六月六晒龙衣

农历六月初六，也就是俗称"六月六"，在我生活的鲁南地区，一直流传着"六月六，晒龙衣"的习俗。小时候，我并不在知道这个晒龙衣的典故由来，我只知道，每当到了这一天，假如天气晴朗阳光好，我们就得帮着妈妈翻箱倒柜，把家里所有衣服都找出来，晒在事先铺好的席子上，席子不够用时，就搭在晾衣绳和矮树杈上。

那时候我们家里还没盖楼房，要是盖了现在的这个两层楼房，我们肯定就得把衣服全部晾在栏杆上，那就省事多了。

往外搬衣服和被子的时候，要来来往往很多趟。妈妈在生育我们的时候，落下了病根，腰腿疼痛始终不离她左右。所以作为老大，我有充足的理由调兵遣将，和两个妹妹合作干活。大妹最能干，虽然只有几岁，却表现出与年龄不相符的隐忍，小小的脸上都是汗珠，她都不擦一下，只是兀自一趟又一趟地搬运衣物。小妹还小，实际上干不了什么活，但也总是不服输地从堂屋里间到院子地来回搬运，力所能及地干着。

我们那时贫寒的家，别说"龙衣"，就是几件像样的新衣服，都找不出来。棉衣被褥，也都旧了。只是中间有一个红的被面，妈妈总是叠得整整齐齐的，每年拿出来晒完，再放进箱子的最底层，宝贝一样。后来问妈妈原因，妈妈说这是当年结婚的被面，没舍得用，就放起来了。

后来，这个被面当作陪嫁，送给作为老大的我了。二十几年前的被面，一点都没褪色，红彤彤的颜色和龙凤的花纹，仍然很惊艳。

晒"龙衣"的空档，我们姐仨喜欢到在晒满了衣物的席子上打滚。农历六月的天气，衣物都被晒得热乎乎的，穿着短衣短裤的我们，皮肤都觉得烫。可是这并不能阻止我们游戏。不仅仅在上面打滚，我们还喜欢拿起那些厚衣服，套在身上穿着玩。这时候妈妈总是惊呼：热死了啊，别捂出痱子来！

玩够了，妹妹们就出去玩一圈。我却不能出去，因为院子里还有鸡鸭，鸭子倒没问题，在圈里，鸡却来回走动，似乎总想跟我们一样，到这大席子上面来玩。我的任务是，不能让它的想法得逞。它要是上来了还了得，到处拉屎，这些衣服上不都沾了它的屁屁？坚决不行！这个情形想想就挺恶心。所以我很负责地拿个竹竿，守在院子里，鸡只要想靠近，我就竹竿一挥，把它吓跑了。

中午两三点的时候，衣物都晒得很热了，妈妈说这时候收最好，能把太阳味装进橱子里。现在很多资料说，那所谓的太阳味，实际上螨虫尸体的味道。这种说法我从不赞同，多浪漫美好的事情，都被你们的"科学"给搅和了，不信不信！

我们姐仨和妈妈一起，又把衣物一趟一趟搬回去。妈妈搬了一会就去归纳整理了，我们姐仨又是齐心协力，完成了晒龙衣的任务。

后来我才知道，农历六月初六，是一个与洗晾、晾晒有关的日子。而且从古至今，中国有很多类似的节日，如：晒秋节、洗晒节、晒书节、晒谱节，等等。关于已经延续了几百年的晒"龙衣"的来历，有很多有趣的传说和历史记载：一说，六月初六是佛祖释迦牟尼晒经的日子；二说，唐僧师徒历经八十一难，从西天取得真经，归途中不慎将佛经掉落大海，只好将佛经捞出晒干，这一天就是农历六月初六；三说，乾隆皇帝在扬州巡游的路上恰遭大雨，淋湿了外衣，又不好借百姓的衣服替换，只好等待雨过天晴，将湿衣晒干再穿，这一天正好是六月六，因而又有"晒龙袍"（龙衣）之说。

又有资料说，"六月六"作为节日最早始于北宋年间。真宗大中祥符元年（1008 年），为了洗刷澶渊之盟的耻辱，宋真宗赵恒意欲封禅泰山，巩固自己的统治地位。他伪托梦见神人，当降天书，果然在当年正月初三、六月初六，上天分别在京师和泰山两次降下天书，宋真宗龙颜大悦，特意将第二次降下天书的六月六日定为"天贶节"，并在泰山脚下的岱庙修建一大殿，赐名"天贶殿"。次年五月"诏兖州长吏，以天书降泰山日诣天贶殿，建道场设醮，以其日为天贶节，令诸州皆设醮"。南宋陈元靓《岁时广记》记载："祥符四年正月，以六月六日天书再降日为天贶节。在京禁屠宰九日，诏诸路并禁。"从此，上行下效，六月初六就成为一个固定的节日了。

然而，随着历史的发展，这一节日的内涵却发生了改变，逐渐演变为和人们的日常生活紧密相关的节日。《安平县杂记》称："六月初六，俗名是日天门开，人家竞曝衣服，谓不虞霉烂。"

美丽的传说，往往是人们美好愿望的表达，逐渐演变的习俗，则是表达了人们共同的期望。而中国人农历的精密计算和预算，却可以让我们正本溯源。根据农历的说法，热在三伏。小暑大暑过后，气温升至全年最高，超过人和动物体温，这时候晒谱晒书晒字画，晒衣服晒谷物，既能杀虫灭菌，又可以使这些东西保存长久。汉代刘熙说："暑，煮也，热如煮物也。"鸡蛋放在太阳下曝晒一小时，可以煮熟。《六月·晒书》里说："人家曝书箱图画于庭，云蠹鱼不生。"《世说新语》这样说，不少人喜欢在晒书日炫耀藏书丰富，标榜书香门第。因此六月六这一天，民间称之为"洗晒节"。

而对于我，六月六还有一个重要的意义：三天后，是我的生日，是我妈妈受苦的日子。每逢六月六，在异乡钢筋水泥丛林里，我总是想念着与妈妈和妹妹一起"晒龙衣"的日子，想念着在暖暖的阳光下，与妹妹一起滚在热热的衣物之上，妈妈则不断阻止，高呼"别捂出痱子"的场景。

远嫁他乡，我狭小的阳台上，再也无法支撑晒"龙衣"的风俗。我却执拗地在每个六月六，将衣物被褥搬出来，堆满整个阳台，自己则静静地待在阳台上，看着阳光照在我的衣物上，心里总有一种扑上去，徜徉其间的冲动。

落叶飘飞最晚秋

冬已叩门，秋益深，人更不舍。

我是一个笨人，汽车的驾驭始终让我恐惧，甚至电动车，我都极少触及。所以，有机会整日骑单车，行在城市的大街小巷，却又太匆匆，总来不及细看道旁的树木花草，任由它们繁盛或者枯黄。这或是千千万万如我一样为生活奔波的人们，都容易忽略的吧。

风大时，是无论如何也不能忽略它们了。一路上，总有树叶簌簌落下，在近处，或掠过你的脸颊，落在肩头，落在车筐，或又，落在地上。在远处，它们从枝头落到地上集合后，一起随风而舞，飞起、落下，飞起、又落下……

我终是舍不得这满眼的风景，停车驻足。这是多好的季节啊，就连空气中，都散发着美好的韵味，就连北风的微微凉意，都浸润着清爽就连落叶起舞后扬起的轻尘，都让人感觉亲切。

一路骑行，头顶是高到有些炫目的天，被风吹薄的云，只要喷薄而出就暖暖的太阳，虽说晚秋飘零，但微冷的空气中，弥漫着的气息是暖暖的干燥、属于秋的独特味道。

一路骑行，路过红的纯粹火热的枫林，看到小灯笼似的熟透的小沙果，五洲路旁看残荷诠释流年静美，看黄绣球一样的菊花，想到那满城尽带黄金甲。

一路骑行，心情随风豁然开朗。仿佛在一瞬间，所有的烦忧悲喜都顿悟，所有的心事还来不及捡拾，就随着叶子打着旋儿飘落，凝结在了晚秋的美好。

今年的秋天就将远去，身后的岁月，也渐行渐远，却问不出那句："永远到底有多远"，只是让脚步和心，跟随季节飞叶落花散如烟，吟诵万物皆美是流年。

这样的时刻，若不问前路，只独在这千里清秋中，轻盈骑行，或许奔向河畔，或许驶向山丘，迎着风声，聆听晚秋的呢喃，该多好呀。

这样的时刻，若能找一有菊花的篱笆小院，在晚风初起时，端起热酒，在菊花丛中，先敬那瑟瑟西风。

该多好啊。

落叶飘飞最晚秋。

我在晚秋的风中独行，思索。

麦假

又到了收麦的季节。

坐在安静的办公室里，我脑海中浮现的，却是田野里收麦子的热火朝天。试想一下：一望无垠的金黄，随风而动时，就像金色的波浪，在金色的阳光下，该是何等的壮观！

在没有收割机的年代，麦收是农人最为紧张的时刻。一般情况下，一周或者最多十天就结束整个麦收"战斗"。之所以如此紧张，是因为麦子与其他作物不同，所有的麦子，在同一个时间，说熟便一起熟了，必须及时收割，如果收割晚了，包裹麦粒的皮便会松弛，张开，麦粒便会掉在泥土里，浪费掉了；又或者，沉沉的麦穗低着头，摇摇欲坠，这时候一旦刮风或者下雨，麦秆便会不堪重负，匍匐在地，给收割造成很大的难度，同时也影响产量。出现上述两种情况，一年的收成便会大打折扣，损失很大。所以小时候常听见爸爸说：麦子快"摇铃"了！快点干吧！摇铃了，我理解的就是熟透了，麦粒都哗哗掉地下了的意思。

麦收的时候，要全家齐上阵，老人孩子都要来帮忙。所以农村就要放麦假。放麦假的原因有二：一是学校里的老师都是民办教师，家里有地，有麦子要收割；另外我们这些农民的孩子，也是麦收大军中的小小生力军呢。

麦假一般是 10 天。

麦假里，大多数的同学都跟着父母，下地干活，帮忙收麦子了。因为身体自幼孱弱，爸妈从不让我干农活，在麦假里我的主要任务是：看妹妹、做饭、喂鸡、喂鸭、喂猪、喂羊，还有最重要的，就是及时给地里干活的大人们送水。试想，酷暑时节，我们坐在办公室开着空调还热，在烈日下挥汗如雨地缺了水怎么行！怎么样，我的任务够重要的吧，其实，那时候大家都差不多，没办法，穷人的孩子早当家嘛！我不仅给爸妈送水，还会在茶缸子里放上茶叶和白糖，因为我在书里看过，茶叶和白糖有利于消暑解渴。

10 岁左右的时候，我就能熟练地做这一切。先安排俩妹妹在屋里玩耍，并吓唬她们：不要乱跑哦，外面有买小孩的！然后就去刷锅烧水。那个年代没有饮水机、电水壶，也没有煤气灶，我所有的工具，只是一口大锅。燃烧的原料亦无须花钱，门口有成垛的玉米秸秆，树枝木材，随处可得。烧锅我可是有一手的，这是我从小学会的技术活。妈妈说过"人心要实，火心要虚"，就是说做人一定要真诚，烧火的时候一定要架起来，让空气进去，才能燃烧充分。这句话是我一生的座右铭，真的。

水烧开了，就要用舀子装到暖壶里，五六个暖壶，一一装好，这是与卖油翁一个道理的熟能生巧的技术活，我熟练装水的时候，可能是现在孩子在父母怀里撒娇，连鸡蛋都不会剥的年纪。装好水后就要给大人们送去了，提着水壶，用布包装几个碗，一定记住爸爸是用茶缸的，妈妈则要带两个馒头，因为妈妈饿了会心慌发抖,所以我总要给妈妈准备馒头先垫一下。准备好这些,我领着妹妹走在田间地头,到了便把茶饭放在地头,喊一声告诉爸妈就行了。

不过这地头,也有热闹丰盛的时候。那往往因为舅舅们的到来。我们家的地多但干活的人少,姥姥每每都让舅舅们抓紧干完自家的,来给我们帮忙。种大棚的舅舅总会同时带来大筐的西红柿和黄瓜,那是我们姐妹乃至乡亲们的狂欢节啊,现在想起来那顶花带刺的黄瓜和红红沙瓤的西红柿,还流着口水呢。舅舅们是很热情的,总招呼左邻右舍的,吃啊、吃啊,又累又渴的人们在客气后都开心地吃起来,笑起来,仿佛一天的疲惫和热燥在此刻,都烟消云散了。舅舅们在我的印象中,总是年轻的、有活力的,总会给我们这个沉闷的收麦环境带来轻松快乐。这是我童年里为数不多的快乐记忆之一。

送完水,我们不能原路返回。并不是我们要去玩,而是还要去菜园摘菜,准备午餐。夏季的菜园葱茏正盛,只是我来不及多欣赏,就要忙起来。摘些芸豆,辣椒,拔点小白菜,挖几个土豆,就必须回家了,回家去准备我们家人的,还有小鸡小鸭小羊们的午餐。准备午餐的程序很简单,我当时就编了顺口溜:"去掉土豆皮,改了土豆刀,择了芸豆筋,折了芸豆身。加上油和盐,大火来乱炖。"听出来了吧,就是现在的米豆炖土豆而已,太复杂的我也不会啊,然后再热热馒头,就搞定了一顿午饭。

给小鸡小鸭们做饭则要仔细些。将刚从田间拔回的小白菜细细切了,加点水,拌上玉米面给小鸡小鸭吃;小羊的要给新鲜的青草，配上玉米面汤；小猪的则不用青草，就用麸子和玉米面拌成糊糊，小猪们就大快朵颐了。熟练了是可以这么轻松的，但关键是不熟练的时候，切破手和做饭不熟的情况是屡见不鲜的。但无论如何，我要感谢那段岁月，成就了我现在"入得厨房"的大雅。

在麦子脱粒的环节，我们这些麦假中的孩子也会发生很大的作用。因为"抱麦捆"是人多多益善的一个工作，而麦捆，是我们能够抱动的。割麦子时可以分清你家我家，脱粒，也就是打麦子时，则必须要分工合作。抱麦捆时要穿上长袖衣裤，包上头巾，围上嘴，防止麦芒扎人。我人小但是速度不慢，穿梭在人群中，还挺像那么回事。

最后便是晒麦子的环节。那时候没有楼房，所有的麦子都要晒在场里。那是用石磙压成的平地，虽然是泥土地，但因为压得实，堪比水泥地。最好玩的，当属看麦子。晒麦子要有专人看守，一是要经常翻晒，二是防止鸡鸭鹅羊的偷吃。

这看麦子的活自然还是要落在放麦假的我们身上，因为大人在夏收后还有夏种，忙得很。这里还有一个非常经典的故事：与我同届的一个男生，也是我的邻居，学习非常好，成天埋头苦读。有一天奉命看麦子，带着作业趴在场边写。不知过了多久，他被他妈妈一嗓子吼醒：你干什么呢，麦子都快被吃没了！他抬头一看，大大小小十几只羊，正在他家的麦场里开冷餐会，还留下诸多粪便之类的"纪念品"。于是他的书呆子之名享誉好几个村庄，多年后，他在名校毕业，我们仍拿这事调侃他，他依然像小时候般腼腆脸红。

十天的麦假，在忙忙碌碌中度过。不过即便是麦假，也是有作业的，而且还不少。我们在干农活之余，也保质保量地完成了作业。那时候也没有人要减负，我们也不觉得负。老师也大多是同村的，偶尔干活遇到，老师总会交代：多帮大人干点活！

在写这篇文章时，妹妹说，现在的麦子，一天便收割脱粒完毕了，你写的这个麦假，现在也不放了，怕很少有人知道了。

我说，正因为如此，才要将这些趣事写下，用以纪念曾经快乐美好，现在已然消逝的童年。

梦中的灯光

　　每个人，都会有一个梦想，无论是远大还是渺小，都是一个人在小时候最纯真的梦，是牵绊一生无法替代的。

　　我小时候的梦想其实很简单，就是想象着有一个宽大的书桌，我坐在书桌旁看书，做作业，或者做手工。这个书桌一定要靠在窗台下，书桌上还有一盏小小的台灯，窗户上要挂着碎花的窗帘，每当夜幕降临，书桌上的台灯会照着碎花布的窗帘，让它更加的好看。有时候微微地开着窗户，窗帘会随风飘动，更加的动人。看书眼睛累了，可以看看窗外，除了挂着星星的夜幕，便是我自己亲手种的芙娇花，因为种得较多，我自己给它简单地做了围墙，形成了一个花圃。那盏小小的台灯，那个小小的花圃，会在每一个晚上陪着我，照亮着书中属于我的世界，也照亮窗外娇艳的花朵。

　　可是，这温馨而浪漫的书桌上的灯光，只是一个梦想啊。

　　那时候的农村，没有人家有这样的条件。即便是做学问的老师家里，也没有什么像样的书桌。何况我们贫穷的家，姐妹三个只有两张小床，屋里别的地方都放了粮囤和面缸，没有给我梦中的书桌留位置，况且我也没有那张书桌，没有那盏可爱的小台灯。平日里写作业是在饭桌上，每个房间也只有一个电灯泡，为了节约用电，他们的瓦数都还很小。三十几年前农村还会经常停电，写作业会在蜡烛的陪伴下完成，我只能在心中，默默地做着关于书桌和台灯的梦。

而后长大了一些，在学校住校。吵闹的大房间和拥挤的架子床，更加没有书桌和窗台的影子，还好我买了一个底部带夹子的台灯，夹在床头的铁管上，在夏季闷热的帷帐里，弱弱地有了自己的一个小天地。拥着被子，靠着宿舍的墙面，我除了课本之外，还读了四大名著，读了《家春秋》，读了岑凯伦和席慕容，读了梁晓声，读了贾平凹等。书中会有零星的片段描写书桌和窗台，甚至"伏案写书"这样的字眼都会有美丽的遐想。心中对梦想的渴望，从来没有消失或者模糊，反而更加地执着。

毕业后身在外地无处安身的时候，在一次短暂的工作生涯中认识了一个可爱女孩，因为家在本地，善良的她便收留了我和同样无处安身的一个姐妹。她同样善良的妈妈知道我们困难的处境，就撤掉了女孩的书桌，换成了两张拼凑在一起的床，让我们三个挤在一起。没有工作的时候，我们吃住都在人家家里，这个善良的家庭，用自己的爱心，温暖着我们这两个只认识了一个月的女孩。只是可惜了那个原本有着漂亮台灯的书桌，那书桌原本是靠着窗户，还有印着花的窗帘，正是我梦中的情景。只是由于要收留我们，破坏了原本的格局，我生命中第一次看到梦中的情景，顷刻间失去。但是，在这个失去梦境的小屋，我收获了人世间最美丽的情感，那是人与人无私的关爱。在那一段时间里，我忽然没有像以前一样，如此地渴望这个梦想。我在这个善良的人家住了一段时间，和善良的女孩结成亲姐妹一样的关系，一起去涉足社会，并幸运地成了同事。

那个善良的妈妈，我一度称她为"干妈"，可惜我这个干女儿还没来得及孝敬，她便因病英年早逝，离开了我们。这是我终身的遗憾，因为离开她们家后，由于四处奔波，我并没有履行诺言，经常去看望她们。但我现在倍加珍惜这个善良的女孩，一直保持着姐妹的亲情。同在一个公司，分别在不同的部门，我们互相守望并关心着彼此。

后来工作了，搬出了"干妈"的家，租住着一间小屋。我便什么都不顾的，就急着买了一个不足十元的小台灯，还是因为空间的关系，继续缺少着那宽大的书桌，还是依旧地把台灯固定在床头，还是用这暗暗的白炽灯光，沉迷着自己的世界。或许不逛街，不做头发，不买衣服，不染指甲的我，是公司里极不合群的，我也只能在这小屋里看我自己的书，寻求着心灵的宁静吧。

写这篇文章的时候，为我照亮的还是几年前购买的大嘴鸟。女儿的房间也同样有一个。而我正坐在自己小时候梦想中的书桌和窗台前，在我梦想中的小小台灯下，做着自己喜欢的事情。只是，窗外没有了我的芙娇花圃，只是小区的公共绿地而已。

我的梦里最多的一个场景，是一家人，在温暖的灯光下，孩子和爸爸妈妈亲昵着，游戏着，和美幸福的生活着。或许很多人认为灯光仅仅是照明而已，但是我，深深地理解灯光对于幸福的意义，不需要奢华和什么尊贵，只需要明亮和温暖即可。我用过的所有台灯，虽然简单，但是它明亮和柔和的光，投射在我的书上，投射在电脑键盘上，投射在我的心上，照亮了儿时的梦境。越来越亲切，越来越清晰。

年近中年

是的，我已年近中年。

这种说法，我还是按照中国常用的年龄划分模式，来为自己的年龄做出评估的。按照联合国卫生组织的说法，66 岁才是中年人的开始，那我及我同龄人，岂不是风华正茂的小青年？

一段时间以来，我的时间被工作占用了大半，全力以赴的工作当然是累了点，却也收获了别样的幸福和感觉。在马斯洛需求层次理论里，自我实现的需求在金字塔的顶端。我却并没有想得那么深远那么高端，我只是因为热爱自己的工作，并从中获得许多快乐，且因为这样的繁忙，会摒弃掉许多的小事，烦心事，而让自己变得简单纯粹，才加倍的努力，如此而已。

听到有人说过，在低端的事情上不要花费太多的精力。什么是低端的事情？或许很难界定。就像价值观一样，每个人都不同。对于我来讲，吃什么，穿什么，什么发型都不是那么重要，无须花费太多的时间来研究。这并不是个人标榜，熟悉我的人，都知道这是我生活的常态。我也因此外表很老土，常被人笑话。之所以这样，是因为我觉得，精神的愉悦较之别人的眼光，我选择愉悦。

　　"年近中年"以来，我常遇到的同龄人，与我探讨"老了"的话题。我嘴上附和心里悲伤，却在精神里绝不承认。尽管 90 后也已成家生子，尽管"00 后"即将成人，却都无法说服我，认命这样一个"老"字。

　　你老你们的去！我年轻着自己的。

　　"二孩"开放后，认识不认识的，熟悉不熟悉的，都非常关心我的"二孩"问题，身边的人们，比我小的比我大的，有钱或者没钱的，大都怀了或者生了。祖国的好政策，人民的好福利，既然乐而为之，我对此送上我最真诚的祝福。然而我却守着亲爱的《独生子女证》，亲爱的女儿，亲爱的三口之家，过着怡然自乐的日子。我觉得这样恰好，我的家庭中，并不缺少一个孩子。不绝于耳的劝生二孩固然是为我好，却的确让人心烦。生孩子是赚了便宜？生一个凑成好字？唯恐独生子女孤单？怕我老到卧床不起，一个人抬不动我？……

　　都多虑了！其实最应该考虑的，是自己是否有精力，再从头抚养教育一个孩子，时刻关心关注他的成长，让他树立正确的人生观和世界观，长大成人，成为一个正确的人。不至于因忙碌疏忽，让孩子骄纵，引发社会问题。

　　说得严重了？不不不！一点都不严重！许许多多铁的事实，不断在各种媒体曝出，因为没钱杀了双亲，或者手刃寡母的，受不了儿子啃老打骂的老人，亲手杀了儿子的也刚刚发生在我所处的这个城市。天生一张白纸的孩子，是怎样成为恶魔的？这就是不关心关注，只养不教的恶果。所以，在没有权衡好自己是否再有这样的精力时间和耐心，去从头养育一个孩子时，我是不会听从大家的建议，去赶"二孩"时髦的。

将时间交付给自己的孩子，最起码能保证他在青春期时，不会偏离轨道，不会抽烟喝酒去夜店，不会早恋出了事，不会离家出了走，不会像那对心狠的双胞胎姐妹一样，给父母下了毒……

将时间交付给工作，或许不会有太大的升职加薪，但范围内的专业，肯定驾轻就熟，业绩也不会差到哪里去，失业的危险暂时没有。

将时间交付给爱好，或许这一生都成不了自己想成为的那个人，但书籍和文字给予的滋养，我是真真切切感受到了。因为心灵的共鸣而聚集的朋友，也给了我精神世界最重要的帮扶，受益一生。

年近中年，我该做一个怎样的自己？

我的目标是：将生活继续。继续爱着我的家人，更加关心着孩子；继续努力地工作，别让时间抛远了自己；继续爱着所爱的文字，就算它们永远都待在我的文档里。

霸道的二妹

二妹排行老二，却从小就不喜欢别人叫她"二"字开头的称呼。她觉得这个"二"字不好，至于怎么不好，她为啥不喜欢，我也不太清楚。总之，她规定：该称呼她二姨的，她一律让人喊她姨妈，该称呼她二姑的，一律又称姑妈。我们乡间，喜欢称呼行字为小名，所以小时候，长辈们都喊我大妮，她却不喜欢别人喊她二妮，但长辈们却不管那个，照旧喊她二妮。每当有人喊时，她都气得嘟起嘴。因为她有哮喘，生气时容易憋得喘不过气来，所以我们家里人不敢惹她，从小就称呼她的学名，外面的人时间长了，也渐渐地呼她学名了。

二妹这个哮喘，是我们一家永远的痛。家里姊妹多，爸妈成天在地里忙乎，二妹和小妹都由我带着照顾。那年，三岁的二妹，不小心掉进了初春暴雨后的深坑，七岁的我无力营救，当穿着棉衣的二妹，被乡亲们救上来时已经浑身湿透。随后接连几天的高烧，给她留下了终身的病根：哮喘。二妹经常犯病，一犯病，便憋得无法呼吸，脸色憋成紫色。常常在深夜里，爸妈抱着她飞奔出去，砸乡医的大门。到现在，虽然经过多年的治疗，已经四十岁的二妹，仍旧要随身带着药物，即便是这样，仍旧还有在路上哮喘至窒息的危险情况发生。

因为身体不好，父母尤其是母亲，对二妹倾注了更多的疼爱。二妹又不知道听谁说的一句俗语："疼大的爱小的，就是毁了当中的"，作为"当中的"，因为怕被忽略，她更是依赖着妈妈。岂不知在我们家里，最疼的是"中间的"。因为这个最疼，二妹小时候有一些霸道：好吃的要先吃，新衣服要先挑。我是大的应该让着她，三妹看起来也不敢惹她，于是就任由她"飞扬跋扈"。

农村的孩子都是要帮父母干活的，二妹三妹渐渐长大后，我们就有了分工。其实，也不算什么分工，二妹依旧是黏着妈妈，她宁愿跟着去烈日下的田野里帮忙收割，也不待在家里。于是我还是干原来的老本行：做饭洗衣，喂猪喂羊，照管鸡鸭鹅……尽管我也不想在家里做这么许多啰唆的事情，可是三妹还小，二妹又霸道先选，我只能听从。

霸道是霸道了些，二妹学习还是很认真的。因为生病，二妹晚上了两年学，正好与小妹一同入学。小妹是调皮的，二妹是文静的。每天一放学，小妹书包一扔，就出去玩了，不到天黑绝不回来，回来了，作业也是潦潦草草。二妹则每天非常认真写作业，字迹工整，成天被老师夸奖。虽然最后小妹当了博士，二妹只是上了专科院校，但做事认真的风格，却一直保留着。

二妹也是远嫁。之所以用"也"这个字，是因为我就是远嫁。二妹很幸运，虽然是远嫁，但婆家待她很好，二妹做着一份会计工作，小家庭很温馨。她从小依赖妈妈和霸道的毛病，长大了有增无减。远嫁的女儿总想多孝敬父母，爸爸是不愿意到我们姐妹家小住的，妈妈有空了，会到我们姐妹几个家逛逛。二妹没结婚的时候，妈妈都是到我家里小住，二妹结婚后，妈妈就很少到我们家来了。即便是来，也住不上几日，就让二妹接走了。后来，妈妈都是直接被二妹接走，在她家住很久。我打电话问妈妈，有空到我们家住几天不？我去接您啊。妈妈总是说，不知你妹妹让去不，我得问问她……三妹倒没有远嫁，却因为工作的关系，夫妻俩也住在外地。三妹有时候也想接妈妈去住，但过不了几天，妈妈跟三妹看完大海，游完风景，还是很快又回到了二妹那里。

二妹待妈妈很细心。我在文章里多次写过，妈妈受过太多的辛苦。除了生活给予的苦难、生儿育女给身体造成的伤害之外，就在近期，联合收割机还让妈妈失去了好几根手指。随着年龄增长，妈妈身体每况愈下，除了腰腿疼之外，三高等各种疾病纷纷找上门来。尤其是伤手指的那次，更是让妈妈一时间无法自理生活。这一段时间，二妹霸占妈妈的行为，更加地"放肆"。未等我和三妹行动，二妹就到了妈妈身边。照顾一个不能自理的老人是怎样的辛苦，想必大家都能想见。妈妈这时候，完全成了她私人的。在医院细心照料后，她就把妈妈接到了她家。从妈妈的就医喂药，到妈妈的大小便和洗浴，都是二妹自己完成，更不用说，妈妈平日里的吃穿等照料。我和三妹虽然有钱物等补充，但"霸占"妈妈的，始终是二妹。

其实我们知道，她的霸道，都有着必须霸道的原因。因为妈妈曾经跟我们说过，假如小时候，二妹选择在家洗衣做饭，不承受烈日暴晒，那么作为大姐的我，肯定要去田野里。低血糖的我，不用几分钟就会晕倒……农忙时节，出这么大的麻烦肯定会误事。长大后霸占妈妈，则又是"不得已而为之"。她对妈妈说："姐姐身体不好，妹妹在攻读学位，而我的家里，正好是平房，方便出入，离医院也近。姐姐家没有电梯，您腿脚不好，出入不方便，妹妹在学校，都不合适照顾你。"

说这话时候的二妹，感觉自己很强大。其实，她光考虑了姐姐身体不好，妹妹学习紧张，却忘记了自己的身体，也是从小到大，在药物里泡大。又因为我生孩子时无人照顾，她来回奔波的过程中摔了重重一跤，从此落下了腰疼的痼疾。她自己白天一整天的工作中，中午还要抽空回家照顾妈妈，晚上忙完一家子的家务后，还依旧要照顾妈妈的起居。即便是妈妈在老家居住，她只要有几个小时的空闲，便驱车回家，看望父母。妈妈的身体状况细微变化，她烂熟于心，妈妈的情绪变动，她了如指掌，家里的大大小小事情，她都安排得妥妥帖帖……有的时候，妈妈感冒发烧或者入院检查，她能承担的，决不让我知道。"姐姐身体不好"是她考虑的问题，"妹妹工作繁忙"依旧是她牵挂的事情……

霸道的二妹，从小到大，没霸去任何值钱的东西，霸走的只是辛苦和责任。一世为姐妹，三生姐妹情。一起住过最贵的房子，一起经历最初的时光，一生共伺同一父母高堂，是人与人之间最亲的缘分。这份情，一辈子不用担心被改变被抛弃，是人间最亲的血脉亲情。拥有姐妹的人，是幸福的。无论时光怎样变幻，无论世事如何纷扰，都改变不了血浓于水的姐妹亲情，当父母老去，我们也鹤发橘皮，但我们爱彼此的心，都一如儿时般纯净。

涑河边的早餐店

我每天下班都要经过这里。这是我母校的驻地,涑河桥边。

可这并不是我的必经之路。由于道路狭窄,相对于我其他回家的路,它还显得有些拥堵而绕远。可是,我就喜欢经过这里。我喜欢这里,却并不仅仅因为它是我母校的驻地。

每当走过这里,我的心里就会涌起一股暖流,虽然不见了那个给过我温暖的阿姨,不见了那个简陋的早餐店,虽然当年的小桥已经变成了如今的立交桥,但是,仍然丝毫不妨碍我兀自地沉醉。对,是沉醉。

上学的时候,我长得没有现在那么"珠圆玉润",当时的我又黑又瘦的。我经常在学校墙外,涑河桥边的一个早餐店吃饭。这个早餐店和别的店一样,豆汁、油条、稀饭、鸡蛋,很普通平常。只是比别的摊点显得干净罢了。

经常去,便会变得熟悉起来。店里的老板是一个50岁左右的阿姨,高高胖胖的,说话喜欢用叠字:谁谁长得"那么高高",什么什么"那么大大",谁的心眼"那么好好",总是会引得我偷偷地笑。所以,我在她的嘴里,就成了"那么瘦瘦,那么可怜"了。

经常去,她便喜欢一边干活,一边跟我聊天。她便知道我独自在外面上学，便知道我为了给家里省钱，不舍得吃太多东西，一碗豆汁，一根油条，从没舍得吃过鸡蛋。她一直以为，我不喜欢吃鸡蛋。

有一天，我再去吃早餐，阿姨便跟我说她忙不过来，让我每天早点去，帮她收拾碗筷，擦擦桌子，作为报酬，她可以让我免费吃早点，管饱。还怯怯地问我：行不，学生？

我当然求之不得。我当时营养不良到经常因为低血糖而头晕。于是，我便成了早餐店的小帮工了。说是帮工，其实每天没有多少活，但是我却可以不花钱的吃鸡蛋和油条、喝豆汁，直到喝饱、吃饱。

我当时根本不知道，卖个早餐，根本用不了那么多人，根本不需要专门找一个收拾碗筷和擦桌子的。我几乎到毕业，有一年的时间吧，都在给阿姨"帮忙"，吃自己"挣来"的"免费早餐"。其间，阿姨还以我"干得好"为由，给我发过"奖金"。

也许是豆汁和鸡蛋的营养吧，也许是因为可以不必花钱吃东西，我的身体渐渐地好了起来，头晕的情况越来越少了，后来就不晕了，阿姨便说我，仍然用叠字："你现在的脸色那么红红，真漂亮。"

毕业离开学校的时候，我只是简单地给阿姨打了个招呼，说我不干了，我毕业啦，我要找正经的工作去了，踌躇满志，心安理得的。

甚至，没有正经地说一声"谢谢"。甚至，我不知道阿姨的姓名，我平日只是喊她"姨"，更不知道她家的住址。一年的时间，我对于这个素不相识却真诚帮助我的阿姨，没有任何的了解。

现在，我坚持经常路过当年我"打工"的快餐店，虽然，这里已经成了绿化带，虽然，在茫茫的人海中，我暂时还找不到那个高高胖胖、说话喜欢用叠字的阿姨，但是，我会在心底为她祝福，请她原谅我的年少无知，请她接受我真诚的谢意。

还有，我很想她。真的。

踏雪夜行

　　下雪了。久旱之后，这是 2008 年临沂的第二场雪。终究是农民出身的孩子，总是记挂着家里的几亩地，祈祷着风调雨顺，期待在春天微雨，在夏日时滂沱，在冬日，总是期盼着一场大雪。我在不用种地的城里，总是焦躁着旱情或者涝灾，好像我只靠着二亩薄田，有着安身立命的惶恐。

　　今年的冬天，雨水非常少。近腊月时，下了一场小小的雪，纵然是小，还是给了大家太多的惊喜，尤其是久旱的山东，这场小雪可称为"及时雪"。前两天，一场春雨如约而至，再一次滋润了大家的心田。但期待踏雪的心情，始终没有如愿。

　　今天，在二月的最后一天，竟然真的下大雪了。之前，天气预报遮遮掩掩的，没敢说是下雪。就说是多云，局部有小雪。这也不怪它，毕竟之前的几次预报雪情，都是"谎报"。然而这次，老天却给了意外的惊喜，下了一场够大的雪，又一次给气象预报难堪。

　　看到大雪，自是非常兴奋。电话联系三百里外的妈妈，一百里外的大哥，QQ 联系泰山下的妹妹，还有泉城济南的外甥，都说：下大雪了！QQ 好友纷纷更改了以雪为主题的说说，刹那间，有种普天同庆的感觉。

　　按说，雪是一种自然现象，不该如此过度兴奋。可是，鉴于近几年雪的稀少，尤其是久旱后如此大雪，便更显得珍贵了。从晚上六点左右到十点共计四个小时，雪一直下，纷纷扬扬，让人瞬间升腾浪漫情怀。

做饭的时候，吃饭的时候，聊天的时候，我们一家三口总是忍不住要打开后阳台的门，出去感受飘雪的亲吻，以致锅里的油险些烧着，以致饭菜都放凉了，以致门厅的卫生情况惨不忍睹！

出去看吧！不能按捺了，趁雪还在飘！

六楼的103阶楼梯，竟然这样的漫长，虽然后阳台能看见雪，终究不是漫天大雪的感觉。打开楼道门，大雪扑面而来，冰冰凉凉的，在脸上，异常的舒服。空气是那么清新，世界仙气飘飘，仿若不在凡尘。所有的一切，都在雪的覆盖下，显得神秘而美丽。我们在楼下，所有的车玻璃上，都写了字："一路平安"或者"幸福快乐"等等，让雪的美丽更加的温馨。

雪是浪漫的，是吧！老公？是的！女儿接茬说。这孩子，总是抢话说呢。妈妈，好浪漫呢，好美丽呢。是啊，按照自然现象说，同样是降水，雪是这样的优雅和飘洒，这样的和人亲近，不会弄湿衣服，还会在小手中短暂停留，还会在脚下咯吱咯吱作响，还会在第二天银装素裹着这个世界，还会滚成雪球，堆成雪人，被人们编成歌曲……雪，留给人们多少的赞叹和遐想。

女儿在绿化带的厚雪中玩耍，踩了很多的脚印，这是她最喜欢的玩法，除了脚印，还喜欢留名字，北园路小学，班级等等。这个年龄段是认识自我的一个阶段，由她去，总之马上就会全部被覆盖。

银杏林里，原来绿的叶，黄的叶，红的地砖等等，都一律成为白色。高高的银杏树，银装素裹的样子，在夜色中分外好看。

小花园中，也是一样的素白，只是在经过沿街店铺时，看到霓虹灯下绚丽多彩的雪。女儿因此很兴奋，妈妈，彩色的雪哦。是啊宝贝，彩色的雪。我却喜欢路灯下的雪，因为在路灯映照下，才会真切地看到雪的飘洒和纷飞，看到雪在真切地下，还在下。在白天熙熙攘攘的花园里，我们一家三口独自玩耍，运动器材也被雪覆盖，女儿总是拂掉雪，玩一把，调皮得很。平日里如镜的地面，覆上雪之后变得湿滑无比，我们仿佛滑冰样趔趄。女儿却喜欢这样的东倒西歪，还要三人捆绑一排，形成互助形式，以防跌倒。抬眼望时，发现这风雪地里，人竟然多了起来，都是一样仰望着天空，任冰凉的雪飘在脸上，落入颈中，亲身地感受着雪，仿佛怕它突然溜走。

去河边吧。我说。女儿立刻赞同。老公说太晚了。我说就看一眼，风雪中的祊河，是否是往日的模样？一家人迎着风雪北上，到河边，还是一样的素白，仿佛天地间没有了分辨，只是道路被过多的车辆碾过，呈现太多黑色的车痕，煞了风景。

回家时，还要去后阳台感受属于我们的小天地的雪。雪落在我的小花坛，已经厚厚一层，恍然中，让我眼前有了"冬天麦盖三层被"的故乡景象。后阳台的玻璃茶几上，最是清晰呈现雪的厚度。而且，这茶几上干净的雪，我总是会用器皿收集一些，让它化成水，煮茶饮……

回到房间，打开音响，放进DVD碟片，点一首《认真的雪》，旋律响起时，最是应景。这场雪，下得认真。深夜踏雪而行的我们，对生活的热爱，更是认真。

土豆丝

我非常喜欢吃土豆丝。酸辣的，最是喜欢。虽然只是家常便饭，但切得细细的土豆丝，配上细细的青椒丝红椒丝，色香味俱全，让我久爱不辍。于是熟悉我的人便都知道，去餐馆吃饭，土豆丝是必点的菜。

在我们老家，土豆不叫土豆，叫地蛋。幼年，我是家中长女，为了给父母减轻负担，洗衣做饭一应事物，都学得精通。那时候，土豆在我手中的做法，就是削皮切块，炖之。小小的年纪，父母也从未要求我切丝。我也曾跟着电视上学着切过，因为切破了手，被妈妈批评。一度以为这辈子，我都学不会切土豆丝了。是的，纵然是那样普通的事情，在很长的一段时间之内是我的一个坎，且很难逾越。

为什么如此简单的土豆丝，会让我如此为难？除了安全因素之外，客观原因是，小时候农村家里做饭是不吃这么细的菜的，人口多农活忙，大锅大火地炖，是最快捷高效的。细细密密地切，一碟一碟地变花样，耗时耗力，时间上来不及。土豆块有时候单独炖，有时和茄子，有时和芸豆，有时候还加点肉。新土豆下来的时候，总是先将很小的煮了，因为小个的不利于储存，卖也卖不上价。我喜欢新土豆煮了的味道，妈妈常简单切开，用蒜泥拌着吃，那鲜辣的味道我至今不能忘怀。那时候，我还不知道土豆能切这么细的丝，炒成那么好看的菜。

关于土豆丝的深刻记忆，是从中学开始的。学校里的食堂，我们这些穷孩子不经常进去，但经常闻到一种特别的香味，从别人的饭盒看去，是土豆丝。那时候，我们经常只能吃着妈妈炒好的够吃一周的咸菜丝。妈妈切的咸菜丝很细，不亚于同学饭盒里的土豆丝。而且为了提高口味，妈妈加了辣椒和豆子或者花生，只是希望我佐餐的时候，不至于太乏味，而且豆子和花生，也能增加营养。我没有亲手切过咸菜丝，尽管妈妈的手裂着口子，沾水尤其是咸水就更加疼，我也没有试过。这也是我始终愧疚，以为自己不如妹妹孝顺的原因，妹妹心疼妈妈，自己上学用的咸菜，大半是自己切的，也因此练就一手好刀工。

也许是因为咸菜丝的原因，也许是因为中学特别的同学饭盒里的香味，我对土豆丝更增加了一种特殊的感情。刚刚参加工作的时候，每次在小摊吃饭，我总会要一份酸辣土豆丝，总是要嘱咐厨师，要够酸够辣。所以直到现在，了解我的跟我一起吃饭，点菜的时候都会大声说，酸辣土豆丝！随即，大家都调侃着笑。那时候小摊上土豆丝很便宜，2元钱就能炒一盘，煎饼两毛钱一个，大家合伙吃饭的话，每个人三元钱就饱饱的了。要是或者加一个菜，清炒豆腐皮，人再多一点，就再加一个西红柿蛋汤或者紫菜肉丝汤，这两个汤都是三块钱。即便是加得这么丰富了，分摊到每个人身上，也不过就是三四元的。吃土豆丝的时候我不能吃米饭，因为土豆丝和米饭都会导致我胃酸，两样一起吃会让我难受一天。即使难受，我也想吃土豆丝，因为是真喜欢。

吃得久了，我们就会在吃饭的时候，评判师傅的刀工。用镲子镲的不算，一眼就能看出来。西红柿蛋汤经常喝，西红柿炒蛋不舍得经常吃，所以每次吃，都会有男生将汤汁喝光，绝对不能浪费。我吃得最贵的土豆丝，是在当时临沂最豪华的饭店——荣华大酒店吃的。我第一次到这么高档的酒店吃饭，满心欢喜却发现满桌山珍海味却没有几道菜适合挑嘴而吃素的我。其间，土豆丝就像久违的亲人，便大快朵颐。又发现好几个同事也和我同样的喜欢，一盘土豆丝马上就空了。我想土豆丝肯定便宜，便跟服务员说再来一盘。饭后知情的同事说，土豆丝 16 元一盘！你这一盘一盘的，也花不少钱！这个价格着实吓了我一跳，我说味道和两块的差不多啊，只不过是辣椒红绿搭配得好看点而已，同事说，这就是档次啊！

结婚后到了婆婆家，是嫂子的刀工给我留下了深刻的印象。那个场景实在是太震撼了：嫂子的手像艺术家一样，手起刀落，唰唰唰，动作轻松随意，不很规则的土豆，先成了可以几乎透视的薄片，旋即成了细丝，动作之简单，仿佛谁都可以切那么好，根本不是我想的那么难。不仅仅是土豆，连带眼的藕，都能如法炮制，切得很细很细，细到看不出是藕。青椒炒肉，青椒是细细的丝，肉也是细细的丝，总之所有菜，力求精工细作。吃饭的时候我夸赞刀工，嫂子说这并不难，因为事先知道我喜欢吃土豆丝和辣椒炒肉，特意都做了一份。要说切菜，另外一个嫂子切得才好呢，跟她不能比。这令我很是震撼：嫂子们平日只在乡村生活劳作，却能将生活的细节做得这么完美，而我，长期以来，始终将那细丝当成不可逾越的高山，未敢尝试。

结婚初期，我们两口子疲于奔命的工作生活，顾不上细致的生活。细细的土豆丝，或者农贸市场买现成的，或者用锼子帮忙。偶尔妹妹来小住，我总要求她帮我切土豆，看着她切得那么细，我每次都很羡慕。她每次都叹息说这是切咸菜练出来的，学着切是因为不忍心看着妈妈的手在咸水里更加疼，我们一起唏嘘感叹着幼时的艰苦。

突然有一天，我要自己切一个土豆丝试试。刷干净菜板，削了土豆皮，开始了我历史性的一刻。没想到，静下心来，这土豆丝还真不是什么难题，我也能切薄了片，切细了丝，只是由于技术问题，没有切的那么均匀而已。之后又练习了几次，每次都能切成丝，炒成菜。只是因为技术问题，粗细不均，有待锻炼。

至此，土豆丝的情结总算有了一个归宿。我看着手中的土豆丝，突然醒悟。原来我认为无法逾越的，竟然如此简单。或许，土豆丝之类的困窘，在我们生活中从没缺过；或许，我们曾畏惧的许多，只是纸老虎；或许，我们曾无法逾越的，只需要一纵身，就能看到广阔的旷野，无边的远方。

滕国古城忆流年

我的故乡滕州，古称滕小国，生我养我的小村庄，正是滕小国的故址所在。滕小国的故址是一个高台，俗称"文公台"。幼时，我们每天在那高台前走过，去上学，去放羊，去割草。史书上讲，滕小国极小，方圆只有几公里，但神奇的是，即便是这么小，也是礼制健全，是个规规整整的国家。古老的城墙，虽然只剩下沧海桑田后的土坝，残缺的地方很多，但终究还是有着非常清晰的轮廓。

小时候的我们，并不知道这是古城墙，只是知道，这是坝子，很长很长，好像怎么走也走不完。走着走着，就到了文公台，翻过文公台，又还是坝子。长大了以后才知道，古城墙是四方的，我们一直在转圈，怎么会走得完呢？

秋假（以前秋天农村为了收获而专门放的假）里，放羊和割草，是我少年时代除了看孩子之外的最重要的工作。其实很多时候，这三种工作是并行的。我常常在午饭后，背着三妹，领着二妹，赶着羊群，挎着装草的篮子，一路朝坝上走去。有时候，同行的还有二爷爷家的小叔，比我只大几个月。这个不是亲叔倒像兄弟的叔叔，在我童年的生活里，起着举足轻重的作用。童年的岁月里，与他的憨厚老实相比，我则显得狡诈而无理。

坝上离家里并不远，一会儿我们就到了经常安营扎寨的老地方。坝上有树有草，不仅风景优美，而且资源丰富。大羊我可以拴在树上，绳子放得长一点，让它们转着圈吃周围的草，小羊羔则不必拴绳，属于自由活动者。它们很快乐地就跑到庄稼地里，去吃好吃而现成的秧子。因为坝子处的庄稼比较隐秘，又属于收获季节，羊啃几口看不出来，所以，也没有人跑来打羊骂街。

安顿好了这些，我就哄着妹妹们一起玩。虽然还有割草的任务，我一般不放在心上，先玩玩再说。秋天里，地瓜和花生马上就要熟了，都能吃了。不管谁家的，拔了就是，反正一望无际的田野，少一棵两棵的没人在意。在坝子的侧面挖洞，挖两个，上面一个，下面一个，中间隔着一层薄土。上面放地瓜，下面点火。这是最原始的烤地瓜，也是最好吃的一种，带着新地瓜的香味，带着土地的芬芳。我们家乡的地瓜是红皮白瓤的，熟了以后里面很面，又甜又香。我们家乡也不叫它地瓜，我们叫芋头。平常大家所说的芋头，我们叫毛芋头，以示分别。我们那边的地种不出寻常的黄瓤地瓜，我记得有一次，住在我们家的外乡人，拿了些黄瓤地瓜的秧苗回来，种在我家的地里。收获时，竟然都像炸开了一样，裂纹斑斑，简直不能吃的样子。遂后来再无人种。

生鲜花生是能直接吃的。饱满的带着水汽的花生，妹妹们是剥不开的，我有时也费劲。用牙咬开，剥开给她们。一棵花生上，总有些尚未成熟的嫩嫩的花生，我们叫它水纽子，是二妹最喜欢吃的。二妹从小体弱，吃东西挑拣得很。与小妹相差不多，却当了姐姐，因此受委屈不少。

小妹最小，我们走路她是跟不上的，我得抱着她。她虽然小，但毫不示弱，什么都要尝尝，又什么都吃不多。地瓜也就吃两口，别人说个梦，她都会问梦里有没有我。有一次我们说做梦吃好的，她又问有没有我。故意逗她说没有，竟然气得哭起来。笑柄流传至今天，主角俨然是大学里的教授。

总是到了日落西山的时候，发现忘了割草。不要紧，有小叔呢。小叔会把我们两家的篮子都割满，帮我拿到离家不远的地方，我再拿起，走完距离不远的路，到了家中，气喘吁吁地告诉妈妈我完成任务回来了。每每如此，屡试不爽。后来妈妈说，她其实早就知道我的小把戏，只是没有戳穿而已。小叔和我极好，自然会帮忙到底。

还有一件事，妈妈想起便后怕。有一次，小妹在玩的过程中困了，因为离家太远，而我的各项任务都没完成，就把她放在坝上，让她睡着。我还挺有心眼，怕冻着妹妹，专门割了草，盖在她身上，然后继续玩耍。回家时，挎了篮子，牵了羊，独独忘记了正在睡觉的小妹。回到家中，妈妈问，你小妹妹呢？想半天说，哦，睡觉了。在哪睡的？河边。妈妈立刻就急了，匆匆跑到河边，因为被草盖着，找了好一会儿才找着。还好，没有被虫子咬，没有被人抱走，只是因为风寒，发烧了好几天。我被妈妈严厉批评，后悔不已。

时过境迁，家乡的变化很大。我异乡求学继而远嫁后，古城墙只能遥望。并不是不想念，只是每次回家都匆匆忙忙，无暇故地重游。再一次看到古城墙时，已经是修复后的仿古建筑，而文公古台，也新修了建筑，古香古色，亭台楼阁。我们那经常放羊的地方，已经找寻不见。

新修的城墙边，我那曾经喂羊的草，也找寻不见。就像曾经的童年，一去而不复返。

因为你的友善

　　女儿学琴的时候，每节课的时间是 70 分钟。教室外面，钢琴学校的大堂里，总是挤满了等待的家长。见人太多，下课时间还早，我和晨妈约着出去走走。晨妈，是我对女儿同学妈妈的简称。钢琴学校的不远处，就是一个大超市，我们决定去超市逛逛。

　　晨妈已身怀六甲，走路笨重。我怕累着她，提议不要去超市的卖场了，一大圈逛下来，身体会很累，咱们去卖书的柜台，看书吧。

　　超市里面应景的书摊，只有一排书架，一个玻璃柜台，并没有什么好书，杂志和儿童书籍占了绝大部分。晨妈喜欢杂志，拿了一本，站在柜台旁边，斜靠着看。我找了半天，没有我喜欢的散文集，仅有两本过期小说月刊，尚可一读。

　　站了几分钟，晨妈就换了换斜靠支撑的脚，继续靠着。我知道她累了，但我早已经替她扫描完了，超市里没有可供休息的椅子。她自己也找了一遍，失望地直接趴在柜台上，踮起一只脚，继续看书。我说，要不咱们走吧，晨妈说，再看会儿。

　　营业员是一个"90 后"的小姑娘，有着"90 后"的清纯和时尚。因为没有合适的书，我挑书的时候偶尔自言自语地埋怨，她一直在和善地答话，解释着书摊太小，只是进了孩子的书和杂志，不好意思，没你喜欢的。自始至终，没有一句反驳的话。当注意到晨妈妈吃力地趴在柜台上时，她说了句不好意思，一路小跑到休息间拿出员工休息用的凳子，递给了晨妈。

晨妈坐下，说了谢谢继续看书。

我随即对营业员说，把我正在看的这两本书包起来，开单子吧。她有些意外，说你不是要散文集吗？我说小说看看也不错。

我其实没打算买书，更不想买这两本书，我不是很喜欢看小说，买回去我也不一定看。

可是我买了这两本书。不仅仅是因为营业员搬了一个凳子，重要的是，我喜欢她的友善。明明知道我们光看不买，她没有其他的营业员一样"冷眼相看"，反而以一颗善良的心，照顾着我不方便的朋友。那种自然流露的微笑和善良，不是为了销售业绩而做作出来的。不搬这把凳子，不违反任何的规定，甚至不违反道德。超市里没有可供休息的凳子，也不是营业员的错。笑脸相迎的营业员很多，但有人是为销售而谄媚，有人是真心的善良。

生活中，陌生人之间，少有这样的友善。一个单元住10年，也不见得有几句交谈。但是，在这个暮春的夜晚，一把小小的凳子，像一股暖暖的春风，让我感知了人性的真善美，触到心里最深处的柔软。

临走的时候我对她说，我买书，不仅仅是因为你拿的小板凳，我喜欢你，发自内心的友善。

真好，那年遇见你

初见你的时候，我们都说遇到了"恶魔"。

你挂在嘴上的"你们是不是小女孩啊，怎么这么不爱干净！"简直就是个魔咒。如此，我们一群在批发市场打工的女孩，就在你"洁癖"的阴影下生活了。

你的规定很多，一句"手可触及之处"都不能有灰尘，简直让我们讨厌至极！要知道，批发市场里灰尘滚滚的条件，你愣让我们保持一尘不染，从未擦过的窗户，以及积垢很多年的窗户轨道，你都让我们清理干净，那每天应付着扫扫就行的地板，你和我们一起趴在地上用抹布擦……

家电市场那些邻居们，每天都跟看西洋镜一样，看着我们上蹿下跳地打扫卫生：每一台机器都要擦干净，包括音箱网罩，功放机的接驳器是卫生死角……

那段日子，我们不知道怎么度过的，与我一同熬过那段日子的人们，大家还恨他吗？反正我一直是"恨"的！

我们那时候笑话你，洗完手还用护手霜，你是一个大男人哎！简直让人笑掉大牙！你让我们读《羊皮卷》，告诉我们：我是世界上独一无二的，我是最优秀的！强压着让我们背诵写读后感，我们简直都快受不了！你教给我们各种销售的术语，各种技巧，我们都不以为然：批发市场哦，就是你拿钱我给货，玩什么高深！

然而我们错了。市场同质化产品的增多，竞争力日渐加大，许多传统的店面都日渐衰退，但我们洁净高雅的店面，训练有素的"音响咨询师"（你给我们做的胸卡），加上你精心选择的高端"凤之声""湖山""JBL"等高端音响，配套的各种高端线材，不仅让销售有增无减，而且在那看似土气的批发市场，凭空增添了好几个档次。我们几个嘴上不说，却在打心眼儿里佩服你。

你总是给我很多的工作。让我带新员工，让我给她们讲解专业知识，让我记着销售和库存，我曾经委屈掉眼泪：正常工作我从未偷懒半分，为何多加我工作？然而你依旧如此，而且更甚。

在我们纷纷恋爱的时候，总是凑在一起窃窃私语各种担忧和烦恼。你若是听见了，总是说，你们真会找，这些小伙子都那么帅，看起来那么忠厚老实，你们一定会幸福的。有什么矛盾和困难，都是暂时的。我们当时觉得你就是说好听的话而已。后来的事实证明，你眼光不错说得好对啊。我们的确，一直是幸福的。

那年，我们开始做县域市场，你带着我们，不管酷暑还是寒冬，在客户的门前摆开摊位，拿着单页上路上拉人，喋喋不休介绍产品；你带着我们，为了宣传，在市区商场门前，又跳又唱，青春年少的每一个夜晚，都献给了"奇声免费卡拉OK"……

你的口头语越来越多，经常教训我们：不许说自己不行，你哪里不行？！你可以的！你是最优秀的，你是世界上独一无二的！

寒冷的冬天，工作的门市两边透风，我们穿着统一的军大衣还是冷，你让我们放音乐跳舞，说活动活动暖和，或许还能吸引顾客……我们跳着唱着，身上暖和了，心里却还记恨你不让我们放张信哲的歌，恨你说张信哲不好听。

今天我与你通话，说到了我一边哭一边工作干活的场景。那是我终生难忘的啊，在几年以前，我会拿着这件事，恨你的。我在门市的工作明明已经顺风顺水，你却把我调到只有一堆配件和几个维修师傅的售后，而这售后，要承担山东苏北二十几个地市的售后服务。我丝毫没有经验啊，我缺乏人力物力啊……

好吧，售后工作干了两年也是蛮不错的，你又不经任何商量，让我去做企业文化，办内刊，要知道，我连电脑键盘都认不清……当年我一边哭一边干活，一边干活一边学习，也算完成了任务，后来竟然办得很好，许多我撰写的稿子也得到了总公司的承认和刊用。

当年的百人夏令营那么大场面，你让我统管后勤，不断让我干着干那，一点不合适就吹胡子瞪眼，我流了多少眼泪，已经数不清了。拍了个视频就保存着呗，你还非让我写画外音，让我找人配音、剪辑、录制……我会吗？

你又一顿批。你会！

好吧，我会！

两万字的画外音稿件，我是在急性肠胃炎的吊瓶下修改完成的。找人录制的时候，我是拔了吊瓶去的。这些情景，你肯定不知道，我不告诉你，是因为心里特别的愤怒和委屈，甚至觉得完成任务过后，就辞职不干的。

随后我又犯了心肌炎，仿佛厄运连连。

今天听到你说，当初太过苛责我，你很内疚，我竟在一个下午失控泪奔。

不用啊不用，不必啊不必！

现在想来，和你相遇的岁月，是我成长最快的日子，你是我生命中的贵人，是督促我成长的，最重要的人。我感激你还来不及，怎么会让你内疚！

时间这么快，一晃二十年过去了。已经长大已经足够成熟的我，早就明白这一切，早就把原来的"讨厌"，转换成心里的感激。

若没有遇见你，我或许也过得平安，但是更大的可能是，对自己没有要求，没有上进，还在徘徊在尘世里，真正成为一粒尘土，都没有看见自己绽放的机会。

若是没有遇见你，至少不会比别人早很多年知道"扫除力"，深刻体会"一屋不扫，何以扫天下"的道理。

若是没有遇见你，我不会成为最早的"内训师"，不会孜孜不倦向同行，向客户的各种学习，不会有调音、安装音响的各种娴熟技艺，因此收获人生的第一个尊敬。

若是没有遇见你，我觉得人生不过如此，卑微着永远是卑微着，是你，给了我向上的希望和勇气，让一个导购员，一步步成长为管理者，随即决绝离开，找寻自己最喜欢的领域。

若是你没有遇见你，没有强大我的内心，我或许，没有今天自己的样子。

若是没有遇见你，我不会想到，此生，要做最好的自己。

（此文写给职场初期的人生导师刘树东先生）

正月十五捏面灯

又逢佳节到元宵。

2020年的春节，遇到了史无前例的新冠疫情，所以春节的喜庆荡然无存，就连团圆饭里，仿佛也掺杂着担忧和惶恐。年后的诸多礼仪，回娘家，串亲戚都全部省略，大家都待在自己的家中，静静等待疫情结束。

居于家中，虽然依旧要写稿发稿，各种平台推送疫情以及相关新闻，偶尔还要"冒险"出去采访，较平日还忙些，但还好是在家中办公，能利用零碎时间，给寒假在家的孩子变换着花样做点吃的。元宵节这样的传统节日，就做点面灯吧，在这特殊时期，增加点节日气氛。

开始和面之前，我打电话问妈妈："妈妈，您在家捏面灯没有？"其实我知道，妈妈肯定没有捏，她积劳成疾的胳膊，已经不能承受捏面灯的第一个环节——"和硬面"的任务了。果然，妈妈在电话那头说："没有，胳膊不行了。你婶子给了我两个，我自己买了几个蜡烛样式的工艺品，点上也挺好看，也算过了这个正月十五吧。"

是呀，我的老家，尤其是我小时候是不经常用"元宵节"这种说法的，我们家乡管元宵节就叫"正月十五"，要是城里的家人回来过节，乡邻打招呼就说"你回来过十五呀"！

那时候过正月十五，也并没有汤圆或者元宵等节日食物，这个节日在我的记忆中，最重要的事情就是捏面灯。我后来才知道，面灯也叫面盏、棉花灯等很多叫法。有俗有雅，但终归还是面做的灯。

面灯虽然一年只做一次，但留在我童年的印象，却是最深。我妈妈手很巧，会做各种形式的灯盏，用秸秆缠上棉花做灯芯，倒进豆油，一盏面灯就亮起来了。我们极小的时候，是帮不上忙的。各种家务农活做完后，妈妈已经很累了，胳膊又有伤痛，而面灯要求面特别硬，这是极需要体力的。但是妈妈每年都坚持捏面灯，因为她不想让我们的希望落空。捏的时候，我一边看着妹妹们，一边力所能及地帮忙，小狗的耳朵我捏捏，捏龙的时候我用黑豆点上眼睛，上蒸笼的时候我帮着烧火……

后来我们渐渐长大了，和面这个环节我就成了主力军，妹妹们就在一旁打下手——妈妈长期操劳，肩膀和腰都早已被病痛折磨许久，我们姐妹就一起上手，尽量能多干一些——哪怕让妈妈多休息一小会，也是好的。

妈妈说，做面灯冷水和面，死面就行，越硬越好，软了容易变形。我到现在仍旧记得自己使尽全身力气在面案上揉面的情景。其实，和面这种事情，是在农村长大的孩子，尤其是排行老大的我们常做的事情。除了和面烧火，还要做很多家务，别的孩子或许觉得耽误玩耍，但于我们姐妹，都觉得是美差——妈妈拖着病痛整日劳作的情景让我们很心疼，能帮着妈妈干活，我们是心甘情愿的。

硬面初成型，要醒一下，再揉。若是醒后感觉有些软，那面案上要再加干面，使劲揉进去，增加硬度。再醒，再揉，再加面。反复几次，面表面光滑，硬度合适，就要分成多个面块，准备捏面灯。

捏面灯也是有讲究的。

妈妈说，一定要捏整整齐齐 12 个面灯，遇上农历闰月，便要捏 13 个。12 个面灯又不一样。每盏面灯的边缘要捏上褶，一个褶代表一月，两个就是二月，以此类推，直到十二月。如果是闰年，还要多加一盏灯。蒸熟掀锅后，从灯里所蓄的蒸汽水推断月份的旱涝，预测一年的农事。

除了月份灯，还要捏家禽和家畜。妈妈会捏很多种小动物，羊灯放在羊圈旁，猪灯放在猪圈旁，鸡灯放在鸡窝上……一定要捏一个小猪的，农家里猪是有特殊意义的，有猪在圈，就有一种富足感；一定要捏一个小狗的，狗是看家的，有它就觉得踏实；一定要捏一个小鸡的，公鸡打鸣，母鸡下蛋，鸡是农家的好帮手。妈妈还会捏个盘龙，放在粮囤的旁边，盘踞丰收的粮仓，保证丰衣足食；两个小面狗，放在大门两旁，让它看家护院……

而后便期待热气腾腾的面灯出锅。面灯出锅后，在火柴棒上缠上棉花，当成捻子，插在面灯上，然后倒进食用油，点燃，就成了名副其实的面"灯"。窗台上，院里的香台上，大门两旁的石碾上，鸡窝、鸭窝、羊圈、猪圈、厨房、卧室等等，都要摆上面灯，让正月十五的灯光，红红火火，亮亮堂堂，照亮农家一年的好日子。

一切都就绪后，妈妈在院里香台摆拜祭用的东西，我到现在也不明白妈妈拜祭什么，但可以感受到她为家庭为孩子的诚心祈祷。

这时候，我们小孩就可以玩一会。除了放点从农村集上买的简单的小烟花，最好玩的就是送面灯了。沿途我们看别人家放在门口的面灯，是不是还亮着，比一比谁家的更好看，调皮的小孩还会偷偷地拿走别人家的面灯。一般我们会打着灯笼去的，正月十五也是打灯笼的时候嘛，我们小时候的灯笼还是纸的，里面点着蜡烛，小孩子贪玩，追逐嬉戏，一不小心就会弄歪蜡烛，烧坏灯笼，所以灯笼全军覆没的现象小时候常见，回家也不会挨打。

按照妈妈的嘱咐，我们拿着面灯，给亲近的人送去，与此同时，他们家也会派小孩子来给我们送，大家互相交换面灯，传递光明和幸福。调皮的男孩，在执行这项任务时，还会顺手偷拿别人家放在门口的面灯……

今年是特殊的一年，政府已经明令禁止不许送灯等仪式。我在家里，简单捏几个面灯，用自己的方法，给节日以仪式感。今年是闰四月，所以我捏了两个四月，闺女捏了网络流行的 7+2=9 的简笔画老鼠，我怎么也看不出来哪里像老鼠。

捏完还剩许多面，闺女说，这些如何处理？

我说这是故意多和的面，你给做几个字吧。

临沂加油？

嗯！临沂加油！

停了火，我用医用棉签沾了油，点亮面灯。看面灯微弱之光逐渐亮起，房间更加温馨而暖意。将面灯分放在窗台等角落，让温馨的灯光，遍布房间的各个角落。小时候，面灯亮起时，家里一般不用其他灯具照明，妈妈还会说："面灯照照眼，三年不害眼！"

在今天这个静静的夜晚，我回忆30多年前的美好童年，看着眼前捏面灯时，女儿的快乐和幸福，突然明白，当年妈妈之所以忍着胳膊疼痛捏面灯，不折不扣地做完过年的传统中的所有一切，是因为我们，未成年的我们，需要的年味和温暖，妈妈不想让我们的年过得冷冷清清，让我们童年的回忆有任何缺憾。

妈妈同时教会我，人生路上要有继承有担当，即便重病在身，也不要总是凄惶，微笑着，让生命完整，让家庭幸福，让孩子快乐，尽自己全部的力量。

传说元宵节的灯光是吉祥之光，能驱妖辟邪祛病。我今年燃起面灯的时候，内心无比庄重和虔诚：愿家家户户的驱邪之灯光，能驱散新冠这个妖魔鬼怪，快点还大中国玉宇澄清，天道朗朗。

愿千家万户的面灯灯光，似燎原之星星之火，将笼罩于神州琼宇的阴霾全部火炼，我们在春暖花开时，一起出去玩耍。

（写于2020年元宵节）

一首首壮美华丽的诗篇

　　世上最美丽的画卷，应该是描绘是祖国的大好河山；世上最动人的诗篇，应该是歌颂家乡的发展与变迁。笔者有幸，随兰山区文联组织的"西城崛起，商城升级"采风活动，感受临沂波澜壮阔的商城发展史和西部新城火热的建设。　.

　　临沂明珠，西部新城。婉依祊河，北方最大的城市内岛屠苏岛便在西城境内。我们在义堂镇相关负责人的介绍中，眼前浮现出了一座集物流仓储、生态旅游观光、休闲娱乐为一体的商贸新城，现代化的城市，车水马龙，繁华如云。人们可泛舟河上，观万家烟火，可在高楼凭栏远眺，看阡陌纵横……

　　站在西部新楼盘房源西岸的售楼处，在流水淙淙，风景优美中看社区群的合理规划；走在传化物流、丰源物流的场区里，感受现代化的货物运输与存储流程；站在一望无际的道路、学校建设的工地上，美好的蓝图让人浮想联翩，心生向往。在已经建成的现代化板材工厂，一尘不染的环境与过去的重污染形成天壤之别，让人惊叹万分。新城规划气势之宏伟，天造地设，规划之巧妙，可谓鬼斧神工。

　　新城的发展，是与历史的对话。所有的老城，都曾经是新城。新城的崛起，是生机和活力的迸发，是城市发展的前沿。

新时代，就有新的起点。新时代，就有新的生活和幸福。我们在西城的采风中，不断祈祷和期待。

一部商城传，半部临沂史。

夏风吹动绿漪，涤净滚滚暑意，采风团一行，惜别西城的火热，来到临沂商城。勤劳勇敢的沂蒙人民，实干有魄力的临沂政府，在瞬息万变的改革时代，在拼搏竞争才显英雄本色的时代，乘着改革开放的春风，从20世纪80年代开始，近四十年以来，历经"大棚商贸、专业批发市场、临沂批发城、中国临沂商城、临沂国贸商城"五个发展阶段，已经成为中国规模最大的市场集群，重要的物流周转中心和商贸发展中心。

在临沂商城党员干部党性教育基地，我们了解到临沂商城发展奇迹的背后，那蕴藏的文化积淀。数千年以来，沂蒙人民在儒家文化的教化和浸润中，早已奠定了大商风范。

1893年瑞典牧师拍摄的沂州路上，商号、会馆，商贾云集，有力地说明临沂商贸活动在一百多年前就繁荣起来，成为周边地区经济的中心。

透过展馆里模糊或者清晰的图片，商城的发展在我们的眼前如电影一样，缓缓播放：晴天一身土，雨天一身泥的地摊集市，没有阻挡临沂人民高涨的热情，现在的蓝海酒店（原长途车站）和东方红广场，是否还记得当时逢集的热闹？最为经典的西郊大棚，是临沂人谁都抹不去的记忆，"逛西郊去！"老临沂没有人不知道这句话。直到现在，华丰国际服装城，仍旧是西郊的代名词。那是临沂的第一代市场啊，是临沂人购物必去之地，那是一个新篇章的开启，是临沂人对幸福生活的由衷向往!

商城相关负责人,激情洋溢的讲解,他对商城的了解,他对商城的深情,深深感染了采风的我们。他从地摊讲起,在讲到专业批发市场时,他更加动情:临沂政府的一心为国为民,是商城发展的主心骨和坚实后盾,临沂的人民,则是发展的主力军。他说,商城的故事太多,除了商城发展的"大故事",商城业户以及商城各从业者的"小故事",也都是曲折丰富,可圈可点的。华强集团、兰田集团、华丰集团、华苑集团、顺和集团等现代化传奇让人油然而生敬意,连胜体育、亮美嘉连锁、天马灯饰等业户的拼搏奋进的动人故事也让人感动。

中国临沂商城、临沂国贸商城……商城的不断升级,临沂人生意的版图不断扩大,采风者一行在讲解员的带领下,随着临沂物流的辐射线条,目光触及全省、全国,乃至全世界……我们深深地感知,临沂的每一个市场,每一个摊位,每一个商城的从业者,对于临沂的贡献与影响。我们不禁感慨,临沂商城的崛起,简直是一种奇迹!虽然,这奇迹的诞生,含着太多的艰难,太多的汗水和泪水,但终究是,我们共同托起了这份奇迹与辉煌,并为自己身在其中,与有荣焉。

临沂的发展,是一部波澜壮阔的史诗,临沂商城与西城新区的发展,则是这部史诗中,浓墨重彩的一笔。有艰难的历程,有辉煌的成就。临沂,从舟车不通,内货不出外货不入的四塞之固,到如今买全球卖全球的临商模式,栉风沐雨,上下求索,以独有的方式,蝶变升华,向世人弹奏出撼人心魄的奋斗交响曲,用实际行动写出一篇篇感动人心,壮丽华美的诗篇。

第三辑

劝 世 微 言

家人的爱，是一生的财富

这些天，沸沸扬扬的"孕妇跳楼"事件，在网上引起了轩然大波。医院和家属各执一词，后来又有很多的说法……今天出来结果，医院因为过错而被处分：没有考虑人文关怀，也是事件表达出来的失误之一。

我看到结果之后，内心五味杂陈。发生了这样令人扼腕的事情，是谁都不想看到的，怎么处理，都无法让所有的人和事恢复如初，也无法抹平伤痛。医院就是再有人文关怀，也无法照顾到每一个病人的心理，无法预料这样的事情发生。窃以为，但凡是个成人，就都要有健全的心理。人文关怀这种东西，有当然好，没有也没关系。你始终要靠你自己，不能因为人家不关怀，你就想不开，就去死。

再说生孩子这种事情，一直是很疼的，不管是古代的女子还是现代的，不管是中国的还是外国的，只要你选择生孩子，一定是疼的。当然可以剖宫产，但是那也不是一种很舒服的方式，据说伤口也会疼。

所以，之前老人说，生孩子是过"鬼门关"。也有人说，是"凤凰涅槃"。总之都是说明生孩子的疼痛和危险性。但是，既然你选择怀孕，就代表你做好接受这样疼痛的准备。

所以，这是常识。女孩子在成长过程中，母亲总是会根据年龄，对其进行只针对女孩子的教育，到了一定年龄，生孩子的这种话题，一定会提到。现在的孩子成熟早，接触社会的渠道多，对于这些，应该知道很多很早。

然而这个女子，还是因为疼痛，或者因为失望，或者因为害怕，结束了自己和尚未出世的孩子的性命。可怜而又可悲、可恨！

正常来讲，能够顺产的就不要剖腹产，即便是很疼，也要忍着，因为这是必经的过程，但凡生孩子，都是这么过来的。

即使真的要剖腹产，又真的遇到渣男和恶婆婆，因为省钱什么的原因不同意，在现在的文明社会，绝不至于被逼到绝路：跟医生求救他们不会不管，不仅仅是因为爱心，而是他们也不想出事；再者，手机可以打电话向其他亲人朋友求救甚至报警，没有手机，医院护士站也有的。

这事放在任何人身上，就会是这样解决，想尽一切办法，也要解决。一息尚存，作为一个母亲，都会用尽全力保护自己和孩子，绝不会寻了短见。都说为母则刚，这样不负责任的人，我实在不想在她尸骨未寒时，再去批评她。

现在的人尤其是孩子，心理都太弱了。我身边就经常有类似事件发生。前期，我所在城市的一所中学，一个女孩因为学校要求剪短发而她不愿意，而跳楼自杀。在我所在的城市里，市区较好的中学都有类似的校规：齐耳短发，齐眉刘海，不允许戴任何的装饰品例如发卡和项链，衣服当然是只能穿校服。

为什么有这样的规定，根据我的调查，以及与许多老师私下的聊天，是因为孩子到了青春期，爱美的天性让他们会想出各种办法打扮自己，恐怕会耽误学习。所以，学校里会严令这样的统一穿着打扮。

从人性的角度来讲，这样的规定是有悖天性的。在孩子爱美的时候，扼杀了天性，当然是不对的，但对于应试教育来讲，上了初中，课业骤然增多，孩子的全部时间都用在学习上，都不一定能学好，如果分心用来穿衣打扮，一定会耽误学习。这事，即使有错误，学校的出发点，原本是好的。

然而这孩子，却为了与学校抗争这一头长发，永别了这个世界。

家庭与学校的纠纷，自然是要闹一阵子，免不了学校门口摆灵堂之类的闹剧上演，家长要求赔偿……谁会思考自己的错误呢？

我的女儿也是在初中三年，被强迫剪了这样的发型。开始时她也觉得不好看，到最后爱上这个发型：不用扎辫子，节约时间；洗头时头发很少，很好冲洗；经常能理理发，修修发型，感觉神清气爽……要不是我非要她留起长发，她恐怕还保持这种发型呢。

我女儿的所有同学，以及这个城市几乎所有的初中生，都是这样的发型，并且在三年初中生活中很开心，很多同学以优异的成绩考上重点高中。

为什么有的孩子因为这个大家都能接受的发型，自尽呢？为什么有孩子因为家长不让玩手机电脑，就跳楼呢？为什么与父母发生一点争执，就离家出走呢？这个现象，年龄有越来越小的趋势。作为新闻媒体工作者，看到或者编发这样的新闻，已经是家常便饭。有的孩子找到了，有的孩子却中途遇到了意外……

即使已经长大的人，也有离家出走的恶习。很多出了嫁的姑娘，遇到夫妻吵架等家庭纠纷，就跑回家去，寻求父母哥嫂的帮助。一点点小事，就此引发一系列家庭矛盾。这样的人，能纠缠家庭一辈子……

还有"徐某某"以及另外一个因电信诈骗失去生命的男孩子，还有因为被传销控制而死去的两个可怜的孩子……

还有"校园贷"中，失去生命或者受到伤害的孩子们……

类似的事件还有很多，不再一一赘述。

因为提起来，就有一段唏嘘和伤心。

这样的事例实在是太多了。跳楼孕妇固然可怜，我内心祈祷，她和孩子在另外一个世界安好。然而，她自己内心的脆弱却是不争的事实；因为剪头发而自尽的女孩固然可气，但压倒她的，依旧是是脆弱而敏感的心灵。以及所有发生一点点事情，就怨天尤人，憎恨父母，仇视全世界的人们，何尝不是因为自己弱小卑微的内心呢？

然而这是他们自己的原因吗？

水是有源的，树是有根的。内心脆弱，都是有原因的。从徐某某开始，每一次这样的事情过后，我都会问女儿：要是你怎么办？女儿说：我首先要跟爸爸妈妈商量，什么问题都有解决的方式啊。说到校园贷，闺女说，我上初中的时候，就有很多富二代啊，吃的穿的花的钱，都显示着自己的优越。但是大部分同学都和我一样，是普通人家的孩子。我们还是要节约的，爸爸妈妈不容易。至于徐某某……我没有经历过她的事情，但是我知道，这也是心灵脆弱的必然。

孩子稚嫩的话，当然是不足为据，但与父母的沟通，以及父母给予的爱，给予她的力量，她感受到了。

人内心脆弱另一大表现，是自卑。自卑的来源很复杂，或者因为比较和攀比心理，社会上的一些价值观，影响了孩子既定的三观。对财富、地位、学历、容貌、出身、才能等攀比，会不自然地在内心形成对比。有的孩子因为自闭，始终活着自己的世界里，说话都很小声小气，生怕自己说错了话。这类自卑来源对自己没有深度的认知。对自己特长的无知，导致认为自己是个一无是处的人。有的人因为嫉妒，有的人因为没有自我思考，没有主见。

人的内心强大与弱小，都来源于自我感觉。或者对外界没有一个客观的认识；或者对自己没有一个客观的认识。

这些问题的源头，都是因为缺乏爱。

不管跳楼孕妇的家属如何辩解，即便他们拿到了赔偿金，他们仍旧不能逃脱心灵的惩罚：没有给予他们的女儿、妻子真正的关注关心和关爱！不管徐某某的父母如何痛断心肠，还是要思考自己：自己生活的贫困让孩子承受了太多的负重，而没有对孩子做出正常的心理辅导，平日里肯定也是将贫困挂在嘴上，才会因为这些钱，让孩子痛断心肠，导致这样的悲剧；不管跳楼女生的父母如何诟病学校的制度，自己也要忏悔：要是给予孩子足够的陪伴和爱，让孩子面对事情的事情，有一个正确中肯的观点，何至于因为剪发导致这样的悲剧吗？

很多人说，孩子抢着玩手机，不给玩就撒泼打滚，哭闹不止；很多人说，孩子要改造后的那种摩托，不给就绝食；很多人说，孩子要玩电脑游戏，不然与同学无法聊天……

够了够了！对此我只想说：惯子如杀子！一味地宠溺不是爱，爱是智慧，更是策略。今天你不懂，只因为你还没看到悲剧；然而你看到悲剧的时候，就晚了。就像……上述所有事例，以及没有叙述到的事例，都会给智慧的人，留下可以借鉴的经验。然而很多人，却匆匆而过了，未经思考。

思考不思考，是你的权利。出事时，不要怨恨社会，以及任何人，才好。

往后余生，给家人足够的关心和爱护，就是给予他们包括自己在内，巨大的财富。

夜半摩托

夜半，大多数人都熟睡的时刻，静谧的小区里，突然响起刺耳的摩托车轰鸣声。

是的，轰鸣声。因为这不是普通摩托车正常行驶的声音，而是经过特殊改装，增加了马力的专门用来"炸街"的摩托车声音。这种车白天在街上驶过，都会发出类似手扶拖拉机一样的响动，回头率，不，应该说是侧目率，怎么也能达到200%，或者还多。

何况是在半夜，在小区里。静谧的夜空下，楼上的每一个温暖的家中，都在安静地休息，他们家里或许有老人，有小孩，有孕妇，有病人……这样刺耳的声音，会惊醒刚刚进入梦乡的他们，刺激到身体本来就不舒服的他们。别说是特殊人群，就是健康的年轻人，也受不了这样的刺激。

可是声音还在继续。仿佛是好几辆车的竞技。起床，我站在窗口一看，果然是好几辆车，在外面疯野回来后，秀完最后几下，进了不同的单元门。

一连好几天，都是如此。

受不了了，我就打听，这是怎么了？

别说我们小区还真好打听。因为还建房的原因，大家原来都是一个村的，之间或许还有亲戚，信息还是蛮灵通的。所以要想打听什么事情，找楼下的大爷大妈就可以。我果然在他们那里得到了详细的答案。

原来，我们小区有几个小孩，初中毕业后，没考上高中也没去技校，因为年纪小，也没法去找工作，每天无所事事，到处乱窜。不知怎么的就迷上了摩托车。他们迷上的那种摩托车，不是为了赶路的摩托车，他们喜欢的是为了越野，为了玩的那种摩托车。

玩这种摩托，不是买来就可以的，还要经过很多改装。他们中的大多数家庭都不富裕，本无力购买并改装这样烧钱的东西，却都被儿子逼着买了。其中一个家庭，经济情况最差，父母下岗，都在打零工，根本没有让孩子玩这种烧钱玩意的资本。但是无奈这孩子绝食几天，以死相逼，他爸妈只好举债十几万，买了并且改装了摩托车供他玩耍。这种车油耗很厉害，他自己一点收入也没有，父母还要省吃俭用给他加油。

我也常在路上碰到这种摩托车。他们不仅是刺耳的声音让人侧目，骑车的速度也很是吓人。虽然只是个两轮的小摩托，却跟出了"跑车"的速度。

可是跑车的竞技，都是在野外无人处举行啊。这些青春期的孩子，一旦玩起来，嗨起来，就忘了这些规则。在闹市区拥挤的街道上，他们照样秀着车技和速度。风驰电掣地一闪而过，让行走的路人唯恐躲闪不及，扬长而去身后必定是一堆骂声。那场景像极了古装电视剧里闯进街市的土匪，或者抗战片里面的伪军日本鬼子进村。

令人唏嘘的是，那个逼父母举债买摩托的孩子，就在这几天，野外骑行中出了事。十几万的摩托车报废，孩子的髋骨裂伤，肋骨断了好几根，头部摔伤，浑身没有一块好皮，直到我写这篇小文时，还在医院深度昏迷中。他的父母哭晕过好几次，因为车已经报废，无法换成钱，而他们因为上次买车的钱还没有还，这次为孩子治病也借不到钱，只好卖了房子。

传说中的倾家荡产就这样发生了，而这一切，起因只是这个小摩托车。也是因为这个事情太过严重，我们小区里，半夜有好一阵没听到摩托车的轰鸣。

我从来没有骑过摩托车，越野摩托车到底能给人多大的快感我不知道。在网上输入"越野摩托车"几个字，就会出现很多视频。而且大多数是出事故的视频。还有一句注解我印象特别深刻：精彩都是摔出来的。

一个摔字，说得很轻巧。专业的赛车手咱排除在外不说，因为那是专业的。就单说我们小区里这些个小孩们。就算还在昏迷的那个孩子是个特例，可是剩下的那几个，哪个也都是父母的心头肉，哪辆车也是父母辛苦赚钱买来的，哪个也不能摔啊。摔着车修理花钱是小事，摔着这些非专业的"小赛车手"，再多几个倾家荡产，不就等于要了他们爹娘的命吗。

前面已经说过，这些孩子是初中毕业，十五六，十七八岁的年纪。没上高中，也没上技校学技术。每天就是想着怎么玩，怎么玩得刺激。吃喝拉撒睡，全靠父母，还有这摩托车的油钱，修理费，他们要是摔出个好歹，医药费也是要父母出的。这个"啃老"啃得更厉害，更彻底。

　　然而这还不是最重要的，重要是他们那未卜的前途。眼看就要长大成人，可是一没技术，二没学历，三还没有社会经验。要是老爹没有公司可以供他接班，那他的前途可就是一个大大的未知数。

　　这父母也是可怜。擦屎管尿劳心费力地把他们养大，指望他们长大成人后自食其力，却没想到变成了这种情况。青春期的孩子最不好教育，说了听不进去，打又打不过他。我有一个朋友就正在面临现在的尴尬。他儿子长得比他高一个脑袋，营养充分壮实得很。他看儿子成天在家打游戏，苦口婆心地嗓子冒了烟也无效，就想把他赶出门去。岂料赶出门也不易，他儿子不出去，他根本没有力气将那一米八多接近 200 斤的孩子推动一分一毫。

　　这个时代，"养儿防老"的理论或许是老土了，但是从古至今，没有一个父母不望子成龙。成龙或者成凤都是有或然性，成人是基本的吧。可是这些骑摩托或者成天玩游戏的孩子，离成人都还有很大一段距离，这能不让父母担忧吗？

　　我就是想问问，这些每天在家各种作的孩子们，你们到底想干什么？看着同龄人一步步上高中，上大学，你们不心动吗？你们忍心看着辛苦了半辈子的父母，再继续为你们操心？甚至为你们卖房卖地，倾家荡产？生命的旅程刚刚开始，你们就愿意做朽木破船？

　　人类繁衍生息，才有了这代代相传，越来越美丽的世界。世界不断的进步，是由于人类不断进化、进步来实现的。长江后浪推前浪，一代更比一代强才对。可是由于过度的溺爱，很多孩子在溺爱中留守在自己的小世界。不能读万卷书，不能正确认知世界，即便靠旅游行万里路也是如盲人摸象。

不是有人说吗，这个社会，哪有什么三观。无非就是穷人追求财富，富人追求刺激而已。这话虽然有点悲观，但也是一部分事实。家庭教育的缺失，让这些孩子根本不知道自己想做什么，能做什么。衣食无忧，他们就要追求更多的感官刺激。骑摩托车是一种，喝酒抽烟是一种，吸毒也是一种。

无论是出了事还是没出事的家长们，要是能痛定思痛，尚能亡羊补牢，此刻犹未晚也。

读书吧，一直到老

春节回爸妈家，看家里多了一本旧书：《古汉语常用字字典》。正思忖是不是我落在家里的？爸爸过来说："我买的，但买错了，我本来想在旧书摊买本字典的，结果买回来发现不对，跟《新华字典》不一样，没法查。"

哈哈，好可爱的老头。

我说你买字典干嘛啊。爸爸说，看书，有的字不认得了，查查。

是啊，身兼农民和建筑工人的爸爸是高小毕业，年近古稀，几十年没碰书本了，要想回过头来看看书，还真是需要一本字典呢。

相比之下，爸爸起步有些晚了。我的妈妈更加努力些。妈妈是从未上过半天学的，开始连自己的名字也不识得。经过长期的自学，现在能非常顺畅地阅读报纸杂志，甚至散文集。妈妈这段时间，在妹妹家帮忙照看孩子。我去探望她，发现她床头上仍旧是放着几本书，是妹妹在她大学图书馆借阅的。到了晚上，小外孙睡熟，妈妈就一边用机器做电疗，一边看书。

爸爸和妈妈读的书很不同。

爸爸刚刚开始读，主要读典籍，史志类，尤其是本县的县志，及许多历史书，天天抱着研究。这些书籍，让爸爸知道了本县的来世今生，深入了解了许多中国古代历史，让他在门口与各老头聊天时，有了谈资，显得有文化得很。

妈妈喜欢读人物故事，尤其是励志的。我远嫁，很少回家，但经常通电话。在电话里，妈妈常会聊起她看过的人物故事，唏嘘其中的悲欢情节，感叹人物的坚强隐忍。也常拿自己与书中的人物比较，比较后发现自己境况还不算太糟，宽宽自己的心情。也常用书中读到的故事举例教育我们，不可任性所为，不可不孝顺公婆，怎么怎么样。

我人生最初接触"字"，是我三岁有余，个头还不足八仙桌高的时候。那时我经常扒着桌角，看已经从学校退休的爷爷，就着鹅蛋喝酒。爷爷把咸的鹅蛋只开一个小口，用筷子戳一点，就一口酒，再戳一点，再喝一口酒。鹅蛋还剩好多，爷爷却快喝醉了。一个鹅蛋大约能喝三天酒。当我勉强能看到桌面，爷爷就用戳鹅蛋的筷子那头，蘸水在桌子上写字让我认。到六周岁上小学时，我身高虽然依旧只能看到八仙桌面，却可以帮老师挨个在同学书本上写名字了。老师却并不惊诧，同村的他早知道我会写字了。

那个特殊的年代里，当教师的爷爷没能幸免，家中藏书皆被收走，所以我能看书的时候，家里只有《毛泽东选集》可读了。繁体版的毛选，对于刚刚认字的我，有些难为却也充满兴趣。我竟然能试着读，并且断断续续读完。

五年级时，我遇到生命中最值得尊敬的老师，是他，让我真正开始读书。他不仅把书借给我看，还让我去他家里挑选。

同样是农村狭窄的房子，老师家拥挤的不是杂物，是书架和书箱，以及书架上放不了地摆在地上、床上的书。

就从那时候我爱上的读书，一直到现在。并且言传身教地培养了女儿爱读书的习惯。

我们很幸运地生活在物质极大丰富的当今。只要你想看，书不再成问题。书店里，网店里，也可以到图书馆里。小时候说，知识的海洋，其实并不甚理解。到了书店或者图书馆，才能真正身临这知识的海洋，发现自己的匮乏和渺小，也发现自己虽然年纪不小，面对海洋时，却依然饥渴、急切。

有时候，看到我在附庸风雅地买书看书，朋友就会奚落：成天看这个有什么用？你上个班也用不着这么大学问吧。不如下班去摆个摊，夜市上还能挣点钱。是的，我不否认有从不看书的人，生活的也一样美好。家里除了孩子的教科书，再没任何书籍，却富丽堂皇，锦衣玉食。这是人家的生活常态，人家不觉得苍白，咱也不多管闲事。

读书有什么用？读书没什么用。上学时读书，还是为了上大学，找到好工作呢，一介市井主妇，看书干什么？这么说吧，人总有落单时候，总有不顺心境。看看书，能慰籍心灵，缓解焦虑，打发寂寞。看不同的书，有不同的心境，就像与不同的人说话，说着说着，心胸就开阔了，眼界也变宽了，不顺的心境也就顺了，寂寞的心灵丰富起来了。也不至于成天守着一桌饭菜，苦等子女归来。

爸爸妈妈看书有什么用？更加无关乎学业和事业。爸爸看书是为了解闷，一贯喜欢较真钻牛角尖的老头，让他慢慢在史志中找寻乐趣。妈妈看书，其实也是为了解闷。她有时会在三个闺女家小住，钢筋水泥丛林里，没有她每天聊天的朋友。但只要有书在床头，妈妈不管到我家还是妹妹家，都不会因为离开家而太失落，太孤单。更重要的是，读书让我的父母在回顾人生中的跌宕起伏，坎坎坷坷时，能以人度己，聊以舒怀。

我还有一个美丽的想法，那要在多年后，农村的小院里。我老态龙钟，想唱歌拿不起麦克风，广场舞也已然跳不动。那时，我可以坐在葡萄架下，架上老花镜，摇起竹椅，翻翻一直在身边的喜欢的书本，虽然，老花镜后眼睛依旧昏花。

面对孩子，请慎用"小偷"二字

女儿三年级时，有一次放学，很惊诧地告诉我，妈妈，我们班出现小偷了，很多同学丢了东西。然后就说其中谁丢了30元钱，谁丢了满盒的文具，而那些文具都是她爸爸给她从美国带来的，很贵而且在国内买不着的。我们全班都被老师搜了书包，校长还熊老师，让她必须查出谁是"小偷"呢……

学校里孩子丢失一些文具或者零钱，原本是常见的事件，在学校里，老师都会处理得很好。现在上升到学校勒令处理，而且冠以"小偷"二字，让我感觉很不舒服。我淡淡地交代女儿以后要把东西放好，别丢了等，就去做别的事情了。

今天下午一放学，女儿一路小跑，急急地告诉我，案子破了，"小偷"是某某某。

我心里又是极不舒服。因为女儿的口中，又冒出小偷这个刺耳的字眼。毫无疑问，这是老师这样表述，学生们才跟着这样说的。然而她只是个孩子，是个和我女儿一样大的小女孩。将小偷这样的字眼加在她头上，总觉得不合适，而且不准确。

拿别人东西（我不想说是小偷）的这个女孩我经常见，非常漂亮可爱，见了我总是主动打招呼，很有礼貌。她的妈妈就在校门口开商店，我们彼此也熟稔。我的女儿曾经无比艳羡她，因为她们家开商店，想用什么文具随便拿，或者想吃什么都没问题。

按说这样的家庭，孩子不会贪恋别人的东西，而偷偷拿了据为己有。但事情的确发生了，且因为有进口物品，涉及数额巨大，对方父母又不依不饶，导致事态不小。女儿说学校里已经处理了某某某，还让她在处理结果上签了字。具体怎么处理的女儿说不明白，因为她没有看见那张纸，只是根据老师的描述，说了一个"开除"。

我心里有些难过，也许这件事触痛了我作为一个母亲内心的柔软。我能想见，这件事情会给这个孩子造成怎样的影响。而这一切，只是因为她一时的贪心和好奇。

我想起女儿刚刚上一年级的时候，可能因为太渴了，而我又疏忽，忘了给她带水，就把同学的酸奶给喝了。同学发现后，就告诉老师，说女儿偷别人的酸奶。我赶到学校，给那孩子买了好吃的，好喝的，并让女儿向他真诚道了歉，那孩子一脸满足，与女儿以及其他同学继续玩耍。

处理完毕后，我在他们的教室里，当着她班主任以及她们班同学，鼓足勇气说了我今生最勇敢也是最"悖论"的话语："老师，同学们，我的孩子因为我忘记给她带水导致口渴，喝了同学的酸奶，还给同学，道歉，而后我进行赔偿，获得当事人的原谅，此事已经结束，没有任何人偷，不存在偷。"是啊，一个六岁的小孩子自控能力差，因为渴极了，才会未经别人同意拿别人奶喝。而我们已经进行了赔偿，道歉。"偷"酸奶的说法是不对的。偷字，也不能随便加在任何一个人身上，只有警察叔叔才能认定谁是小偷。在我的直接干预下，"酸奶事件"才没有给女儿造成大的影响，但是女儿却不让再提此事，因为终究，这件事情，还是给她留下了不好的印象。

女儿班级这次的事情，比酸奶的事情要大一些。30元钱，以及进口的钢笔，在大人看来可能没什么，但在孩子心里或许就是一个大大的诱惑。按说这个孩子家庭条件很好，似乎没有物质上的缺乏，可为什么，她要拿同学的东西呢？这个我不得而知。

学校里的处理方式我没有看见，但是从女儿的言语中我得知，即便不是全校通告，也已经人尽皆知了。即使不开除，这个顶着"小偷"帽子的孩子也没法再在学校待下去了。假如换一个方式处理呢？假如老师能悄悄地查找"拿别人东西"的孩子而不是大张旗鼓呢？"传道授业解惑"的老师，教书育人的学校，假如能将这一切在众人的未知中进行，给孩子一个机会，会不会更好一点呢？未经法院敲槌，谁随便以"小偷"定罪？更何况是对一个孩子？

孩子的教育是家庭和社会的头等大事。类似这样敏感的事情，处理起来要慎之又慎，以防差之毫厘谬以千里。父母更要关注孩子柔弱的内心，孩子回家来，搂着爸爸妈妈的脖子说说一天来在学校里发生的事情，爸爸妈妈问问孩子在学校里和同学之间的关系。是给孩子一个倾诉的空间，探听孩子幼小心灵中的想法和烦恼，及时地抚慰和关心，及时纠正孩子语言或者行为处事方式，都会对孩子的成长有莫大的好处。就像这个所谓"小偷"的孩子家长，前期如果有这样的沟通，知道孩子喜欢别人的钢笔，即使买不到相同的，也可以用其他方式来解决。绝不至于让自己的孩子成了所谓"小偷"，被学校开除，给孩子心理造成难以驱除的阴霾。

这孩子最后去了哪里上学，我不知道。我在心中默默地祝福她不要受这次事件的影响，忘记"小偷"那件事，忘记学校里的那次"开除"，健康快乐地成长。

你记住，
出去别让人家说你没爹娘管教

　　午后的阳光，已经有了初夏的感觉。我坐在社区小花园里乘凉，风轻轻吹过，空气中顿时感到清凉。身边不远处，年轻的母亲带着孩子玩耍，一切都美好得让人沉醉。

　　两个十几岁的女孩吃着零食，由远及近，花一样的灿烂。走得近了，我忽然听见不和谐的声音：傻×，你吃点吧。我不吃，傻×……她们就像聊天一样，用非常标准的普通话，轻轻松松把脏话脱口而出。反而把旁听的我，内心震慑地溃散成玻璃碴子。瞬间，她们花一样的脸庞，被她们的脏话遮掩。

　　偶尔去接送孩子，在鱼贯而出的学生中，总能听到"去你的""王八蛋""他妈的"……以及更加难听的脏话，不时地传入过往行人和同行的学生耳朵里。

　　每一次听到花一样的少年，嘴里说着污浊的言语，我都像在饭菜里看见苍蝇一样恶心。

　　我问女儿，你们班有说脏话的吗？"嗯？"闺女的表情就像见了老古董，"当然有了，但我一般选择性不听！哪个班都有一部分很能说脏话的，很正常。"

　　也是，的确是正常。想想我们小时候，同学中也有说脏话的。我也与同学吵架，尽管也自诩巧言善辩，但总是在别人的脏话中面红耳赤，败下阵来。吵不过人家，因为不会骂人。别人只要说句脏话，我就无言以对，羞愧地好像我自己说了脏话一样。以至于长大了，也从不敢与人吵架，对方只要开始呈咄咄之势，我就败下阵来，甚至准备好的道理都不会讲了。

　　不会吵架这事，还真不怨我，因为我们家没人会说脏话，我妈妈也从没跟人打过架。我父母虽然是乡野农民，但并不粗俗。我记得四年级的时候，我在学校里学会了一句类似口头语的话，不记得是什么了。回到家小声说了一句，立刻招来妈妈的狠批：你个小女孩家，怎么能学口头语呢？你出去这样说话，人家不会说你，只会骂你爹娘没管教好！妈妈一直很温柔，很少这么严肃，妈妈严肃起来的样子令人害怕，我至今记忆犹新。除了说不许说脏话，爸爸妈妈还有关于筷子，关于站姿坐姿走路，都有很多"不许"。妈妈不懂现代的礼仪，她只是说，小女孩家，不能那样站，不能这样坐，走路时候不能摇头晃脑，前顾后盼……你记住，出去别让人家说你没管教。

　　从此我再没说过一句脏话。即使多年以后，即便是在最疲惫的时候，房间里一个人也没有的时候，也不敢四仰八叉地坐着或者站着。走路时，除了我天生的一点斜肩，其他都按照妈妈的嘱咐做的。吃饭用筷子的各种礼仪的名词我是后来才慢慢学习到，小时候父母只是管教说，不许这样，不许那样。

　　小孩子本是白纸一张，现在所有体现着他们身上的特征，都是后天环境给予的。我刚刚拿我自己举例，无非说的是家庭环境的影响，以及我对父母的敬畏之心。

长大后参加工作，公司里进行"职业化"整训，将工作流程以及工作人员的行为规范都按照职业化的标准，细化到员工的举手投足，以及语言。员工之间的称谓，更是摒除了之前的"哥哥姐姐"随便，取而代之的是"官称"，细则在此不必说。开始觉得这样会很别扭，好好地"李姐王哥"不能喊了，要换成"李经理王师傅"。然而我们，规范后不仅不感到别扭，反而让人油然而生出企业的荣誉感和归属感。这些规则中，我印象最深的就是"工作忌语"：我记得有"不知道！真烦人！累死了！……"这些负面语言。那也是我第一次知道，除了脏话以外，还有别的字眼也会给别人带来不适。工作中，这些负面语言产生的负面影响，不亚于生活中的不文明语言。

这是人生中第二堂课，也是最重要的一堂课。这堂课教会我父母没有教给的东西。我在这里厘清了父母小时候说的那句：出去别让人家说你没爹娘管教，实际上是让我学着有教养，不至于变成一个语言都不文明的粗俗的人。

我是见过好多父母"不作为"的场景的。

我刚结婚时，去婆婆家。亲戚的两个小孩围着我，突然就说了我认为的脏话。我当时都怔住了，不能接受但也不好发作。他们的母亲就在身边，应该听到了。也没做出任何阻止的表示，更别说批评了。碍于面子，我只好默默原谅他们缺少教养的现实。

女儿小时候，一个同事搬家，我们前去祝贺乔迁。他们家有一个儿子，与我女儿年龄相仿，同事便拿儿子的玩具给我女儿玩。突然，他儿子发怒了：将玩具一脚踢向门口，嘴里说着与他年龄极不相符的脏话，怨怒于我女儿玩他的玩具。同事脸上也挂不住，但也只是讪笑道歉而已。

在小区楼下，看到一个小孩，对妈妈邀请来的客人，还没上楼，仅仅就在他家的车库停车而已，他就直接下了"滚"这样的逐客令。做母亲的追逐打骂，小孩子虽躲避奔跑，却不改初衷地大声喊着"滚"！

这已经不仅仅是脏话的问题，对于素未谋面的陌生人，这些孩子连最起码的礼貌能没有，还大放厥词，我都无法理解他们的家庭教育缺失到了什么程度。同时也无法理解他们的父母出于怎样的心理，不去管教，恣意纵容？

他们难道不知道，这样下去，会对孩子的人生之路产生很深远的影响，而不仅仅是一时的不听话，表面上的不礼貌，语言上的不文明而已。

学好不易，学坏不难。

孩子难管，尤其是青春期的孩子。说轻了不听，说重了逆反。就像一块掉在草灰里的豆腐，拍不得打不得。说脏话的现象，偷偷学喝酒，在学校厕所里偷着抽烟，早恋甚至怀孕，都有诸多因素在其中。

在中国的教育习惯里，孩子永远是孩子，即使他已经长大成人，在父母眼里也是孩子。是孩子，就可以被原谅。而且是，无原则的原谅。

我知道，现在孩子随口说脏话已成了普遍现象。我们认为有些很难听的话，他们也都随口就说出来了。说的时候，带着潇洒的表情，或许还有一丝发泄的快感。他们鄙薄正面语言，崇尚非主流，说脏话的颓废被认为有格调。在某一小群体中，不说脏话往往还被视为异类，不合群。

我也知道，青春期是一个思想混乱的时期。良好的性格还没有形成，就受到来自外界的各种诱惑。迷茫的小心灵，在沉浮飘摇。但外界的诱惑再多，教育的阵地始终在家庭这个主战场。不管那些在外面脏话连篇的孩子，还是我见到的这样当面就说脏话的孩子，我都不知道，他们在家里是怎样的一种情况。他们的爸爸妈妈，有没有耳提面命地纠正过孩子的语言以及行为？有没有密切注意孩子的语言，发现孩子有不文明的语言，有没有及时地制止并教育？有没有关心过孩子有哪些朋友？平常看什么书？上什么网页？他们有没有用自己的人格给孩子做一生的担保，"威胁"他们：你出去代表父母的脸面，我不希望自己的孩子被人说没教养？

养不教，父母之过。

教不严，社会之祸。

孩子，最起码你要有喂饱自己的能力

我不止一次地在文章中，写过我极其聪颖的妈妈。

做饭洗衣什么的，自然是不用提的。我妈妈还会理发。我家从来没开过理发店，妈妈就是给婶婶大娘们，理理头发。工具也是极简单的，剪子是首当其冲。但是妈妈理的发型，在当时的农村，还是很大方合时宜的。妈妈会打芦苇编苇席。会编筐子，提篮。妈妈还会绣花，另外妈妈裁剪的衣服和鞋样，也是婶婶大娘们借鉴的对象。

……

妈妈会的很多，却从不强迫我和妹妹们学。

尽管我从小就帮着妈妈做饭洗衣，看护弟妹，但妈妈只是教我些简单的做饭以及家务，以至于我现在连衣服都洗不干净。若不是找了一个承担所有家务的老公，那么我的生活将会乱七八糟。

妈妈跟我说："你不用什么都会，能喂饱自己就行。你以后离开家，自己过日子，做衣服不用学，编筐编篓的更不用，因为都有卖的，就是吃饭，尽管有卖饭的，你还是要会一点的，要是你半夜饿了呢？"

那时候妈妈不知道，有 24 小时营业的快餐店，半夜也可以点外卖。

于是我会做一点饭。小时候卖饭的少，我学会了蒸馒头、包饺子、擀面条，会炒简单的菜，土豆我会削皮切成块，但是弄成细丝我不会。妈妈说不用会那么多。她有一句自己总结的话：百巧万能，一辈子受穷。这句话的来由我不太清楚，只是记得妈妈举过很多例子，说明百巧万能的媳妇，是如何受穷不幸福，反而不那么聪明贤惠的，却过得很幸福。

这当然是一种巧合，让百巧万能而又承担过多的妈妈，形成了一种误解。所以妈妈为了让我幸福，不教给我太多技能，却只将"吃饱"的技能教给了我。

这是多复杂多不合理的情节啊，却能衬托出最深沉的母爱。妈妈是不希望我劳碌，我知道的。我果然如妈妈所期望的，没有变成百巧万能的媳妇，却也过得"能喂饱自己"。

我为人母的时候，时代已经变幻。

妈妈意识里的贤妻良母，以及许许多多的理念，都显得很"过时"了，会做饭的不会做饭的，巧的或者笨的人，都生活得有声有色。而人间夫妻或者婆媳之间的关系，完全不因为过去的贤惠与否，而发生根本性的改变。世界变得多元化，人们的关系也变得多元化。

我的孩子出生于2001年，她第一次当孩子，我也是第一次当妈妈。我丝毫没有经验，就像她也初涉人世一样。我循着妈妈教育我的路子，也改良着这个路子。相对于我小时候，现在的物质和精神生活，都翻天覆地了，然而不能改变的，是人最终的生存本能。

面对娇惯成性的孩子，面对娇惯的社会现状，我虽然很蒙，却记住了妈妈的那句话："最起码，你要喂饱你自己。"

孩子小时候学音乐，那个音乐学校为了鼓励孩子，推出了"学分制"，练琴好的得学分，帮妈妈干家务，也得学分。干家务的部分，要由孩子写在作业本上："我帮妈妈烧了一壶水……""我帮妈妈刷碗"等等，都会得到学分。我的孩子，为了得到学分换玩具，也很努力干家务。小小的她，学着烧水（电水壶），扫地，泡茶等。

不得不说，这种办法，让孩子也学到不少东西，也符合我教育的初衷。然而这离"喂饱自己"，还差着一段距离。于是我有意识地在做饭的时候，让孩子帮忙，或者观摩。她很积极，也很好奇。我包饺子的时候，她在一边胡乱地揉面，也学我们，包成一个个不像样的饺子；我烙饼的时候，她很认真看，究竟她喜欢的葱花油饼，怎样做出来的？

我渐渐开始教她"西红柿炒蛋""下面条"等最简单的饭菜做法……

终于在她 15 岁暑假的一天，我们下班回到家，就闻到了饭菜的香味。清炒包头菜，西红柿炒鸡蛋，还有不方不圆的硬硬的"油饼"……

孩子说，我用鸡蛋和面，很有营养的，妈妈你尝尝……

我感动地发了朋友圈，收获一片点赞。大家都在称赞孩子的时候，我在想，已经 15 岁的孩子，做这些还需要夸赞吗？同时自己也在欣慰：还好，看样子能喂饱自己了，我也就放心许多。

喂饱自己，看起来是很简单的要求，现在却有很多人做不到。这几天我孩子参加一个夏令营活动，家长在送至目的地时，都不愿意走。我问怎么还不走？答曰：想帮孩子铺好床。……

夏令营的第一天晚上，就有家长驱车前往，看孩子。被制止后返回。

而后又有许多家长，以送水果等理由，探访驻地……已经快十七岁的大姑娘大小伙子啊，你们到底有啥不放心的？我暗暗地想：这些孩子，一定没有"喂饱自己"的能力，更别说离家独立生活了。那么他们的吃喝拉撒，都将是家长所担忧的，那么频繁探营，就见怪不怪了。

所以，我妈妈让我喂饱我自己，实际上是教给我生存的基本功能。让她在自己儿女众多无暇顾及的时候，不至于担心我吃不上饭而稍稍心安。

"喂饱自己"，是最基本的生存技能。现在讲来，或许不是指做饭了。能够买到合适的饭，能够合理搭配自己的生活，能够自己整理居室，让自己得体而不窘迫的生活。

我同时也是对孩子有着同样的期望。她必将走出我的怀抱，走向独立的生活。那么，能够"喂饱自己"，将是人生第一课。

我会教给她这一课。

其他的，靠她自己。

爱自己，哪怕自私一点

　　发生在临沂的"徐玉玉事件"，迅速传播，人民日报微博等国媒相继报道，立案侦查后山东省厅督办。

　　各媒体纷纷对此事进行深挖，言辞激烈，咄咄叩问，网友们情绪激动，纷纷跟帖。大家从事件本身，延伸到骗子，骗术，后来矛头直指手机运营商。

　　作为一个媒体记者，初接触此事件的新闻，我心里只有两个字：难过。在今天的公众号上，我编发了此条新闻，但没有叩问任何人，只对逝去的可怜的孩子寄托了哀思，祝愿她在天堂不再如此的困扰和忧伤。

　　下了班，回归家庭，作为一个十五岁女孩的母亲，我心中的惶惶然并没有减少许多。

　　我知道，即便此次事件持续发酵，即便国务院过问此事，也不能涤清人间的骗子。骗子这种不劳而获而且获利巨大的职业诱惑，会驱使更多的人铤而走险，前赴后继。

　　我知道，我的孩子，终将离开我温暖的羽翼，独自经历人间的风雨。三年后，她将与此刻的玉玉一样的年龄，也会面临升学、独立，接触社会等一系列的问题。

　　她会遇到骗子吗？

她会怎么做？

······

一切都是未知数。

犹豫再三，在讲了事件的来龙去脉后，我问了她：假如你遇到这样的事情，你会伤心成那样吗？她很认真的样子想了想，说，妈妈，首先，按照咱们家的惯例，我有事都会与您和爸爸商量，让您帮忙做决定；第二，既然说是要发给我助学金，那就得汇给我钱，怎么还让我给他钱呢？我不会汇给别人钱的。

我说，假如呢？假如你受了骗呢？

她又想了想，说，要是那样的话，我觉得我也不会想不开，把自己憋死的。

孩子的话语虽然稚嫩，但仍让我心里欣慰得很。

可一切都是假设，事到临头，孩子的反应会怎样？

还是个未知数。

然而玉玉的突然离世，让众人悲痛的同时，让大家叩问的同时，也应该思考另外一个问题：孩子的心理健康。

一个乖巧懂事、善良可爱的孩子，一个平时身体健康的孩子，伤心、郁闷、自责就能导致死亡？难道真的"心碎而死"？

还真有。

2014年11月30日，据英国《镜报》11月27日报道，日前，英国哈特尔普尔一名男子因妻子罹患肺癌去世悲痛过度，数小时后死于"心碎综合征"。

事情虽然有所不同，但道理是一样的：因为失去。

英国的男子因为失去爱妻而痛彻心扉；

　　玉玉因为失去父母辛劳赚来的学费而极度自责……

　　在医学的范畴上，很多的临床经验证明：三四成心脏猝死，与情绪波动有关。"心碎了"，一般只是对悲伤过度的夸张说法。现实生活中却真的有心碎而亡的情况。过度的悲伤、愤怒等引起的突发的心脏病，因过度悲伤或情绪过度激动造成猝死的病例，临床上很多见。人在过度悲伤的时候，心跳加快、血压升高、血管过度痉挛等，造成剧烈胸痛或呼吸困难等类似心脏病发的症状。

　　玉玉的情况，新闻报道中只说了"心脏骤停"，具体情况不得而知。但大概逃不过情绪惹的祸。在世界卫生组织的说法里："健康不仅仅是没有躯体疾病，而是一种躯体、心理和社会功能均臻良好的状态。"所以，亲友们说玉玉一直都很健康，大约是指生理和躯体方面，并没有人，关注过她的心理方面。

　　而高中生，恰恰是最需要心理关怀的时期。

　　在心理学从范畴里，高中生心理健康存在的主要问题就包括"挫折适应问题"，这个心理学的所列举的"高中生在成长过程中产生的挫折是多方面的，有学习方面的、人际关系方面的、兴趣和愿望方面的以及自我尊重方面的。其原因有客观因素、社会环境因素、家庭因素以及个人主观因素等。"情况中，并没有"被骗学费"这一项，甚至没有类似的条款。

　　这说明，玉玉的心理状态，不能归咎于她以及她的父母。关于这样的教育，连世界卫生组织这样高大上的教科书里都没有，我们又怎能预见？

　　我们只能用血淋淋的事实和生命的代价，来累积这样的经验？要是真能累积并广而告之，也足以告慰玉玉的香消玉殒了。文章是想到哪里，写到哪里，以至于我，写到迷茫。

我以为自己会想到一个好的办法，告知我亲爱的朋友们，却在絮叨了长篇后，愈发的不知如何总结，如何发出"教育体"的严肃文字。

也许根本没有定论。

因为每个孩子，每个人所处的环境不同，接受的教育不同，谁也没有办法把所有人做成一个模式，就像机器人那样。

突然看到一位文友新鲜出炉的文章《爱自己》，顿时受到启发。是啊，在你无法杀光骗子，改变世界的时候，专心地爱自己，哪怕是自私一点。

保护好自己，你才不会轻易受到伤害，你的家人才不会伤心难过；保护好自己，还有另外一层含义：不轻易付出，包括感情与金钱；保护好自己，在已经失去的时候，不要太过在意，郁结于心，终会葬送了自己。

远在天堂的玉玉，你可爱的笑容还未走远，人间已经乱成一团；人们在尘世里依旧挣扎纷乱，但愿你能保佑大家一切都好都平安。

徐玉玉事件令人悲愤、惋惜。还有这么多的孩子要走上社会历练，还有这么多骗子虎视眈眈，亲爱的孩子们，当你不幸遭遇骗子，你该怎么办？但从我们家长本身来讲，同时也应该通过此事件反思孩子的教育问题，多关怀孩子的心理健康，或许，能让悲剧不再重演。（写于 2016 年）

凭什么，人生对你这样好？

除了在单位做网站编辑，我还是青藤文学网的散文和杂文编辑。虽然这份兼职是义务的，但我甚爱之，乐此不疲。

每天下了班，吃过饭，便要登录"青藤文学"，编审作者朋友的来稿。这是我一天中，又轻松又获益匪浅的时刻。之所以这样说，是因为青藤作者来自全国各地，高手云集，甚至有中国作协的大咖投稿。当然也有初学者的稿件，虽然文笔尚显稚嫩，但都文采飞扬。每天细细研读这样多层次多品类的稿件，还要写编者按，从中学到知识，不是很自然而然的吗？

然而今天，"杂文"后台仅有的一篇稿件，着实让我吃了一惊。题目为《女生年轻时一定要干的五件坏事》，这五件坏事分别是：青春期极端叛逆、私奔、插足别人家庭、短暂背叛婚姻……

这个作者认为，只有做了这几件事，才能遍观世事，释放青春，然后回头是岸。然后她会很幸福，获得父母谅解，得到好的工作，处理好所有人际关系，找到属于自己的爱情，组建幸福家庭。

据这位作者说，只有这样的人生，才会是老板信赖的好员工，才会专心研究自己的专业，成就自己的事业，才会体谅男人，懂得男人……总的一句话，只有经历了这些种种，才会活得精彩成功。

会吗？或许会吧。但概率极小。

在她文章里，一个在中学时极端叛逆的女孩，天天混迹于男生队伍里，还要用矿泉水当头浇湿自己……能获得好的学业吗？没有好的文凭，长大后能获得好的工作机会吗？她文章里还有涉及"办公室"的字眼，要知道现在本科生刚进单位，在办公室也就是打杂而已。没有文凭能去当白领的机会微乎其微。

又说，一个与男人私奔的女孩，就算是放在当今开放的社会里，也是让父母颜面无存的事情，也是众所周知的丑事，要是父母心眼再小点，精神脆弱一点，疯个一半个也是正常的，怎么还会以正常的心态迎接你回归家庭，给你改过自新的机会？

再者，一个插足别人家庭的女孩，抛却道德什么的不讲，你能躲过网络人肉，人家的老婆当众暴打扒光你并将视频录制上传？你能保证即便不发生那些，你在与这个男人的相处中，守身如玉，全身而退？当然你可能不在乎，因为你已经私奔过一次，或许对于贞节礼仪已经没有概念。

总结：一个学历不高工作不好，私奔过，当过小三的女孩，你觉得你能找到一个爱你疼你的暖男？好吧就算瞎猫碰到死耗子，找到一个瞎了眼的正经男人，以你的经历，你觉得你还能任性而为，玩出走让他苦苦寻找，并求你回家，拥抱安慰你？

写出以上文章的人，得有多强大的内心和想象力？

　　这样完美的结局假使有，那么，凭什么？凭什么人生对你这样好？别人都苦读十几载找不到好工作，你找到了；别人都谨言慎行还处处碰壁，你放荡形骸却游刃有余？不得不承认，这位作者想象力和文笔都不错，本来要退稿的我，决定给她发出来，让文友和作者共同讨论。

　　就我本人来讲，从没有做过这样惊世骇俗的事情，一直平平淡淡，却也幸福安然。而且我将会拼尽老命，宁愿我女儿的人生"苍白"，也要阻止她去做这样的事情。

　　而我的人生尽管平凡，却从不苍白。物质匮乏的童年少年，缺吃少穿还要帮父母做家务照顾妹妹，现在却成了最丰富的经历；一门心思赚钱的青年时代，在对家人的责任感里不懈努力，虽然没有什么享乐没有大富大贵，却亲眼见证了妹妹们的成长，收获了自己的爱情；年近中年，经济依然拮据，却有自己喜爱的工作，被家人疼爱，女儿绕膝，生活更加丰富多彩。

　　我自己的人生经历证明，没干过她说那一定要干的几件事情，人生不仅不苍白，反而因为认真的生活态度让我不断地学习追求进步，清白的人生经历让我获得家庭的尊重，谨言慎行让父母不至于脸上无光，没有污点的家庭让孩子健康成长。

　　我知道，现在这个时代，是不讲"三观""节操""贞节"的时代，谁要是再提起这些，都会被鄙视"土老帽"。然而这并不代表道德可以败坏到无下限。

　　但是，一个女孩子，总是不能过度放纵灵魂，任由别人糟蹋自己的身体，相信现在的男生也不会开放到能接受这样的女孩做终身伴侣的程度。那么为了嫁人，有些女孩就去了医院修补贞节，婚姻中就有了欺瞒，离婚率高涨也有这个原因吧。

一个正常的女孩子，最起码是不能让父母丢脸的。而逃学混迹男孩中，私奔或者当小三，在自己的婚姻中背叛家庭……都是传统道德所不能容忍的，随便拿出一件，都能把父母气进医院。父母养育你一场，难道为了你这样的报答？

所以，再好的文笔，发表言论之前，请一定要经过大脑。

孩子，给你个手机当玩具

孩子放假了，我便与她一起去服装城逛逛。

上到二楼，拐角处差点踩到一个孩子。他趴在脏兮兮的楼梯上，正忘情地玩着手机。再往前走，店铺门口、市场的墙角处，都有或趴着或躺着或斜倚着的孩子。无一例外地都在玩手机或者平板电脑。明白了，这些是市场经营户的孩子，因为放假了无处可去，无奈的父母把他们带到商场，又因为太过忙碌，无暇顾及他们又怕他们到处乱跑出事，索性给个手机，让他们安安静静地打游戏去。

别说，这倒也是个好办法。家长一边挣钱，一边也不耽误看顾孩子，真是"两全其美"。

话说手机真的是个好东西。在没有智能手机之前，我们对于手机的期待，除了打电话发短信之外，也就是当钟表和闹钟使用。但是智能手机的出现，为我们打开了一个拿在手里绚丽多彩的世界。"低头族"瞬间布满大街小巷。因为迷恋手机，有掉进窨井里的，有失了健康的，有丢了孩子的，有散了婚姻的，有撞上汽车的。太多，暂不去说他。

成年人尚且如此不能自控，何况孩子呢？手机里的世界太奇妙了！有好听的歌曲，有好看的动画片，有好玩的游戏。

哪个孩子能不喜欢？我那不满周岁的小外甥，在他妈妈打电话时总是试图抢过手机，虽然他还不会玩，但本能的好奇促使他想研究研究那个有图像有声音的东西。于是迷恋手机和平板电脑的孩子也越来越多，只要有游戏玩着，孩子们总是很乖。

所以，大人们为了在工作时，做家务时，打牌时，做头发时甚至看电视时，让孩子安静听话，就给他个手机做玩具，让手机做了电子保姆。我不止一次从几个朋友的店面里，看到他们的孩子总是拿着手机玩游戏。每次去，每次都是这样。有的孩子还小，却也玩得很熟练。他们兀自做自己的生意，孩子有手机陪着，很安静地待在角落里。

一切仿佛没有什么问题，但却蕴含着很大的问题。

古希腊有一个少年，喜欢小狐狸。但是他害怕被大人发现，于是藏在怀里。狐狸用尖利的爪子，挠他的肚皮。他虽然疼痛还是不愿舍弃。终于被狐狸抓破了肚皮而死。这已经超越了玩物丧志，直接是丧命了。别说这么小的孩子，就连一世英名的唐太宗，也不能免俗。他喜欢鹦鹉却害怕魏征啰唆，在魏征进谏时藏在怀里，等魏征说完，鹦鹉憋死了。唐太宗的玩物，没丧了这伟大君王的志，反而害了他所爱的小鹦鹉。

看来，人对于玩乐游戏的欲望，是不分时代不分年龄不分等级的。其实潜意识里谁都喜欢让自己快乐欢愉的事物。古时人们吸大烟，现在有人吸毒，包括抽烟喝酒打麻将，无不是喜欢那种刺激。

然而，这种所谓的刺激和欢愉，只是人最底层的欲望。人之所以为人，就是人有更高更多的追求。所以，大多数的人都有自控能力，正常地进行工作学习和生活，并不沉溺于玩乐和游戏。所以世界还在继续正常运转，并没有受到手机或者平板电脑太大的影响。

可是对于孩子，这又是另一个范畴的问题。尤其是趴在地上的，躲在父母店面角落里的那些不懂事的孩子。那游戏是父母让打的，手机是父母让玩的。父母是孩子最信任的人，父母让玩游戏，那玩游戏就是对的，在孩子看来，没有什么错。我想父母也是无奈之举，虽然明知道儿童的神经系统正在发育阶段，电子产品的电磁波对他们的危害很大，还会刺激眼睛使视力低下。我的一个朋友因为经常看电子书，导致眼睛长了一个肿瘤，做了手术也不能恢复以前的视力了。但是忙碌的工作让他们分身乏术，所以请这个"电子保姆"也是不得已而为之。

然而对身体生长发育的影响还不是危害最深的，更重要的是心理问题。沉迷于手机和电脑游戏中，少了与朋友家人面对面交流的机会，孩子变得孤独和偏执。澳大利亚莫纳什大学流行病学家艾布拉姆森教授的一项研究表明，整日玩手机的孩子，思考问题难以深入，凡事急于求结果，性格比同龄人更冲动。因为沉迷于游戏，或者频繁给同学、朋友发短信，有可能让孩子们更不会对父母讲真心话，加深父母的失控感和亲子之间的隔阂。加之现在手机行骗屡禁不止，让没有判断力的孩子接触过多信息，容易给他们带来危险。手机更新换代速度飞快，则容易让孩子贪慕虚荣、盲目攀比。

我女儿小学时，为了安全我给她买了一个儿童定位手机。尽管什么功能都没有，也让一段时间内，孩子总是好奇地拿出来看看，上课时有不专心的现象。上了初中后，就没有再买手机给她，一是学校不允许，二是现在的手机功能过多。我相信自己的孩子，却不相信孩子的自控力。她把手机拿在手里，即便不上网不玩游戏，也总是想看看玩玩的。这看起来不经意地看看玩玩，就会打断她的学习。时间久了，成绩定然会受到影响。因为我自己就是个例子，仿佛也得了手机病，隔一会就拿出手机看看，好像不看就难受异常。初三这样紧张的学习生活，来不得半点疏忽与打扰。

我常在女儿的 QQ 号里，看到她同学空间的动态。本该分秒必争学习的时期，她们通过手机，崇拜着韩星，关注着许多无聊的网站帖子，并费尽心机摘抄、转帖。个中内容，甚至有低级趣味之流。还有的孩子，在空间里抒发着自己的单相思，汇报着早恋的进展等等。没有任何能促进成长，塑造良好性格，帮助进步的东西。所以，不能打开这个口子，就像不能打开潘多拉的盒子。

我女儿的同学在空间发的这些内容，不知道他们的父母有没有看过，看过后，对孩子的思想倾向有何感想？青春期的孩子，正是人格塑成的关键时刻，父母如此放任自流，绝不是一个好现象。

所以，一声"孩子，给你个手机当玩具"，看似只给他一个玩具，换家长片刻安宁，各有所得，轻松愉快。实际上这是父母极度不负责任的表现。不顾孩子的生长发育，视力优劣；不顾孩子认知世界，人格塑造；不顾孩子学业进度，发展和未来。只一味贪图当下的轻松，短视而自私。而由手机陪伴长大的孩子，因为长期沉迷，心理的健康程度，学业的发展，乃至以后工作等，都有着太多的未知数。

假如我们都能管好自己的孩子

我所在的城市，出了一件很不和谐的事情。最初，是在网络媒体以及朋友圈里，用戾气很深的"将16岁少年活活打死"的字眼，用派出所内外满地纸钱的图片，连篇累牍地疯传了一个警察抓吸毒贩毒少年的事情。涉事的孩子中，一个15岁，一个16岁。16岁的孩子在逃跑过程中猝死，才引发了这件事情。警务证实，这是一个16岁孩子因吸毒过量引起的死亡。

这个事情刚发生完，网上又说有一个小姑娘，13岁，早恋，与父母几句口角后，跳楼自尽了。然后又看见报道，初中13岁女生因为不愿按照学校要求剪短发自杀。又有"一个巧克力引起的自杀"，也是13岁女孩，因为偷了超市一颗巧克力，在超市人员和父母责骂中，弃世而去。

作为一个孩子的母亲，每当看到这样的消息，首先是心疼，心疼这些孩子的夭折，就像花朵未及盛放便凋零败落；心疼这些孩子的父母，几多辛苦将孩子抚养长大，而今孩子刚刚成人，却遭遇这样的结果。我心中五味杂陈，而又费解得很。

13岁、15岁、16岁……这些让人触目惊心的年龄，这些让人心疼的孩子啊。这个年龄应该在干什么呢？应该是每天早晨，吃过妈妈做的早餐，匆匆忙忙去上学；放学后按时回到家，吃饭、写作业，然后睡觉。两点一线，周而复始。周末的时候，如果爸妈有时间，还会带他们去吃饭看电影，或者去近郊游玩，这才是正常的这个年龄孩子应有的生活。然而这些孩子，显然没有循规蹈矩地这样生活。他们抽烟、喝酒、打架、早恋，自杀！还有贩毒吸毒这样令人难以想象的接触不到的范畴！

我素来相信"人之初性本善"。一个呱呱坠地的赤身小儿，吃喝拉尿全由人照料，头骨尚未全合，大脑和视力也全由后天慢慢完善。这时候的孩子，绝对是白纸一张。我还相信，所有的父母都希望孩子好。希望孩子健康成长，希望孩子有出息。这又是一个善始。然而这许多的善始，却有很多得不到善的结果。例如这些出了问题的孩子。

养不教，父之过。确切地说，应该是父母之过。"树大了自直"的说法，在当今这个复杂的充满诱惑的社会里，显得越来越不现实。我女儿今年上初三，班级里有七十多个孩子。我常在女儿那里，听到些她同学的事情。她经常说的就是她的好朋友小Z。这个孩子我见过，聪明漂亮，就是穿着上较同龄人成熟。小Z胆子特别大，她和我女儿一起上晚自习辅导班，我晚上去接女儿的时候，看见她总是一个人回去。晚自习放学，已经是晚上九点多钟，十几岁的女孩子，她爸妈怎么就能放心？女儿说一直就这样，小Z爸妈做生意很忙，还有个小弟弟都得奶奶帮着带，实在忙不过来。小Z也很坚强。有一天放学时，小Z的电动自行车坏了，当时又下雨，她给爸妈打电话都没人接。于是就冒着大雨自己把车慢慢挪回家了。回家后浑身淋得湿透，还因此感冒发烧。

这个自由洒脱的小 Z，学习成绩原来也在班级前五名之内，可是后来迷上了漫画和小说，上课时也忍不住看，写作业时也看。作业写不完，就直接借同学作业一抄了之。成绩也大不如前。我问女儿，她父母没有注意到她成绩的变化吗？女儿说，她爸妈从来不管她。

又有一次，女儿回来说，把她快吓死了。我问怎么了？女儿说学校里的学生和社会青年打架呢。女儿没敢看，但是校门口地上还有血迹，伤者都送医院了。女儿说，参与打架的同学有好几个，都是学校挂了名的。这些孩子因为离家远，都是在学校周边租房自己居住的，一周回家一次。家里给了足够的钱供他们生活。少了家长的约束，他们自由的很。打游戏，旷课，学大人抽烟喝酒，放学时找找女生的麻烦。有很多次还把那小瓶二锅头带到课堂上，请班里的同学喝。平常上学，上午一般不来，下午也是想来就来。老师打电话找家长，家长口头上答应好好的，却不见人来。没有了约束的孩子，行为就一切照旧。老师也很无奈，总不能挨个去家里叫学生起床吧。于是再联系家长，家长在电话里无奈表示：工作太忙，也顾不了孩子许多。

还有一个朋友，也是做生意的。家里一个女儿，两个儿子。女儿是最大的，用的心思最多，女儿也乖巧听话，成绩一直很好，考上了市里的好高中。儿子出生的时候，正赶上他们的事业上升期，忙得焦头烂额，经常顾不上他们。于是心中对儿子含着愧疚，在孩子犯错或者任性的时候，总是采取妥协的方式。时间长了，孩子习惯了这种妥协，变本加厉地任性着。后来这孩子上小学了，没几天便打遍全班无敌手，老师批评，便与老师对抗直至谩骂老师，被学校婉言劝其转学。于是转学，又重演。又转学……直到无学校可转。无计可施的父母，将孩子送到嵩山少林寺。

我曾经与这孩子有一面之缘。那是一次午宴，因为停车难，大家都放弃开车，所有人都坐了他家的商务车。已经十一岁的他大为不满，一路上一直在谩骂：都是些什么熊人，坐我家的车……更难听的还有。车上坐的都是他父亲的好友，还有客户。他父亲脸上挂不住，一边开车，一边呵斥他。但丝毫不起作用，只好尴尬地对众人笑。那顿饭我们吃得很艰难很窝心，因为这孩子一直在饭桌上拿着饭扔来扔去，各种作。他父亲无奈地对众人说，这孩子我管不了了。

身边这样的例子总是很多。

在公司餐厅吃饭，有个带孩子上班的女同事，喂孩子的时候一句话说得不对，孩子便给了她一个耳光。她尴尬地反手打了孩子，嘟囔了一句"管不了了"作罢。有个同事去朋友家做客，遭遇了小主人频频用"滚，别来我家，我不喜欢你"等语言驱逐，她的朋友也是尴尬地道歉，也是用一句类似"管不了"的话自嘲。

上述真实的事例中的所有孩子，我依旧相信他们的父母生下他们，决计不会故意害他们，肯定一心为了他们好。忙得顾不上孩子，也是为了给孩子打造更为幸福的生活。我的很多朋友都在讲，要给孩子买名牌衣服和鞋子，有时候一双鞋几千块也在所不惜；给孩子准备好房子，一套绝对不行，三套五套也不嫌多；还要准备好很多钱，以备孩子不时之需；还给孩子买了各种保险，保障教育，保障医疗，保障将来的婚姻家庭。

用心之良苦，让人感叹。

古人那句发人深省的话，曾被广为传颂："子孙若如我，留钱做什么，贤而多财，则损其志；子孙不如我，留钱做什么，愚而多财，益增其过。"广为传颂是真，读懂而践行的，却少之又少。太多父母注重于给孩子留下物质财富，却忽略了给孩子陪伴和关心。孩子至关重要的青春期，因为缺失了父母的引导而任性放纵，在该好好学习的时期，过早接触了学校外的东西，沉迷于游戏玩乐之中，甚至误入歧途，打架斗殴，吸毒贩毒。或者性格孤僻，抑郁内向，动辄萌生自杀等极端而又危险的想法。

这段时间热播的电视剧《芈月传》，其中关于教育的理念被一度推崇。芈姝的是嫡公子荡，喜武力。芈姝带着自己嫡公主而又王后的优越感，一举生出嫡公子，又是千金贵体的王储身份。于是，嬴荡成了他母后不舍得管，别人不敢管的孩子。不想念书是可以的，喜好武力是被表扬的，横行霸道是应该的，恣意妄为是没人敢管的，即便多人劝告芈姝，她儿子身上戾气太重，她也认为别人因嫉妒多事。当上秦王后，更是无人能约束嬴荡，终于导致了悲惨的下场。芈月的儿子嬴稷，冰雪聪明，从小母亲严格约束其行为，名师指点而又系统的教育，所以终成大器。芈月给孩子的，有爱，更有规则，有原则。

这个或许虚构的故事，蕴藏着深刻的道理：管好自己的孩子是最重要的。在我所列举的真实事例中，这些孩子的父母在对待孩子上，均有失偏颇。

小 Z 的父母不管她，固然是因为工作繁忙，也是因为她一直很优秀，父母信心使然。然而孩子终究是孩子，尤其在敏感的青春期，父母的跟进和关怀是孩子健康成长的保障。小Z迷恋小说和漫画报刊，成绩不断下滑，就是一个不好的开始。打架的那些孩子父母说管不了，那是他们一直不管造成的恶果。到了现在想管也管不了的时候，已经追悔莫及。只好放任自流，由着孩子自己胡闹。至于已经去了嵩山少林寺的孩子的父母，他们的责任是最大的，是他们一味地娇惯害了孩子。若是少林寺也无良药救孩子，那他们给孩子准备的钱财房产，真的能派上用场了。但不知能用多久，毕竟坐吃山空。

还有那个抬手就打母亲以及驱赶客人的幼儿，他们还小还不懂事，但是他们似乎无意识的行为已经暴露了他们父母教育的缺失。这些孩子若是不好好管，任其发展下去，将来就真的"管不了了"。还有新闻上那些吸毒贩毒，跳楼自杀的孩子，因为不了解他们的父母，以及他们的成长过程，所以不好评判。但陪伴以及沟通的缺失，一定是有的。不然，孩子沾染上毒瘾，这不是一天两天的事情，若是经常与孩子聊天，每天关怀体贴，怎么会发现不了呢？女孩子因为剪头发这样的事情都会自杀，内心得多脆弱？要是有母亲在旁温暖相伴，体贴劝导，这样令人扼腕痛惜的极端的事情怎么会发生？

很多朋友好心劝我生二胎，我却不敢。别人问为啥啊？我说一个孩子的教育我都感觉力不从心，再生一个我没信心能管好。生了却管不好，非我愿也。

管好自己的孩子很重要。倘若我们都能管好自己的孩子，那么班里就不会出现喝酒打架旷课的孩子，就不会有孩子对父母的朋友出言不逊，就不会有孩子对自己的母亲轻易掌掴，就不会发生孩子因为吸毒贩毒被拘留，逃跑猝死这样悲惨的事情。

　　管好自己的孩子，学习成绩好坏与否其实并不重要，也没有必要非得出类拔萃，木秀于林。能教育孩子做好人，不伤害自己和他人，不危害社会就足够了。孟母三迁的故事流传了几千年，除了说明环境的重要性之外，还说明孟母是在有意识地为了孩子而改变环境以适应其成长。然而，家庭环境是孩子成长的第一个也是最重要的环境。父母的言谈举止，行为处世尤为重要。父母若是能有意识地对孩子进行教育，那是最好。若是不能，最起码也要有意识地注意自己的言行。社会环境复杂，更需要父母关心关注，及时修正孩子的行为。

　　"终身之计，莫如树人"教育孩子不易，是一件任重而道远的事情。尤其是在这物欲横流，充满诱惑的社会里，更是需要付出父母更多心力的漫长过程。

　　新闻报道以及身边，问题孩子有增无减。不仅仅农村有留守儿童，城里每天与父母住在一起却从不沟通甚至两头见不着面的孩子比比皆是。父母工作不易，却不能忽略孩子的教育。

　　管好自己的孩子吧。作为这个社会极微小的一个个体，既然不能兼济天下，那就"独善其家"吧。

教育孩子，是一场人生的修行

闺女跟男同学吵架，被骂了脏话。

说是吵架，其实是被动挨骂。闺女是一个文静得有些闷的孩子，别说张口骂人，就是吵架，她也是不会的。她从小学开始，经常不断带回家被欺负的消息，我们都已经习惯了。事情小的我就安慰一下，哭得厉害了，我会跟老师沟通一下，了解事情原委，让老师处理一下。当然我也有找到学校里去的时候，也曾经跟对方的父母做过沟通，甚至，大发雷霆，完全不顾淑女之仪。

我常常对女儿说，你要是随了为娘我，只有别人挨欺负的份！我还"教唆"她：谁要是打你，你就拿东西扔他，告诉老师，大哭大闹……下次别人就不敢欺负你了。

可是她却还是那样懦弱，没有实施我的方案。

到了初中时期，情况就好了很多。即使跟同学有些小矛盾，她自己也能处理了。所以好长一段时间，没听到她被"欺负"的消息了。

高中的这一年，也算平安无事。

然而这一次，还是假期里的夏令营，又发生了这样的事情。

这一次女儿被迎头喷狗血，打击地好几周都心情不痛快。

我决定去看看。刚进教室门口，就听见男生与女生吵架的声音。男生的声音很高，歇斯底里，被骂的那个女生已经哭了。经过了解，男孩还是骂我女儿的那个，今天他以同样的方式，骂另外一个女生。

我心里一惊，又拍拍胸口，安慰自己：还好不是我闺女，不然这还没好的情绪，就更加糟糕了。同时心里又担心那个被骂的女孩。看见她在同学的安抚下，渐渐心情平复，我也就放心了。

听说这是这个男生的常态。他易怒，敏感，挑别人的碴，尤其是女生，看不顺眼就找碴打架、骂人。就这个问题，好几个女生家长与这个孩子的家长做过沟通，委婉地告知她儿子的这些事情。

然而她坚持说，她的儿子在家里是从不说脏话的，很有修养。从小他们管得很严，现在放松一些，不想给孩子太大压力……她说她的儿子从不说脏话，我说可能是跟同学或者朋友学的？她说不可能，她的孩子在家里很老实听话，从不外出，没机会学啊。我每次教育他，他都很听话啊……一向自诩伶牙俐齿的我，彻底无语了。也就是说，她的儿子在学校里骂的那些女生，包括我看见的听见的，都是假的？一句话，她不承认这些，她认为，她的孩子是完美的。

大多数父母都是往好的方面去教育子女，但是人的认知能力不同，精力分布不同，拥有资源不同，还有最重要的，教育能力千差万别。但是都有一个通病：不愿意承认自己教育的

失误，或者可以称作失败。经常在影视剧或者现实生活中，看
到有的子女违法犯罪了，在戴上手铐的那一刻，有的父母才会
痛心地说出：是爸爸妈妈害了你啊！而有的父母，至死也不愿
意承认自己的教育问题，还在埋怨孩子本身，或者埋怨社会什
么的。

在女儿的班级里，大多数的孩子家庭条件不错，对子女
的呵护，可谓捧在手心，含在嘴里。所有的孩子，看似一样，
其实千差万别。十六七岁的孩子，是标准的青春期，然而青春
期出现的问题，绝不是偶发，而是从小到大教育的必然。

我是新媒体人，常常遇到网友的各种问题。有一天，一
个网友在网站后台问我：我的孩子十六岁，也不学习，谁的话
都听不进去，还打骂父母，怎么办？我给的回复是：非常同情
您的这种情况，但是没有这样的经验可供参考。实际上，这个
问题十分复杂，我真的没有能力解释。他打骂父母，也许是因
为你们在他还在你们怀抱中时，他用粉嫩的小手打你抓你时，
你就没有制止，所以他认为就是应该的。也许还因为，你们夫
妻在家里打架，被他学了去……

谁知道呢，孩子如今成了这个样子，总是有原因的。

闺女与同学之间的矛盾，在漫长的人生中，也许都是不
起眼的小事。或许这几天她还在生气，过些日子，她就会忘记，
包括那些挨过骂的闺女的同学，也都会忘记。这样的小事，不
会影响女孩们的学习，以及以后的远大前程和幸福生活。

那个骂人的男孩，我们无法预知他会怎样。他不仅仅是
骂人，还在课堂上捣乱，旷课等。这些，大家都知道，他的妈

妈却不知道，想必也不想知道。因为知道了，就必须承认，她心目中的完美孩子，有这样那样的缺点。然而我觉得，她还是早一点知道，早一点承认，早一点修正的好，因为那样，她的儿子才不会继续这样下去。

我经常审视自己。

我们要客观地认知自己的孩子，直面孩子的不足，把孩子看成自己的一面镜子，她成长过程中表现出的各种不完美，恰恰就是我和她父亲的缺点。我寻找解决方法，找不到，就要去跟别人请教、学习。

没拿"上岗证"就做了父母的我们，磕磕绊绊地，与孩子一路同行，一同成长。父母不断自我修正，自我完善，在这个过程中，遇见最好的自己，并用这个新的自己，影响和带动孩子成长。

教育孩子，其实，只是一场自我修行。

一个资深胖子的自白

从孕育我的女儿开始，我就从一个95斤的苗条女子，成为一个150斤以上的大胖子，算来，已经20年整。在当今"以瘦为美"的社会里，作为一个资深胖子，我的苦恼也只有资深胖子才能理解吧。

比方说，我在朋友圈晒了美食，哗哗地评论就来了："我终于知道你的身材是如何炼成的了"！"你还吃啊……"若是公众场合，你也许只吃了一点点东西，但不管你吃的有多少，都会"得罪"认识或者不认识的人，他们会用表情，鄙夷你这个不自爱的胖子：这么胖了，你还吃！仿佛胖子就是罪过，不能享受常人的美食，非得吃糠咽菜，箪食瓢饮，才能堵了悠悠众口。

然而，不管这世界如何的矫情，不管朋友圈有多少神奇的减肥药，不管有多少励志的鸡汤，不断重复"成功者首先要管理自己的体重"，不管自己如何不敢吃喝，跑步锻炼，刮痧拔罐，毕竟还有一个事实摆在眼前：身边仍旧有很多的胖子，就像有很多苗条的人一样。

爱美之心，人皆有之。

没有人不喜欢窈窕淑女，没有人不喜欢有八块腹肌男。大象腿和虎背熊腰就是不好看，胖子自己也是知道的，别看每天说着不在意，心里却连别人的目光都细细斟酌，别人笑，觉得别人是笑话自己，别人安慰自己说你不胖啊，嘴上说着谢谢，心里觉得别人虚伪。

胖子都是纠结的。以前听到过一句话：连自己体重都不能控制的人，怎么能管理好团队，做好工作呢？听到时，我看着自己的虎背熊腰，脂肪堆积，便汗颜不已，于是更加地渴望减肥。喜欢吃的不敢吃，喜欢喝的不敢喝，搜索了很多减肥的方法和水果蔬菜，勉强自己吃，结果无功而终。

有的嘴上天天喊着减肥，却不想错过美食；有的花大价钱去减肥机构，也有不错的效果，却在训练结束时，渐渐恢复常态；有的说着自己并不在意身材，却不敢直视镜子中的自己，心里暗自伤悲。是的没错，我说的就是我自己。尽管我老公每天安慰我，我自己也举出类似杨贵妃之类的例子来安慰自己，却仍旧改变不了自己是个胖子的事实。

因为胖所以难穿衣。大多数胖子喜欢穿灰黑的衣服，因为灰黑色不会显得人胖。在很多年里我也一直是灰黑的暗淡，发型和化妆什么的，就更别提了。其实我心底里，不喜欢灰黑肥大的衣服，我也喜欢漂亮的衣服，但是为了不显得过于肥胖，勉强自己穿。

因为这个胖字，我曾经无数次缅怀婚前的90多斤的体重，于是在心理上又难为自己，妄想着回到从前。然而，经历了生理上和心理上重重折磨，我还是没能回到从前，保持着胖子的形象至今。

减肥的方法有很多种，网上更多。胖子会挨个实验：节食是首当其冲的。于是一段时间内，在网上晒自己的减肥餐；

运动也是必须的，去健身房，跑步或者练瑜伽，或者去野外暴走，各种晒运动装晒步数……决心最大的是我，在自己破陋的斗室之内，硬生生塞进了一个跑步机，也跑了几天，后来便任它落尘。两年后的今天，跑步机还能不能用，我不知道了。我只知道自己的体重与两年前，没有减掉毫分，还是一个"死胖子"。

当然，不得不承认，有减肥成功的，我身边有一个同事姐姐，就是坚持运动，人家就成功了，成功了以后还是继续坚持健康运动，合理饮食，所以身材也坚持苗条着。我对她的敬仰如滔滔之水连绵不绝——但就是做不到。

这是个例，真的是个例。而且，说跑题了。就说说"瘦不了"的问题。若是你各种折腾后，还是"瘦不了"咋么办？

我的答案是：瘦不了，就快乐地胖着吧。这绝不是一句戏言，也并非自暴自弃地妥协。因为毕竟事关胖子群体的生理和心理健康，不能儿戏。

首先说，胖子分很多种。能减肥成功的，大多数都是纯粹的营养过剩，运动偏少，所以调节饮食和加强运动即可。

然而世界要是这么单纯，就可爱极了。很多人瘦不下来，是因为体质。比方说上一辈，上上辈，有很多体型丰满的人，即便是吃不上饭的年代，依然是胖乎乎的，这就是体质问题。励志的文章肯定不这么写，但这是铁铮铮的事实。这类人根本吃得不多，有人甚至是素食主义者，但仍不能变得苗条。

除了体质，还有疾病。比方说我，重度贫血症患者，长期的血亏，让五脏六腑都十分脆弱，包括身体运化能力。胃的退化让我吃不下太多东西，尤其是肉食，更是敬而远之。但我仍然作为一个丰满的胖子横行在世上，我不能过午不食，因为那样会让我因营养缺乏而低血糖心慌、眩晕，引发心肌旧病，几天不吃就会大病一场；我不能太多运动，心脏由于缺血承受不了太激烈的运动。所以我只能胖着，继续忍受着"贤达人士"的诟病。

体质和疾病造成的肥胖，绝对不止我一个。或许还有别的原因，此处不再一一举例，毕竟我不是想写减肥的话题。

再说说心理问题。首先讲，作为我如此豁达的人，也不希望听到别人说我胖。也会常常对着美食纠结，偶尔饱餐一顿，就会有很重的负罪感。

然而这正常吗？胖子既不是罪过，也算不上什么缺点，但是很多人却因此自卑，因此纠结。那么社会以及社会上的人，就会借坡下驴，各种歧视强加于身。什么形象不好，不好找工作了，或者在单位很少有机会上得厅堂；或者被人批评说不会管理自己体重的人怎么怎么样了……再强大的心理，也不会保持十分的镇定，于是憎恨自己身上的肥肉继而不喜欢自己。这样的心理是极不正常的，长久下去会形成心理疾病的。

何必，勉强自己。我想对胖子们说：瘦不了，就快乐地胖吧！毕竟你只是胖点而已。毕竟胖并不犯罪。毕竟除了胖，你还有很多优点，知识以及能力。毕竟你的胖，没有伤害别人。人生短短数十年，何必如此难为自己呢？我不再勉强，我喜欢丰富的晚餐，因为在一天的匆匆忙忙后，这晚餐其实不仅仅是一顿饭，热腾腾的饭菜，家人的团聚，实际上也是心灵的慰藉和放松。所以我永远做不到"过午不食",哪怕胖,我也认了。

就像我当年,熟悉的老本行调整了以后,公司调职。尽管我对主管一个家居客服部门的职位很忐忑很陌生,还是勉强自己接受了,结果当然是一堆乱。报到第一天就遭受了下属侮辱性的下马威,我本可以上诉到总公司,但是为了息事宁人,我勉强自己接受了,最后忍无可忍,还是自己逃脱了。我知道,我在职场中。因为别人长期的争斗,莫名其妙做了炮灰。我感谢一心为我的老上司,但是做不到他的有容乃大。所以我不再勉强,选择离开。

就像看书,冷冰冰的管理书籍,利欲满纸的营销宝典,我读了很多。其实我喜欢风花雪月的纯文学,喜欢轻轻柔柔的诗集,喜欢唯美浪漫的小说。可是我勉强自己读了很多不喜欢的书,各种各样的方法和案例让自己都不知所措。营销和励志的课程也听了很多,但是所有的课程所提倡的,也都是一阵风刮过,我勉强自己信奉,却从未狂热。

何必。仰望着再高的山,也要从脚底开始走路。心中再凌云壮志,还是要回过头来,守护自己的孩子自己的家。我做不到像别的女性那样,委托给老人或者别人照顾孩子,自己厮杀在职场上,去外地出差学习,走得潇洒,我是不能离开孩子的,希望每天都能下班回家看到她。所以我不勉强自己往山上挤,即使因为这样不再进步,减低收入,也值得。

事业、爱好都与"胖"一样,都是人生的难题,是生命旅程中,磨炼人的坎。遵从自己的内心,是最畅快的做法。就像我,最不济,还可以做一个快乐的胖子,努力的胖子。

第四辑

柴米夫妻

携手 11 年

11 年前，你不帅不高大，没有钱没有车；但是你对我很好，总是照顾我；11 年后，你还是不帅不高大，没有钱没车，你还是对我很好，这 11 年，你一直照顾我。

11 年来，我随你在这个城市，抱着孩子，搬了 8 次家。坎坷飘零，风雨同舟。我们在这个陌生的城市，从无到有，组建了一个幸福家庭。

这 11 年，我们和所有的家庭一样，每天都是锅碗瓢盆交响曲，每天都是柴米油盐酱醋茶，每天都忙着为生活奔波，每天都算计着钱够不够花。没钱的时候，我与你一起每天只吃两个大包子，却给女儿买个红富士，我们常比较红苹果与女儿的脸蛋，从来没觉得只吃大包子是很苦的事，反而甘之如饴。

这 11 年，我常与你对饮。我们都喜欢唱歌，喜欢"对酒当歌，人生几何"的意境，喜欢红尘长醉，岁月微醺的感觉。而今为了健康，我们已不常喝酒，但对饮依旧。手执香茶或白水，依然听歌唱歌，依然红尘长醉，岁月微醺。

11 年前，我体质屡弱，11 年后，每况愈下。你不断地寻医问药，不断地照顾与鼓励。你从不嫌弃药罐子给你带来的经济负担和精神困扰，从没放弃。

11 年前，你作为家里最小的孩子根本不会做饭，11 年后，我最喜欢吃你包的饺子，最喜欢吃你炒的菜。11 年后你不仅是一个优秀的职业经理人，也已经成为做家务的行家里手。

11 年前我们是两个人，11 年后，我们是三口人，女儿已经能每天弹奏不同的曲子，经常有个小演出，还会跟小大人一样地说，我已经长大了，你们不用接送我！

11 年前，我们一无所有，也没有远大的理想；11 年后，我们依然没有事业有成，衣锦还乡，依然终日为糊口奔波。只是 11 年前我们还年轻，11 年后却步入中年……"

11 年后，我坐在咱们家里的电脑前，趁你不在家（你总说我酸），匆匆为你，写下这段文字，纪念我们结婚 11 周年。我写这些普通的文字时，脑海中不断映现我们的这 11 年，含着泪，几近哽咽。

人海茫茫，你是全部

生日快乐，孔先生！

盆里的温水氤氲，暖暖直达心灵。洗脚盆不高档，是买化妆品时赠送的塑料盆，因为盆底有按摩的凸起颗粒，我们便选择做了洗脚盆。我们原本是有足疗盆的，且已经用坏了两个，它们都有着不同的功能，却因为附加的，加热之外的那些花哨功能而坏掉了。修过，又坏。让这本是享受之事，却累烦无比。事不过三，我们便不再买第三个。

大道至简啊，泡脚就用最普通的盆，最普通的热水，最原始的方式……不同的是，这个盆我们要了大号的，方便放进四只脚——两个人共同享受"人生实苦"的旅途中，片刻的幸福时光。

今天是孔先生的生日，作为媒体人，昨晚上依然有两三个私人聚会和其他形式的活动，这当然不构成任何的选择困难——我说明原因后，得到了所有人的祝福和谅解。我早就决定下班后要"洗手作羹汤"，亲自下厨做饭，吃一个简单而浪漫的晚餐。

长久不做饭的我，深思熟虑后觉得自己炒鸡炖鱼等功夫都没有丝毫把握，土豆丝以及其他青菜也缺乏刀工和火候的淬炼，便拿出平生绝学：包饺子！

带皮的猪肉，细细剁过，老家拿来的粉条，以及一点青菜，便是馅料的主角。我剁馅剁得很认真，以至于晚上闲下来竟然觉得手臂特别酸。好在我饺子包得很成功，很好吃。

都说北方人什么节都吃饺子，那是因为，饺子的香气给了我们幸福的感觉。饺子会让人想起过年，想起团圆，想起亲人，想起美好的一切……所以，早晨的面条权且做了长寿面，而晚餐的重任，就交给饺子。

二十多年过去，我仍旧记得自己在陌生的临沂无依无靠的凄凉，仍旧记得我们互相取暖的微末时光，仍旧记得你不善言辞却真情实意的付出，仍旧是你对我从始至终地无微不至，从未改变。你仍旧是那个无所建树的普通人，我们顶着"贫贱夫妻"的名头，却破了那"百事哀"的诅咒，坚强地活成现在的普通人。岁月无情，皱纹和白发渐渐侵袭青春的容颜，却从未淡漠情感。二十多年，你成了我的左手，我成了你的右臂，我们成为中年人的模样，却藏着孩子般的幼稚，藏着内心最初的美好和期冀，你和我在彼此眼里，还是最初的可爱和帅气。女儿的成长让我们欣喜，这是岁月最珍贵的馈赠。她已经是大学生，与我们平视，对话。我们庆幸自己虽然第一次做父母，也当得及格而无悔。

是的，没有蛋糕和鲜花红酒，只有饺子，以及喜欢吃饺子的我们。

我说，生日快乐。你说，年龄这么大了，过什么生日。

我说，我们不惊扰任何人，好吃的饺子，咱们自己享受。

你说，就这样，挺好。

生日快乐，孔先生。余生，人海茫茫，你仍旧是我的全部。

四十岁，正青春

今天是周末，天朗气清，阳光明媚，在新华书店参加完临沂著名作家刘晓峰老师的新书《晓峰故事》发布会，因为还有很多工作没有做完，我没有跟着文友们一起去吃饭。出来书店的门，隆冬的空气袭来，让人感到寒冷，同时也感到清醒。

刚刚发布会热闹的一幕，还在我的眼前不断回旋。今天在场的，除了几个小读者，所有的前辈几乎都年长于我，但是和他们一起，没有任何暮气，反而感觉到一种昂扬向上的激情。他们虽然都在诗词歌赋或者书画界有了建树，早已是大咖级别，可是他们仍然笔耕不辍，日日研习。

不仅如此，他们还经常组织或者参加各种活动，用年轻人的话来说，就是 party。或者诗会，或者朗诵，或者采风……总之，不像其他五六十岁的人，待在家里做家务，看看孙子，跳跳广场舞等，自觉或者不自觉的，将自己纳入老人家的行列，任由自己的生命，滑向生命的尾声。

今天现场一位德高望重的前辈，声声唤我"小姑娘"，让我帮忙照相或者倒杯水，也许是看我为了拍照满场窜，没有不惑之年应有的稳重吧。

细想起来，这个年龄还能被称为"小姑娘"，是应该窃喜吧。

其实在生活中，我也一直像是没长大的样子。大部分时间，我上下班时间都是老公接送的。那天，他早回家洗衣服，我很勇敢说自己乘公交回家。他说好，你快到的时候给我打电话，我去公交车站接你。

结果他因为晾衣服，晚下楼一小会。我下了车发现没人，立刻觉得很委屈，打电话给他：你骗人，说来接我，我怎么没看见你！

他在电话那头急急地说：快到了，我想把衣服全部晾上，下楼晚了会。看到我后，他开玩笑说你都长这么大了，还不认识回家的路吗？我立刻及敏感了：我多大了？你嫌我老了吗？他说你不二十多吗……长大了都。他可不敢说出我的真实年龄，那样我会很"愤怒"，也许会打人的。

很长一段时间，我蹭同事翟翟的车，翟翟其实没有必要绕路走我家门口，却因为与我的投机，固执地每天与我同行下班，路上我们说一些体己的话。每次到了小区门口，她就看见老公在门口等我。她很疑惑：已经到了家门口，为啥还要在门前等？她说，难道怕你不知道自己的楼号？我说他就那样，总觉得我没长大。其实，我早已步入了中年。我们"70后"，最小的，也快 40 岁了。

平时，身边同龄的朋友，俨然都以中年人自居，说着中年人该说的话，有着中年人的成熟与世故。就连一贯没心没肺长不大的我，在这样的氛围中，也装着成熟。我也以一个成人的身份和样子，在职场与各色人交往，其实心里都是很慌张惶恐的。有时候，对面的客户或者朋友，洞察世事，游刃有余，我就在心里非常佩服：跟我差不多年纪，甚至比我还小，怎么他们懂这么多？这么成熟？人家迎来送往的多潇洒？为啥我觉得这么局促不安？

我怎么就到了中年？我明明和女儿刚刚做完游戏，运动后的汗珠还挂在脸上；我明明我刚刚毕业，开始工作；我明明刚刚结婚生孩子，闺女粉嫩的小脸，蹒跚学步还在眼前……

那么，该怎样做一个中年人呢？是不是要举行个什么变更仪式？把现在的马尾辫，变成常见的中年妇女烫发头？学习楼下的邻居交流谈话方式？或者要先学着她们的语气语法？不敢想象那样我会是什么样子，我也不敢轻易改变。很多人在网络支招，四十岁应该怎样活：关于生死，关于健康，关于名利，关于爱情……

但是，我思考的，却是另一个问题。四十岁，我们到底要活成一个什么样的自己？身边同龄人很多，有认老认命，滑向谷底的，有斗志昂扬，重新起航的，也有满口称自己"老了"，却心有不甘的。

那么我呢？要学哪一样？

答曰：谁都不学，做自己。

四十岁的前一年，我换了工作，是很大幅度的换行：从一个贸易行业的经营管理者，成了一个媒体人。靠着在企业做网站办内刊以及写公文和产品软文练就的三脚猫功夫，在新的行业跌跌撞撞，倒也硬生生混了下来。原本我的心态，也是极老的，看着身边的"90后"，心中不免会有一些自卑感。但好在我是一个从不服输的人，面对完全不懂的工作，我只问自己：手脚是否灵活如初？脑子是否还能学习？答案都是肯定的。那么，90 后能做的事情，我肯定都能做。如果做不了，那肯定是暂时的。

无数个"笨鸟先飞"的自我加压的深夜，我都不是为了升职加薪，只是为了尽快适应新工作。这样的状态，让我想起刚刚从学校毕业的那年，为了识别所售商品上的英文，加班加点查字典的时刻。没想到工作的难度，竟让我回了一次往昔。

难则难矣，却也经历了非常难忘的一年，让人忙到记不起年龄的一年。忘了年纪也好，2017 年，就让日子这样继续。

若仍旧混迹于"90 后"小鲜花小鲜肉之间，向更多未知的区域进发；仍旧在各种会议活动中满场乱窜，用自己不算熟练的摄影技术，留下各种永恒的瞬间；继续在装成"小编"，向网友推送有益的本地资讯……

当然，这样继续的机会，要靠自己继续努力才能获得。

2017 年，四十岁。

四十岁，我正青春。

我的女儿，我的母亲节

不知道什么时候起，国内就兴起了母亲节。我记得，最初刚知道母亲节的时候，我打电话给妈妈祝福，妈妈是很蒙的：什么，还有母亲节？我说这是外国人的节日，传到中国来的。妈妈说，哦哦，知道了。很平淡的，让一腔欢喜的我，很尴尬。今年的母亲节，我仍旧挺忙，不能给远方的妈妈亲手做一顿饭，不能给在老家的婆婆，倒一杯水。不能面对自己的两个母亲，亲口说一句节日快乐，尽管八十多岁的婆婆，可能也不知道母亲节。

这是很多在外地打拼的人，面临的尴尬场景。

细想起来，我也是做了 9 年多的母亲了。做母亲的日子，有些辛苦，更多的是快乐。

闺女从幼儿园开始，每年的这个日子，就知道在老师的引导下，对我说：妈妈，节日快乐！会通过不同的方式，给我祝贺母亲节。贺卡上的几句话，或者一张白纸上的祝福，只要是孩子的笔迹，都会让我感动万分。再大一点，女儿就每年增加一幅画的礼品给我，稚嫩的笔迹，写满着她的爱。到周六了，今年的画还没有给我，问其原因，答曰：妈妈，我要思考一下。我笑笑，还思考一下，小样。

昨天下午，女儿跟她二姨和表弟去书法广场玩到夜幕降临，我们学习后回到家已经是晚上8点，她们还没回家。终于回家的时候，女儿跟我说，妈妈，我今年不画画了，我要用实际行动来祝贺您的节日。什么行动呢？保密！她调皮地笑起来。

我照例地打开电脑，开始习惯性地浏览，或许写点东西。其间没有注意这个小家伙在干嘛，因为我们家电视机坏了以后，就少了看电视的项目，这些时间一般是自由活动，可以给芭比娃娃换换衣服，看看书也可以，摆弄玩具箱也行。

过了好大一会，听见女儿在卫生间叫我：妈妈，来看一下！声音中充满着期待，像是有很大的喜悦急需分享，又好像有一些着急。我赶紧去。妈妈，请看：洗手台我已经收拾好了！你的袜子我洗干净晾在阳台上了！

灯光下是女儿汗津津的笑脸，大眼睛闪着光芒，像是期待我的表扬，更多的是，希望看见我的笑脸，看见我轻松快乐的笑脸。

我笑了，却哽咽无语……

不知从何时起，只要女儿早到家，我回家的时候，总会听到她的问候，妈妈，今天累不累？小手就从后背，轻轻地敲击，或者贴在我还没换下的工装上，做一个简单的拥抱……她用这种形式，表示她的关心，表现她的爱。

前几日她生日时，我就想写一下女儿一年以来的成长，除了身高和体重，最重要的是，她已经用语言和行动，学会关心关爱家人；已经学会在和同学发生矛盾时，用我教给她的宽容来处理；已经学会在吃饭后将碗筷收起，桌子擦干净；已经学会洗澡洗头洗袜子完全的自理；已经学会坚持日事日毕，即使我加班很晚回来，她也会在睡梦中惊醒，睡眼蒙眬地请我在作业本上签字。

从幼儿园大班起，她就从来不哭闹，从来不执拗，从来都很听话，即便有时候不愿意。她在班主任的评价中，是"过于文静"。实际她很活泼的，喜欢在宽阔的路上奔跑，喜欢在健身器材上攀登，喜欢爬山，喜欢过山车，喜欢踏雪，喜欢一切运动和富有冒险精神的活动。她完全遗传了她父亲健康的身体和温顺隐忍的性格，懂事得让人心疼。

昨晚我在听《烛光里的妈妈》，不觉间泪水弥漫。

妈妈，你想姥姥了？可是，想姥姥应该是很幸福的事情，为什么会哭呢？

她不理解为什么我在听这首歌的时候，总是会流泪。因为她的妈妈，没有吃过姥姥吃过的苦，她没有见到我日夜操劳，尚不能理解"您的黑发泛起了霜花，腰身倦得不再挺拔，眼睛为何失去了光华？"这些歌词的含义，只是简单地享受着每天和妈妈相处的幸福。

昨日和母亲通电话，聊了很久，问其饮食起居，评价及批判她的节约；让她注意身体，吃好喝好，不用担心费用；絮叨家长里短，一起高兴或者叹息；告诉她我的忙碌，让她知道我一直在正常工作，让她放心我的身体一切正常；告诉她孩子能吃能睡，学习很认真……

却忘记说那句话：妈妈，祝您节日快乐！

或许已经不用说，妈妈一定能感知我的爱，就像我感到女儿爱我。我享受着有母亲也有女儿的母亲节，让我感受母爱的同时，也能享受女儿绕欢膝下的天伦。上有老下有小，以前曾经被当作负担一样的诉苦，但其实，这是一件多么幸福的事情！人生中太多困难，都在母亲的支持中安然度过，人生中太多苦楚，都因为女儿的笑脸而烟消云散。

当人生摒弃所有繁华，当你回到家，卸了妆，脱下高跟鞋，关了灯，生命中剩下的，只有自己的至亲，其他的，都是浮云。都说养儿方知父母恩，这句箴言，所有人都要放在心中，因为真的是不容易。尤其是母亲。很多文字，都在替父亲鸣不平，说是天下的孩子，打电话时都找妈妈，对于父亲，只有一句话：我妈呢？在我看来，这些文字，都是出自男子之手。

男子，永远不会体会怀胎十月的辛苦，生产时的撕心裂肺，痛不欲生。永远无法体会，孩子在成长过程中，扯着心肺的种种变故……所以才会吃醋于母亲，这不怨他们，因为他们不知道这样的感受。原本，期待儿女之爱，也是父亲正常的心态和权利啊。我觉得，只有经历了做母亲这样一个凤凰涅槃似的关隘，才有资格评价母亲，以及相关的话题。毕竟泛泛而谈，貌似有多专业，终究哗众取宠，不遵从内心的感觉。

祝福天下所有的母亲，节日快乐！

我们的二人世界

女儿上了高中后，选择了住校。但一周中，周三要回家洗头洗澡，周六按照学校的规定回家，周日又要赶回学校，陪我们的时间非常少。

三口人过惯了，女儿黏着我们也习惯了，猛地离开家，多少会有些失落吧。所以每次从学校回来，总是感觉有些吃亏，好像没参与我们这几日的生活，失落得很。这次周末，她终于忍不住说："我不在家，你们俩二人世界挺好吧……吃个烛光晚餐啊，牵手逛街啊什么的，我不在，你们自由着呢！"

言语中，多少有些"醋意"。

青春期的孩子，多敏感多可爱啊！

荷尔蒙激增，让她们思维开始丰富，想象力也变得丰富啦，"想当然"的思维定式让她们有许多"初生牛犊不怕虎"的言语冲动，也有着成人渐渐湮灭的浪漫主义情怀。

而后她又说："我在学校，那是早起晚归，苦学不辍啊，熄灯了还挑灯夜读呢！（我给买的充电 LED 灯）"我说这很好啊，在对的时间，做对的事情，哪怕辛苦些，也是值得的，难忘的。等你长大了，会怀念高中这"苦度"的岁月，将成为永远的美好回忆。

女儿说我知道啊妈妈，现在我是问你"二人世界"的事情。

好吧，跟你说说我们的二人世界。白天我们俩都是一天的工作，不再赘述。晚上，妈妈大多数的时间是写东西的，有工作上的，也有自己想写的，就像此刻我正在写的这些。爸爸喜欢上了"全民K歌"，每天拿出很多时间练歌，无暇他顾。

你说的晚餐，肯定是有，但烛光有些奢侈了，妈妈和爸爸没有这样的习惯。吃饭的时候，我们会有很多闲谈，关于近期的新闻，关于周围的人和事，但是，最多的是关于你，以及两边的老人。你还正在上学，除了你的成绩和以后到大学的费用之外，我们还关注你心理的健康，你每次回来，我们看似毫不在意，其实在心里都细细记录，等你走后细细分析，想出应对的办法……

你的奶奶，你的姥姥姥爷，渐渐年老，纵然有爸妈的兄弟姐妹共同负担，养老送终也是你的爸妈应尽的义务。当下，老人的养老也是从物质到精神的一项课题，爸爸妈妈因为远离父母，所以要付出更多，力所能及地补偿。

你搂着我，稚嫩的脸，贴着我还不算苍老的脸。我间或有几根白头发，总是你喜欢帮我拔下来："讨厌的白头发，影响我妈妈的美女形象！"言语中，含着心疼。

我们小时候，总是写作文说：妈妈的鬓角又添了白发，那是为我们操劳，累的啊。

等我有了你，我绝不会让你有这样的心理负担。妈妈的白发，是岁月的赐予，是人生旅途，所必经的风景，与任何人都没有关系。你，我的孩子，养育你的过程，是我在青春时培养责任心的重要经历，是我成长的重要历程，所以我的孩子，我要感谢你，而你，绝对不需要背负"父母为我们呕心沥血而白发"的负担。

至于高中乃至高考，考大学，你不必有太多太大负担。你的妈妈我，虽然是二十一世纪的青年，仍旧是相信宿命。人，只要努力，终究会获得自己想要的结果，这中间，历经高考，更重要历经社会。

若你不能金榜题名，也不必气馁。当今社会，英雄不问出处！但是，好的大学，仍旧会给你更好的教育，这，毋庸置疑。

所以我的孩子，此刻你的任务是学习，那就学习吧，爸妈的二人世界，将时刻为你准备着。

结婚 20 年，感受婚姻的美好

没有花车、没有新房、没有锣鼓喧天的婚礼，只有一张红彤彤的结婚证——是的，当年我是裸婚。按说，这样没有婚礼的婚姻，结婚证上的日期应该算是纪念日。但是我仍然喜欢管请好友同事吃饭的那天，叫作结婚纪念日。因为终究是那一天，我们这对普通的夫妇，在自己熟知人的范围内，宣告了婚姻的成立。

没错，是今天，八月一日。这次孔先生比较自觉，早上就跑去买了鲜花，回来饶有兴趣地给我介绍：红玫瑰代表炙热的爱情，黄玫瑰代表温柔的情感，百合花，就是百年好合。切。花语让你背得怪熟。我们的结婚日期没有找"神仙"算过，只是单纯喜欢找一个国家或政府的纪念日，来为自己的婚姻增加一些节日氛围，恰巧，这一天与我生日临近。

因为两边家庭的拮据，父母给我们的只有祝福，没有彩礼，没有嫁妆，没有房子，没有花车……是的，现在以及之前，人们认为的所有结婚的"必备条件"，都没有。我带着妈妈给买的"离娘席"和代表嫁妆的行李箱，以及爸妈给的微薄现金，住进了租的不足十平方米的小屋，摆上了一些红彤彤的饰品，就算是结婚了。结发为夫妻，恩爱两不疑。

我们的婚姻，婚前只认感情。婚后只是信任。信任我们俩，只要努力就会有好的生活；信任我们俩，只要相爱就会一生都幸福。因为自己就是这么简单，这么单纯，所以对于复杂的事情，都觉得不可思议，以至于后来看很多的婚姻条件，形式，情感纠结，乃至后来离婚的各种……都不可相信，觉得突兀。尤其是近期发生的几起杀妻杀夫案，都让我刷新三观，毛骨悚然。这几天又有济南杀妻事件，临沂的百草枯毒杀亲夫事件等，都让"恐婚"的言论甚嚣尘上。然而，这样极端的事情毕竟只是少数，大多数的婚姻，都是美好的，可以共白头。

大多数的家庭，跟我们一样，柴米油盐，奉养老人，教育孩子，忙碌而平实。我们经历过最苦的日子。在陌生的城市，上无片瓦下无立锥之地，喝口凉水都要自己出钱买的境地，要想安家，必须付出比常人十倍百倍的努力。在我们最年轻的时光里，没有任何享受，拼尽全力去挣钱省钱，他省口饭，我少买件衣，他多加一会班，我多做一小时活……生活不会亏待所有努力的人！买房，买车，养育我们的孩子；寄钱，养家，减轻父母的担子；学习，进取，在岁月中不断成就自己；升职，加薪，每一步努力都未曾被弃！

我们常常庆幸，尽管出身贫寒，白手起家，但因为夫妻互相鼓励和帮助，终究没有辜负自己的岁月，活成一种积极上进的样子。我相信，只要是基于爱情的结合，每一个人，都会找到对的人。那个人会对你好，物质条件或许不同，一日三餐的在旁呵护却应该类似——不是有人说过嘛，幸福的家庭都是相似的。

二十年，我们从爱情到亲情，从浪漫到相守，互相照顾，互相感恩，他体贴、迁就、疼爱，我报以温暖与陪伴。他不舍我涉冷热与风雨之中，我帮他做家务，细语温言。婚姻中要有爱，却不能仅仅依靠爱，长久安全的陪伴，才是两情相悦的基石。

愿天下有情人终成眷属。愿天下结发夫妻共赴白头。

（写于2020年8月）

第五辑

岁月有痕

渐渐长大

女儿用她的儿童手机从学校发短信来：我已经到学校了！手机的收件箱里，近几天每天一条这样的短信。小小的女孩现在每天都自己去上学，独自出门的脚步，不再跟着妈妈亦步亦趋，独自走路而甩来甩去的小手，已经不再牵着妈妈的衣襟……在我明明有时间的情况下，让她自己上学，我牵挂而纠结地等待她每天的短信，只是为了她渐渐的长大。

今天，因为有点小感冒，我非常娇气地放了自己一天假。早餐之后，女儿跟我要了6块钱，说：妈妈，中午我自己买盒饭吃，你不用去接我，好好在家休息吧。中午见不到我，不要太想我哦，然后调皮地亲了我一脸的鸡翅膀油。我说那怎么行？中间有两个小时呢！女儿说，妈妈，您就给我一点自由空间吧！懂得关心和疼惜亲人，是她心智慢慢成熟的表现，渐渐的成长的，不仅仅是身高和体重哦。

我说你拿10块钱吧，女儿不要，说6块的带红烧肉盒饭，就可以。是的，学校门口的盒饭卖得便宜，6块的就带红烧肉，一般我都会给女儿买8块的，那样还有鸡腿，可这孩子近几天从8块减到7块，而后6块，我心里明白，这是孩子渐渐长大了，知道给家里省钱了。

再往前的时间，女儿即便头发乱了，都会毫不介意地继续玩。可是最近我发现，她会自己戴上表姐买给她的蝴蝶结发卡，每到周四，都要换下校服（周一至周三必须穿校服），换上自己认为好看的衣服，还会兴高采烈地跑到我面前，问：妈妈，我这样好看吗？每天中午吃过饭，她就会要求我再给她梳一遍头。她一直是个大大咧咧的孩子，不挑吃穿，这些爱美的表现是我近期才发现的。女孩子都有爱美之心啊，爱美，也是渐渐长大的表现啊。

中午，女儿打电话来，说正在上体育课做游戏，她很快乐；说很多同学都在学校自己买饭吃，吃完在学校玩，让我不用担心。说她们老师是乒乓球高手，所有同学都打不过她。又说体育老师有事，总是班主任带着她们上体育课……絮絮叨叨的，最后问我，妈妈你自己在家想我吗？闷不闷啊等等，腻歪着呢。

很多朋友都说，你女儿真好。不是别的好，是已经能聊天的那种好。有天天很冷，风很大，吃过饭我去倒垃圾，女儿说我去吧，我说还是我去。女儿说妈妈我陪你。我知道女儿想陪着我，我身体不好，经常手脚冰凉。一个冬天，女儿只要拉着我手，就用小手转着给我暖和手。平日里烧水泡茶，收拾饭桌什么的，女儿都抢着干。还主动要求学习炒鸡蛋，刷碗，而一年前就会下面条了。可不，渐渐长大，就要学会照顾自己啊。

女儿小的时候，因为生活所迫，我没有好好地照顾她，总是把她放在幼儿园或者学屋里，很晚才去接她。现在我开始明白，所有的忙碌其实都是为了幸福生活，在女儿青春期到来之前，在她渐渐长大的以后，我都要陪着她，一起走过。

（写于 2008 年春）

岁月有痕

春去，夏至。

在家整理衣物。发现两个封存很好的小箱子，打开一看，不禁莞尔：是我宝贝小时候的衣服哦。

放得久了，有些味道了。洗洗吧，晾干后，还是装在这个小箱子里，留着做纪念吧。宝贝也经常反对我们扔她的东西，每次都说，我留着做纪念。

从洗衣机里拿出来，一件一件的，眼前就像放着这十几年来的录影，清晰、灵动、真实，让人欣喜。这件最小的裤子和坎肩，是宝贝出生时，人生第一件衣服，与那个软软的小帽子，以及同样花色的上衣配套。我清晰记得她穿着这套衣服的样子，那时刚出生不久，白白胖胖，乖巧可爱，只是眼皮还是单的。那时我好担心这眼睛随了我，浪费了她爸爸好看的双眼皮。后来她的眼睛变成了双眼皮，我才觉得，当时的担心是多余的。现在，这小小的衣服放在手里，小得那么不真实。当年襁褓里才52厘米的小小身体，现在已经高过我的肩头，我帮她梳头，要站在高处才能扎好她的马尾。

这套绿色的，是她3岁时，常穿的一套背心和短裤，因为肩膀不够宽，背心的带子经常滑落，小小的宝贝已经知道用手去整理好。就是穿着这套衣服，我们去拍了临沂"微笑宝贝"
照相馆组织的"最上镜宝宝"大赛，那时没有任何的网络拉票，
照片就放在临沂人民广场的中心，完全靠往来人们的驻足投票。
我的宝贝照的那一套照片，获得了二等奖，他们奖励了可以提
供 4 套服装拍写真集的机会，记得我们是到了 5 岁时才去拍的，
拍出来的照片，非常好看，就像电视里的小童星一样。

　　这一套蕾丝边白衬衣和粉紫色裙子的组合，是我们刚刚
搬进新家时，宝贝经常穿的。那年的五一，她姨妈来玩，抱着
还不到一岁的小表弟，胖的肉嘟嘟的。宝贝穿着这套衣服，在
新建好的临沂滨河风景区，拍了很多照片。现在看来，那一天
的照片是我们所有照片中最为经典的，就是因为宝贝穿着这套
衣服，半坐在绿毯一样的三叶草中，对比鲜明，显得像是童话
中的小公主。

　　这是一套黄色的运动衣，有些破旧，压边都破损了。曾
经有一段时间，宝贝好像不爱穿裙子，也许是因为爱跑爱跳，
觉得行动不自如吧，所以我们买衣服以运动型为主。这套衣服
很普通，但她非常喜欢，经常穿着在河边玩，有时候会和我同
学家的孩子一起，有时候和她的同学一起。宝贝从小就乖巧，
虽然自己没有弟妹，但只要是与比她小的玩耍，她定然十分照
顾，不会与别的孩子争抢玩具，或者打架。小小的宝贝，那时
就已经有淑女风范。

　　又找出来一堆大大小小的拉丁舞鞋、练功鞋，装了满满
的一箱子。是的，这些都是必须——按照宝贝的话说，留作纪
念的。宝贝从 3 岁开始学艺术体操，每天翻跟头滚来滚去。我

看着太辛苦太枯燥，就中断了，改为学跳拉丁舞，她后来自己又改为学民族舞。大小不等的鞋子，见证了一个孩子小脚丫的成长，鞋子磨损的痕迹，记录着练功的辛苦与认真。女儿在各种场合表演舞蹈的录像我们都刻成碟片了，每每拿出观看，看她小小的身体，娴熟的舞动，美丽的旋转，都是一种莫大的享受。

今年宝贝有了自己的主见，说专心练琴，不跳舞了。7 年的时间，轩穿烂了很多练功鞋，虽然没跳出什么名堂，但这是她生命中的履历，练舞蹈曾经陪伴她的童年，不管她懂不懂，或者说，愿意与否。

这条紧身的小毛裤，上面还有白色蝴蝶的绣花，还有这条小舞蹈裤，还有……每一件衣服，都印着宝贝独一无二的记忆，都舍不得丢弃。

这些衣物摆在面前，握在手中，就像保留着过去种种的美好，保留着宝贝天真无邪的婴儿、幼儿时期，保留着一去不复返的岁月。

（写于 2009 年夏）

我家有女初长成

星期天，我们没有休息，一大早就带着感冒的女儿起来了，因为9点她有舞蹈课。

没起床之前，我问她今天还能去吗？不舒服的话就不去了。女儿说最好不要请假，她一直这样，很少因为感冒或者其他事情请假，不管是上学还是舞蹈或者音乐课。

也许是因为感冒嘴里没味，女儿只吃了一点点东西。早餐后自己拿上舞蹈包，换好练功服，准备好了擦鼻涕的纸，还跟我开玩笑说，妈妈我这么多纸还不知道够不够呢，鼻涕太多了。

收拾停当，跟我说，妈妈我还是拿着手机吧，有什么事情好跟你联系。其实懂事的她知道我会担心，拿着手机方便我联系她。平时跳舞是不带手机的，练功服上也没有地方装，跳舞也碍事。随后我出去锻炼，延长了时间，一直没回家，等着她下课一起回。11点的时候，她给我打了一个电话，说妈妈我还有一节课就下课了，不怎么难受，不用担心。

我早去了舞蹈学校一会，还没下课。我抻长了脖子，透过门上一个小玻璃，看见女儿在认真地练习基本功。他们学校最后一节课都是基本功。压腿、绷脚、劈叉，一丝不苟的样子。

女儿小时候上舞蹈课总走神，老师还总是找我反映这个情况。现在变得这么认真，真是长大了。

下了课，看见我，立刻绽开笑脸，说妈妈，抱抱我，有点累。下了楼，便小大人似的提醒我：去超市吧妈妈，家里没有卫生纸了。我说你想喝点什么吗？小时候女儿有个习惯，跳舞后要喝点奶类什么的。近期女儿总是说不用了。今天她不舒服，就问问她想不想喝点什么。

还是那句话：不用，妈妈。

去超市，看见卫生纸正好搞特价，很多人买。我们拿了两提，然后又买了苹果，还有蔬菜。尽管女儿一再声明不要喝什么，我还是拿了一瓶冰红茶，她平时最喜欢喝的。女儿说妈妈这边买一送一的绿茶便宜。这个孩子一直很体恤家里，知道替我们省钱。我一看，快过期了。就告诉她，买食品饮料，一定要注意生产日期。哦！她看着我，显示出学到了新东西的神情。

到了收款台，女儿把东西一样一样拿出来，看着收款的扫描完，又赶紧去拿袋子装，这是我们娘俩一贯的动作，我在后面提着篮子，她在前面拿出东西。出门的时候女儿跟我说，妈妈，你就拿着两提卫生纸就行，其他的东西很轻的，我拿着。我说光苹果就很重，别骗我。妈妈，你小看我了，我虽然有点小感冒，这些东西还是能拿动的。

我突然感觉很幸福，这个孩子，就像昨天还咿呀学语，蹒跚学步，今天却这样体贴，这样的敢于担当！我不再阻止，就一路让她提着那些明显比卫生纸重的东西。直到爬上我们家的六楼，她拿自己的钥匙开了门，进去。

　　吃过午饭，我还没收拾桌子，先去把洗衣机转上。回来的时候发现桌子收拾得很干净。我说，哇好干净。女儿说妈妈你看看冰箱。打开冰箱，看见今天买的所有东西以及没吃完的菜，都被分门别类地放好，放得很整齐。

　　感动中，我给了女儿一个大大的拥抱。女儿说妈妈我给你切苹果吃。我说我来，她不让。等会用一个小盘子端来切好的苹果，唯独不见了中间部分，抬头看，在她手里，正啃着呢，说实话已经没有多少果肉。妈妈，盘子里都是你的，我吃这个就行。我说一起吃吧，女儿说平常你和爸爸都是这样吃，这次换过来。

　　我知道这是女儿在书上或者电视上学习的感恩。我心中的幸福感就要决堤，几乎是含着泪吃完女儿切的苹果，我没坚持不吃或者让她吃好的果肉，这是她成长的标志和她感恩父母的方式，我要配合她，成全她。

　　而后女儿自己去洗头，莲蓬头太高，自己想办法拿下了。水太热，自己兑好了。毛巾自己备好了，要两条干的。洗头膏自己拿好了。

　　我在阳台洗衣服，一会她洗完头，说妈妈看会电视吧。我说我洗衣服，等会还要拖地什么的，你自己看吧。女儿就心疼地说，你干这么多活。我说这是正常的家务，妈妈都要做的啊。女儿说妈妈我感冒好了就学着帮你。我说女儿你已经帮我很多了。

　　后来我洗头，然后往太阳能上水，而后忘得一干二净。

女儿去洗手时，看到太阳能的下水管在流水，忙关上，然后告诉我说水溢出来了。我是一个奉行循环用水并一直身体力行的人，因为自己的疏忽白白浪费水，懊恼得很。女儿小心地在接着溢出的水，并用桶收集起来，然后安慰我说妈妈，没有浪费很多水，我都处理好了，不要怨自己了。那神情就像一个小大人，突然让我感觉这个孩子不仅仅是个孩子，她甚至是我的依靠。

晚上我们娘俩抱着比试身高，女儿的头顶已经触及我的上唇。我深深地感到，原来我怀里那个柔弱的小丫头，她长大了。我已经抱不动她了。现在我只能站着用大人式的拥抱，抱抱她了。

我在强烈的幸福和感动中度过了一天。我想我会继续的幸福下去。

因为，我家有女初长成。

（写于 2009 年夏）

豆蔻年华谷雨生

谷雨时节，春天的最后一个节气。今天，轩宝贝十四岁，多好的日子啊，晴空万里，太阳亮得都有些耀眼。

对于别人来讲，今天是一个非常普通的日子，没有节假日的喧闹和高调，甚至都不是周末。我之所以觉得这个日子好，是因为我女儿出生在这个晚春的温暖里，所以在十四年来，每一个今天我都觉得特别美好。

今年的今天，就更加的好。就是这么凑巧，我又多了一个亲人——我有了一个八斤四两的大胖外甥，他的妈妈，是我最爱的小妹。当我在微信宣布了这个好消息，朋友们都说，好巧哦。我的轩，今天完全不是为自己的生日高兴，她一早上兴奋异常，都是因为我在凌晨告诉她，她有了一个同月同日生的小弟弟。

所以，这个普通的日子，必然会成为我们家的节日。

在这个上班和上学时间都紧张的年代里，很多事情必须凑合将就。就像，昨天我们提前给轩过了生日。要是今天按时过的话，在工作日里，哪有时间亲手擀鸡蛋和面的长寿面，也没有时间站在蛋糕店，静静地看着师傅做出漂亮的生日蛋糕……轩也是很认可在周末过生日的，因为那样她就不用担忧作业的完成而飞快地吃饭，没有时间慢慢品味美餐。这种慢慢地品味美餐，对于一个每顿饭都吃得急匆匆却又号称吃货的孩子来讲，是一种奢侈。轩在一周前就钦点了主菜：辣子鸡。

昨天的晚餐很愉快，我们娘俩一致决定暂时不减肥，所以吃得很饱。但是临睡前轩却有点不愉快。原因是她想在过生日的当天，看看自己喜欢的电视节目。但是由于太晚了，我有些强制地关了机。她颇有微词却也没说什么，我有些不忍心却也狠心关了。

自从她慢慢长大，这样的矛盾以及矛盾心理经常会有。比方说，啰唆。我经常跟轩说，我经历过你这个年龄，我都理解。况且，我本身不是一个啰唆的人。但是为了让你健康成长，明白道理，规范言行，所以我会一遍一遍地重复某一段话，这是你所谓之的啰唆。之所以啰唆，是因为你是我孩子，我想让你更优秀。为什么别人不对你啰唆呢？那是因为你的好坏，与别人没有关系。轩能听懂这些话，但一旦发生这些矛盾情况时，也会不开心。

然而成长的过程就是这样的，无法避免，无人替代。就像青春期时，长在脸上的青春痘，有点难看却是必经过程，长大后，痘痕褪去，皮肤会更加的光洁，更加的漂亮。就像我们当父母，也是第一次，也是在不断的经历中成长，成熟的。

轩近期总会说，"我跟你们有代沟"。好像所有的孩子都这样认为，社会上也这么认为，甚至轩的课本上也堂而皇之写着"由于年龄和成长环境的不同，子女与父母……"轩经常背给我听，用以佐证她关于代沟的说法。其实，根本没有什么代沟，我清晰地记得我的初中时代，记得自己想要的，反抗的所有。我只是看着这些又重复了一遍，我不仅不会与青春期的孩子别扭，相反，我会更好把控这个时期孩子的心理，实时回应、疏导。只是这个时期的孩子不会承认这一点。不过，她们终有一天会明白的。

当我根据情况，放任轩的一些小脾气时，轩爸总会说"惯吧，使劲惯"。其实，最惯孩子的，就是他。爷俩成天没大没小，从不理会长幼尊卑，呵呵。我妈妈看不惯，经常煞有介事地提醒我，别把孩子惯坏了。妈妈可能不会理解父母与子女之间朋友一样的相处方式，他们还是习惯长幼有序的礼节。所以我一般不做解释。

其实我的轩，是一个不善言语，却什么都明白的好孩子。在学习上一直很努力，根本不用督促。学习成绩虽然不够好，但学习态度最重要的，不是吗。轩喜欢音乐，近期更加痴迷。一有空，就会要去我的手机，在网上搜各种音乐听。轩听音很好，一首曲子，听几遍谱子就能记录差不多，在琴上就能弹奏出来。她唱歌音准很好，但不喜欢唱，只是在家里，才跟我们俩一起唱歌。我们会比赛高音，看谁先唱破音。这是我们家最快乐的时刻。

今年的生日礼物，是一支钢笔。想起去年，轩还闹着要了一个一米八的大熊。今年轩说想要支钢笔。我觉得从生日礼物的要求上，就能看出成长的轨迹。

本来，想写一首诗或者填一阕词，来庆祝美好的今天。可惜水平有限，只好啰唆这一通，用来祝贺轩的生日，以及小外甥的诞生。

（写于 2015 年暮春）

端午买书记

昨日是端午假期，我有心想让正在备战中考的女儿放松放松，于是约她去逛街。没想到，忙于复习的她也欣然答应，这之前的假期，她一般都选择在家里学习。

娘俩原本是要直奔商场买衣服的。女儿的身高又长了些，去年的衣服不太合身了，想添置些。再说，也是十五六岁的大姑娘了，该打扮打扮了。但由于我前一天与客户约好去送上次的广告发票给她，于是便拐了个弯，先去客户那里。

很快地，我的事情办完了，便对等在门口的爷俩说，走吧，去商场。女儿却磨蹭起来，说：妈妈，我不买衣服了，我想去买书。我这一看，可不，客户的单位正好在新华书店的旁边，我们此刻正站在书店门口呢。

即便有再急的事情，作为一个母亲，也不会拒绝孩子要买书的要求，更何况，她是以自己"不买衣服"为代价来换取。我突然有些心疼和自责，我是这样忽略孩子的读书需求了吗？竟然让孩子流露出这样的渴望？宁愿"不买衣服"，也要买书？

毫不犹豫，我带着她走进书店。

一楼的"畅销书"区，女儿看都没看，这说明，她有自己的目标。

上了二楼，我就在她身后跟着。不知从何时起，我买书不是在她前面指引了，而是在她身后，让她自己选，我做个参考，帮忙搬书而已。

女儿说，她想再买本《安娜·卡列尼娜》。前期的那本，不知被谁借走或者遗失在谁家了，总之，我们家找不着了。

好啊，只是这一次，不要再丢了。

随后，她拿了莎士比亚的戏剧集，这是我万万想不到的。女儿酷爱数理化，之前读书都是在昆虫、植物、探险、科幻这几个类别里选择，从来没有认真读过文学类书籍。就连我认为必读的四大名著，她都草草看过，说真的不感兴趣。这一次，让我有些蒙。

然而这还不是最令人意外的。随后她选了一本《春风沉醉的晚上》，让我更不理解了。这是郁达夫的合集，以同名文章命名。我喜欢郁达夫，他的文章我读过很多，不过都是很久以前的事情，现在家里没有郁达夫的文集，只有几篇他的文章散落在别的文集里。因为女儿读书的兴趣长久以来与我不同，我也就没跟她谈起过这个作家。

可今天她竟然选了这本。这次我没有沉默，直接跟她说："看书不是认识字就可以的哦，不同年代的文字，都有不同的历史背景，这种书，需要深阅读的。"我不能说你能看懂不？但是心里的确有这样的隐忧。女儿看了看我，说："我当然知道深阅读了，妈妈你放心吧。"

我忽然觉得，面前的这个孩子，早已不是那个可以一眼看透的小小孩，她有着自己的思维，每天累积着自己的知识和阅历，对待事情，早有了自己的主张。

我在瞬间，看见了女儿的成长，便不再阻拦，由着她自己选择。

又选了几本书后，她小声问我："妈妈，你带的钱够不？我们本来是要买衣服的啊。"

多懂事的孩子，我突然有泪水模糊了双眼，有点想抱抱她的冲动。这孩子，定然是看见书的价格了，数学较好的她，也肯定计算过了大约要花多少钱。在我的影响下，一直精打细算的女儿，可能觉得这次买得有点多，有点担心身上的钱不够，也有点担心我会说她。

我用肯定的语气跟她说："今天你想买什么书就买什么书，不必担心钱的问题。多了没有，买书的钱还是有的。"

女儿选了《红岩》《林海雪原》两本书后，说，可以了，今天就到这里吧。

尽管有前期我激烈的思想斗争做铺垫，可我还是让这两本书惊着了。这次我小心翼翼地问："闺女，你确定要读这两本？你知道这是什么背景下写的书吗？"闺女说，知道，解放战争时期。

好吧，我不说什么了。只是希望你买这两本书不是一时头脑发热，过后置之不理。

付钱出来，等在外面的爸爸早就着急了。又看着我们抱着一大摞书出来，赶紧接过来，放在车筐里，随便说了一句：买了这么多书啊？

女儿可能觉得爸爸有嫌多的意思，立刻纠正说："爸爸，我买的是知识！”

爸爸说哦哦，知道了，是知识。

女儿一再要求赶紧回家，她是迫不及待要看新书了呢。所以我们也没能好好逛商场，草草买了几件衣服，吃了点饭就回家了。

整整一个下午，女儿都在房间里看书。偶尔出来一下，便是与我分享探讨书里的内容。

我问她没买很多新衣服后悔不，她说，一件都不买我都不后悔，又学着大人说话：“那些都是身外之物！”

好吧，你最好记住今天的豪言壮语，并坚持践行之。

（写于2015年端午节次日）

及笄之年润雨轩

时间过得很快，转眼间，2016 年的农历，又到了春天最后一个节气：谷雨。我一直非常喜欢二十四节气的名字，都在实用中，散发着浪漫主义色彩。谷雨便是这其中最好听的名字。

谷雨，谷得雨而生。我的女儿，你恰恰好，出生在这一天，因而我将你的名字，加上了雨字，是谷雨的雨哦。

不知不觉，这个名字，以及这个名字的主人，已经十五年了。

十五岁的你，脸上的青春痘开始消退，两颊的婴儿肥也慢慢收起，露出下巴的轮廓。身体已经成了大人的样子，比我还稍许高些。你的睫毛依然很长，微微往上弯着。我至今还常想起你刚出生时，因为睫毛太长而倒窝进眼里，难受地不断眨眼的样子。

十五岁的你，虽然没能名列前茅，成为"别人家的孩子"，但是你学习很勤奋，很努力。早上从不赖床，自己定闹钟自己起床。上学总是喜欢早走一会，羞于迟到。我的记忆里，你从没有不完成作业过。你因为感冒而请假不上课，小学时一次，中学时一次。这两次还是我强留你在家的，倔强的你从小就不好意思请假。所有教过你的老师，都夸你乖巧可爱。这是我最为自豪的地方。

十五岁的你，近期有些挑食。这在以前是没有的现象，这需要我在厨艺上更加努力。你爸爸批评你挑食，我却护着。我小时候挑食比你厉害得多，任性得多，你姥娘总是很耐心，记着我们姐妹不吃什么，爱吃什么，长大后我们并没有因为挑食留下什么毛病，反而回忆起这一段妈妈的爱，会倍觉温馨。

十五岁的你，开始爱美。虽然性格上还是大大咧咧，却开始注重自己的仪表，开始对我的护肤品感兴趣。要知道，去年的你，还是连"香香"都不抹，洗把脸就行的样子。亲爱的孩子，我为你的成长感到高兴。

十五岁的你，因为一直跟着我过苦日子，所以很会节约。在你同学都用苹果 6S 的时代，你从不埋怨你还没有手机。在你同学一双鞋一两千块的时代，我们给你买一双一百块的鞋，你都不舍得。你把午餐费剩的零钱，细细收在钱包里，从不乱花。你这种节约现象，网上有文章曾经批判当父母的不是，说是会影响孩子的光明前途。我为此惶恐不安好久，孩子，不知道我是否影响到你？或许，让你大手大脚花钱更是明智？

十五岁的你，即将初中毕业，迎来人生第一次大考——中考。我们甚至比你还要紧张，在你面前尽量压制情绪。而今天，我只想说，只要你竭尽全力，不管考上什么高中，或者根本考不上高中，我们也不会怪你。只要你真切地努力过，全力以赴地去复习，心情放松地去考试，相信你也无悔于自己的这段青春岁月。

十五岁的你，青春期安然度过。这期间，你会有时闹点小脾气，但大部分的时间，还是与以前一样。喜欢和爸爸妈妈沟通，搂着脖子撒娇。没有发生我听说过的并为之担心的许多现象，比方说任性，偏执，不与父母沟通乃至吵架，早恋，甚至离家出走。这一点，我要谢谢你孩子，你用一贯的文静温顺，省了父母不少心。

十五岁的你，花一样的年纪！爸爸妈妈会一直陪着你，爱着你。

祝你生日快乐！

（写于2016年春）

女儿，我给你买了比萨

昨晚，我站在你放学必经的街口，怀里抱着刚买的比萨。比萨还是热的，我用外套紧紧捂着，尽力保持着温度。我怕你也许回来晚了，比萨凉了，口味会变差。与我一起站在街口的，还有你的爸爸。我们俩都是刚刚下班，还没有回家。

下雨了，我们没拿伞，藏在树下。我说在小区门口等你就行，爸爸非要来街角。他说你从这里把车子给我们，然后再去辅导班，比从家里去少走 200 米路。

不一会，你骑着自行车，来到我们身边。雨水淋湿了头发，你用手整理了一下，欢喜地看着比萨。你撒娇地，将书包扔给爸爸。爸爸帮你推着车，背着你书包样子滑稽极了。

今早，我给你梳头发。你看着我睡眼惺忪，于是说，妈妈，高中我住校吧，那样你和爸爸就不用早起了。可是孩子，就算是早起，我们也是愿意的。假如你考上高中的话，再累，不就还有三年的时间吗？我们总不能跟到大学去吧。

那么也就是说，你与爸妈持续朝夕相处的日子，也就有三年时间了。你要是再住校，我们就剩可怜的两个多月了。爸妈就是想照顾你，想早起晚睡，也找不回这时光了。

这两个月，你学习很努力。其实你不必太拼了。我早就说过，重点高中与否，我并不太在意。你名列前茅与否，我也不在乎。我从来没有要求你像别人的孩子那样出类拔萃，鹤立鸡群。我只要每天你高高兴兴上学去，平平安安放学回家，大口大口吃我准备好的晚餐，认认真真完成作业。每天健健康康的，快快乐乐的。

尽管你没有超于常人的才华，也从没让我去家长会上露露脸讲讲话。尽管你经常忘记洗自己的臭袜子，梳头弄在洗手台上的头发也经常忘记清理。尽管你书桌上成天乱七八糟，被子也团成一个疙瘩，尽管你的校服经常被甩在沙发上，我整理好的书橱也被你拿得凌乱了。尽管你吃剩的东西，会毫不客气地扔给爸爸……

但是我却从不嫌烦，帮你清理，还要让你姥姥误会我娇惯你。我心里却知道，这段时光的陪伴，也是一去而不复返。我知道，我终将会回忆并想念这些看起来烦的日子，与其这样，不如珍惜当下，珍惜这些琐碎的有点烦的所有。

我有一个同事，他的女儿非常优秀，就是"别人家的孩子"的现实版。小学初中高中，一路都是带着光环度过的。到了大学，自然更是优秀，后来出国留学了。她父母应该是所有人羡慕的对象吧。然而我却从没在她爸爸脸上看见过骄傲以及开心的笑容，以至于他人到中年，又生了一个孩子。他解释说，第一，是太寂寞，第二，是怕老了，身边连个孩子都没有。

可是，他明明有个很争气的女儿啊。

他苦笑笑："一般不想说。这个女儿，自从去了法国，好几年了，只回来过一次。进门后，连我们的拥抱都没接受，就说去倒时差睡觉去了。好不容易等她醒来，满桌子菜都热了两回了，我们满脸堆笑地喊她吃饭，她却说和同学约好了。回来几天都是和同学在玩，没有顾及我们，只有一个独生女儿的我们，好几年没见过女儿的我们，是什么样的感受……”

说着，他一个堂堂男子汉，流下泪来。

我于是感到非常悲凉。当时你还小，我拥着小小的你，流着泪暗暗发誓，决不让你远走。而今你马上就升入高中，又跟我说起住校的事情，能不让我惶恐？高中你就住校，然后就是大学？工作？成家？那我与你朝夕相处的时间岂不愈加短暂？

我常常担忧地想：到那时候，只有我和你爸爸在家，我们吃些什么？你不在家，看不见你大口大口吃饭，吃什么又能有什么意思？我俩能聊些什么？

我想，无非是不断回味咀嚼你从出生开始，每一阶段的成长过程罢了。

我们会一起回忆，襁褓里的你，蹒跚学步的你，跳拉丁舞的你，跳现代舞的你，换上小学校服的你，初中时剪了齐刘海和齐耳短发的你……

生病时不想打针吃药的你，喜欢噘嘴生气的你，有点成绩就回来翘尾巴的你，成绩下降也不会哭鼻子的你。青春期性格有时沉闷，有时话痨的你，不知为何就闹点小脾气的你，那个初三就不喜欢吃鸡蛋的你，那个喜欢吃各种辣的你，那个吃西瓜只吃挨着皮的部分的你……

所以，你要是想吃什么，我就给你买什么。就连那个我一贯看不上眼，贵得要命，馅在外面没有包进去的那种外国馅饼，只要你说，我都会给你买的。

我知道，随着你慢慢长大，我们与你朝夕相处的日子，越来越少了。

父母的爱，都说是无私的，但我却表现得非常自私，自私的不知道怎样疼你，才能让自己的爱，表达得完整。

（写于 2016 年春）

优秀的孩子，不仅仅是成绩

结束了高中的军训，宝贝回家休整。

她爸爸把她接回来的时候，我还在上班。爸爸高兴地去超市，买鸡鱼肉蛋，买牛奶买饮料，就像迎接久别重逢的亲人一样，实际上，我们昨天刚刚去学校看过她。

下了班，我飞快地骑车，比平时要快很多。太想宝贝了！虽然昨天在学校见过，但是毕竟匆匆忙忙，未及拥抱亲热，一诉衷肠。

回到家时，宝贝正在床上躺着休息，拿着她的手机看QQ空间，与同学聊天。学校里是不准带手机的，所以宝贝急切地看同学们的动态，以及群里的消息。是啊，初中三年，一夕分别，然后分别投入各自新的学校，新的学习生活，想了解一下彼此的信息，也是非常正常的。

这个晒黑的孩子躲闪我的拥抱，调皮地说："妈妈，你太腻乎了！"我说："难道，你不想我了吗？"我故意做欲哭状。宝贝故意说："不想你！"然后张开双臂紧紧与我拥抱，脸贴在我的耳边。

短暂的亲热后，我不能停息。换下连衣裙和高跟鞋，穿上家居服，我用手指头捏着那一周没洗的校服，捂着鼻子，扔在水盆里。宝贝说，妈妈，你亲自给我洗衣服吗？我说那怎么办？爸爸在给你做好吃的，衣服不得我洗嘛！

宝贝赶紧说，那样的话，我还有许多……

盆里放进洗衣液，兑好水——也不知道程序对不对啊，好久不洗衣服，放进校服，旋即变黑！将衣服拧出来，再用洗衣皂细细搓了，折腾出一身汗，总算搞定。

饭桌上，宝贝不停说，还是家里的床好，还是家里的卫生间好，还是家里的饭好！洗个热水澡，真好！经过好几天的住校，我现在觉得，家，真好！宝贝不停感叹，我在一边微笑。

这与刚去住校的她截然不同。那时候她好像挺爱住校啊，食堂里琳琅满目，喜欢的酸辣粉、重庆小面什么的都应有尽有的。短暂的新鲜过去，还是觉得家庭的舒适、温馨、方便。

轩不停与我分享在学校里的感受与见闻，就像在初中时，叽叽喳喳的模样。述说着作为"舍长"操碎的那一地的心。

然后又略带醋意地说，你们俩在家咋样？就知道过二人世界！我说哪有，我们一直在想你，食不下咽的。

哈哈。

相见的喧闹就此作罢，必要的总结还是要有的。

首先，我非常欣慰，宝贝经过酷热中的军训，不仅没有"累坏了累死了"的沮丧，没有别的孩子对军训的吐槽和抱怨，反而是精神焕发的模样。她对此次军训生活的总结，重点放在了班歌的选择、训练，以及她作为一个专业学习音乐五年的角度，对担任指挥的同学进行的教学和指导，以及她自己作为领唱的心得。回到家来，便要我用钢笔给她抄写"倔强"的歌词，可能是暗暗准备着下次的比赛吧。

其次，同样是第一次离家的孩子，宝贝勇敢担当了"舍长"。这并不是什么成绩与能力的体现，却关乎一个宿舍孩子的用水用电、生活细节、内务整理。真真滴像宝贝说的那样，操心啊。宝贝固然也没有经验，却出示了自己的能力与勇敢。

最后，饭卡里经过一周的使用，只用去了80元，手里的现金也剩了很多。我去过她们食堂，里面的价格并不便宜，一周时间每天不到20元，宝贝定然是故意节约了。因为她不经意间说，同学们都喜欢去超市买饮料，我却不去，不健康还贵。有意识的节约并不是因为生活困难，我们虽然不是大富之家，一个孩子的衣食费用还是没有问题的，宝贝这样做，只能说明她长大懂事了。

入校一周，能有如此三点的收获，作为家长，我应该感到满足。今天同事小妹说为何我在微信朋友圈从未抱怨过孩子难管，苦恼。我这样回复：因为我的孩子，从出生开始，一直是懂事而优秀的，我找不到吐槽她，批评她的任何理由。

因为天下的孩子都是优秀的，如果他们表现出恶劣，请家长首先检讨自己。

我说的优秀，不仅仅是成绩。

（写于2016年夏）

写在女儿上高中前夜

从来没想过有一天，我会变成一个高中生的妈妈，很成熟很有阅历，生活中不慌不忙。

可我，明明不是这样啊，我到现在，仿佛还没长大的感觉，很多世故人情，自己完全不能处理。很多场合里，别人的眼神语气，我都看不懂听不懂，经常闹笑话。

这样的一个我，成了高中生的妈妈。明天我要送她去学校，但愿我不要在众多的家长里，显得过于慌乱，就像冒名顶替的一样。

我经常恍惚，不能相信自己竟然把一个奶娃娃，养成这么大，养成一个比我还高，亭亭玉立的她。我甚至不能在脑中重叠，幼时的小宝和现在的她。我跟她说，我仿佛有两个女儿啊，小时候的你和现在的你，变化太大，我突然觉得无法消化。

她总说，妈妈，我还是我啊，只是长大了。

这几天，她一直在收拾行李。虽然与即将上的学校只有一河之隔的距离，她仍然坚持去住校。青春期渴望自由的心思显露无遗，我理解并不揭穿她。

她从幼儿园起就自己收拾书包，这次的行囊，更是自己一手整理。说是一种独立，其实也是她的个性使然，不喜欢别人包括父母，入侵她的小天地。

我也乐得清闲，本来我也是嫌麻烦的那种妈妈。

但是需要什么，还是得我替她想，生活的经验我还是多过她哦。没有买到小瓶的洗衣液、沐浴露等，就用平日里攒下的可爱的小塑料瓶替代，酸奶瓶或者小苏打水瓶。她开玩笑说，我一定要好好记住，箱子里的饮料都不能喝，哈哈，说着自己笑了起来。我又给她装了半块青松肥皂，这样的肥皂估计很多孩子都不认识，她也是。问：装这个干嘛，不是有舒肤佳了吗？我说这个洗内衣，是最好的。我以为她会反对，没想到她并没有反驳，直接纳入箱里。

所有的内衣袜子，洗漱用品，我都给她买了新的。在买这些的时候，我心里不由想起我当年上学时住校时候的困窘，简直是天壤之别啊，不能提起，提起就伤感，说起来必得一把鼻涕一把泪啊。

今晚我又加急给她买了军训用的白色运动鞋，她说不用啊，有一个白色的了。我说那个是内增高的，鞋底太厚太沉，不适合军训跑步。她说妈妈，家里都是鞋了啊，太多了。也是啊，为了中考买了一双，又说颜色不合适，于是又买一双。后来又买几双帆布的，一个暑假穿着游玩。后来接到学校短信通知，要准备白色的球鞋。本来打算用已有的凑合一下，已经与她达成协议，可我又觉得不合适，又买。女儿长大后，我突然舍得花钱了。在她身上，总是想尽力给她最好的。

我与老公其实一直很惶惶然。多年来，生活似乎一直围着女儿转。突然她出去住校，我们很多天前就担忧两个人的无聊情境。孩子不在家，我们该说些什么？都说二人世界好，于我们，却是要重新开始适应的。不用为孩子服务，不用为孩子烦劳，我们竟不知道自己该做什么。

然而这只是一个开始。三年高中，四年大学。她都不能天天回家，从一周一次，到……大学时一学期一次吧。然后，她工作结婚，就有了自己的家。我们的家，成了她的娘家，我们，从她最亲近的人，成为之一。

想想，我就害怕。

想想，就觉得牵挂。

然而担忧，却解决不了什么。

安睡吧，明早去送她，从此扬帆，征战天涯。

（写于 2016 年夏）

升入高中，开启新征程

女儿的高中生涯，开始了！

我和她爸陪她一起走进校园。原本的，我打算送到门口，就去上班，高中了嘛，总要学着自力更生的。可到了以后发现，这根本行不通。

一千多个学生加上家长，人山人海里，孩子怎么拖着行李去按照报到流程一路走呢？何况，偌大的校园，对她来讲又是那么陌生。

学校里为了欢迎新同学，摆了很长的红毯，红毯两边是假花做的两排花树，还有高二年级的孩子们，作为志愿者，为新生和家长服务。门口的报到指南，以及分部分班的表格，都做得很完善。我们仨随着人群，一路到了女儿的新教室楼下，他们爷俩上去办手续，我在楼下看行李。

等待的过程中，恰巧遇到了女儿小学同学母女俩。这对关系不错的小伙伴，虽然没有分到一个班级，却分在一个分部，在一个楼里。

因为都是新生的家长，而且都在看行李，我对旁边一位男家长的问询，没有拒绝，反而攀谈起来。也是有缘，后来分宿舍的时候，发现他的女儿与我的女儿不仅在一个班级，且还在一个宿舍里。手续办理要排队,楼下的我们经历着漫长的等待,太阳的炙烤把看行李的家长们都逼到了树荫里。领取了宿舍用品之后,我拖着行李与那爷俩会合,来到宿舍。

宿舍不大,有卫生间,有阳台,只是住八个人,稍显拥挤。大家都在铺床,有的是孩子和家长一起,有的则是家长代劳。女儿全部自己弄,只让我们帮她递东西。最后挂蚊帐的时候,爸爸上去帮了忙。女儿看我光站着,就开玩笑说,妈妈你来干嘛的?

我说我看你能不能自理啊,这很重要的。

千算万算,还是落了一些小东西。不过没关系,楼后就是小卖部,暖壶直接买了,在家拿也没得拿,家里已经好久不用暖壶了。至于衣架等这些不够用的,明天再送来即可。收拾好宿舍,锁好橱子,我们到了餐厅买饭卡,又去教室领了水卡。为了让女儿熟悉餐厅,我们还陪她吃了一顿学校里的午餐。现在的学校,餐厅饭菜样式五花八门,就像一个小吃街,可以随意选择。我们仨都吃了盒饭,而后把女儿送到宿舍休息,我们俩才依依不舍离开了学校,这时候,整整一个上午过去了。

女儿就读的中学,是本市的重点中学之一,能考进来的孩子,学习成绩都是还算不错的。女儿刚刚够了分数线,我们欢欣雀跃,着实兴奋了一阵子。送孩子的家长们,有着不同的面容和衣着,有着不同的表情和眼神。但是,与我小时候对父母的印象对比,现在的父母,脸上少了很多艰辛。门外几百台导致道路拥堵的汽车,孩子们崭新的行李箱,宿舍里刚刚摆上的生活用品,都足以证明这一点。

但也有例外。

因为穿着高跟鞋太累，我坐在餐厅门前的凉亭休息。旁边的一家人，从刚刚划入兰山区的远郊而来（这个学校只招收兰山区的学生），一家人正在商量着孩子一月一回家的事情。父母满脸的沟壑，与周围的家长形成鲜明的对比，幼小的弟弟，在校园里跑跳着玩。虽然同样在行政上属于兰山区，但他们却有几十公里的路程，孩子回家需要辗转乘坐公交车，一周一回家显然是行不通的。那女孩很听话懂事的样子，却也露出对即将分别一月的父母的留恋之情，以及对环境的陌生感。

我看着心中一阵难过。与他们相比，我家距学校，只算是咫尺。尽管这样，我从很早就开始难过女儿住校的事实。到现在，心里还有莫名的慌乱。何况他们，近百里路，一个月之久。

与女儿分别回家时，路过学校的操场，看到已经摆好了军训开始的仪式。下午两点时，女儿就会站在这里，和同学们一起，领到自己的军训服，明天起开始军训。

晚上下班回到家，我们俩连做饭都没有情绪。孩子不在家，凑和吃点吧。择菜的时候，我说，咱俩可不能吵架，吵起来，连个劝架的都没有啊。晚餐后一起听了音乐，不大会就关掉了。随后又觉得无趣，关掉音乐，收拾房间。不到一百平方米的房间里，显得空荡荡的，只有他在收拾房间，我在打字的声音。要是女儿在家，这时候会有弹琴的声音，会有一家人说话的声音，会有爷俩意见不合时，闹矛盾的声音，或者她写作业我们去调整姿势时，她不乐意地小声嘟囔。倒不是我们俩已经无话可说，只是突然家里没有了孩子，我们还不适应而已。

在同学群里发感慨，很多人都安慰我。孩子终究是要走出家门的，这一天既然来临，我们就祝福她尽快适应。相信她，很快就会适应过来的。

入睡前，我还在想：这个时间，孩子应该已经睡了吧，新的环境里，她睡得好吗？

（写于 2016 年夏）

我与女儿的离情别绪

中午，女儿收拾书包，要返校了。我说宝贝，抱一下吧，又是一周不见。女儿说，不抱，你看你腻歪的！说完，背上书包，笑着跟爸爸出了门。

女儿上高中两个月了，我仍无法习惯。小学时，虽然中午在学屋里托管照看，但晚上，我总在下班后去接她，她坐在我自行车后座，小小的胳膊搂着我的腰，路上遇见好吃的，我就会停下车，买来递到她的小手里，推着她慢慢走，她吃的满手满脸，我包里要准备很多纸巾，方便给她擦拭。娘俩一边走一边吃一边拉呱⋯⋯

一周五天，天天如此。小学六年，周而复始。

那时候不觉得，现在回忆起来，这段时间多么珍贵多么快乐！没有初中升高中、高中升大学的压力，除了她喜欢的钢琴，我也没给她报其他的班，除了写作业，她就是一味地玩耍。其间我引导她读了不少的书籍。所以小学里她成绩虽然始终不被老师待见，却养成了读书的好习惯。娘俩亲密的接触，也培养了深厚的感情，她渐渐长大后，很多悄悄话与我分享，我也会用我所学，尽力补充她的知识。这样亦师亦友的母女关系，曾经让我自得其乐并向朋友炫耀。

她四年级快结束时，面临后两年小升初，成绩不佳的女儿感到了压力，于是我离职一年，专门照顾并专注于她的学习成绩提高，当然这中断了我原本有上升趋势的职业生涯，也让家庭少了一份收入。然而今天看来，这样的付出是很值得的。虽然女儿依旧不是出类拔萃，但终究考上了市里的重点高中，且性格变得开朗，只要努力，考个大学还是有希望的。

初中三年，是三年整的青春期，也是叛逆最最厉害的时候。即便是女儿这样的乖乖女，在情绪以及日常行为中，我也能感受到她的变化。这个时期作为家长，就是四个字："审时度势！"什么情绪下说什么话，不然就适得其反。必须认真倾听她的言语，从中获取她思想的动向，加以引导梳理。

除了这些，就是升学压力。中国教育咱们不方便评论，山东的考试压力是全国都知道的。女儿大姑的孩子户口在新疆，初中三年在山东借读，中考回新疆考。高考，当然也在新疆。这当然是最好的方式，在教育资源高的地方学习，去录取分数低的地方考试！可是，大多数的人，还是要经受最严厉山东之最严厉临沂的中考模式，这三年，对于家长和学生，都是一种考验，也可以说是一种煎熬。

当然，不关心孩子的家长，肯定没有什么感觉。放弃高中的孩子，也不会有这样的压力。这就另当别论了。固然成功的起点绝不在升学这一条路，初中毕业就踏入社会的，或许比任何人都有钱。然而我还是希望女儿多学几年知识，以后踏入社会，不至于出言粗俗。

盼望着焦虑着，考高中这一关算是过去了。

那天我去熟食店买东西，店老板也是熟识的。问我，你咋买熟食不做饭呢？我说孩子总不在家，没心情啊。店老板的是过来人，儿子已经从军。他告诉我，这一次的住校离别，再也没有机会像小时候那样，天天在家里住了。

一时间我惊愕不已。他给我分析：高中不在家里住，难道大学会吗？大学毕业后工作，也不常见啊！以后嫁了人，更加……

天呢，你别说了！我打断他。我有些惶恐，有些害怕。所以每次闺女回来时，就很想与她亲密一下。然而年少的她，总以为日子还长，时间很多，不予理会。然而作为老母亲的我，却总是有着离情别绪，很是情深意长。（写于 2016 年秋）

十六岁花季

今天是轩十六岁生日。

一直以来，轩的生日我们没有什么庆祝仪式，最多给她买个蛋糕，做个可乐鸡翅或者辣子鸡什么的，一家三口吃个饭，就算过了生日。生日礼物也是洋娃娃或者几本书而已。这与她同学有豪华礼物，包场开 party 的生日仪式来讲，实在是寒酸得很。

原本今年，我想出点血，好好地给轩过个生日，最起码也要买一个让她难忘的礼物。可是她回来后，将我抽奖的一套《大家小书》要去，作为我送给她的生日礼物，又让她爸爸给她买个蛋糕送到学校与同学分享，这个生日，就算过完了。

而我今天，原本打算亲自看着蛋糕做完，亲手给送到学校去……然而，蛋糕都到了学校，我还在加班，连蛋糕啥样，都没看见。这放在之前，我肯定焦躁烦心，抱怨不已。

现在我不。

虽然我在轩生日的今天，迫切想亲自为孩子买蛋糕，但因为工作，八点多还没回家。回家后，还有一些紧急的工作要做……累吗？烦吗？嗯。那又怎样？

这一切只能说明，轩的 16 岁生日这天，我就是应该这么充实地度过。

轩的生日，寒酸是寒酸了些……因为别的店提拉米苏太贵，于是还去了相熟的那家，我们家的生日蛋糕都是在那里订的，挺好看挺好吃，轩看着照片亲自定的款式，她也嫌提拉米苏贵（穷人的孩子早当家，也不错）。

轩又从学校里打电话来，说让爸爸给下载鹿晗的照片，帮她发个QQ说说"生日快乐，好巧，我也是。"因为鹿晗和她生日是一天。爸爸却下载了《平凡的世界》、路遥的照片……这是有代沟的节奏吗？爸爸混淆了鹿晗和路遥，这个笑话，估计会成为我们家经常提起的笑话……

我给重新下载并发布了说说。其实我很庆幸，我能帮孩子做这一件小事，却不能忽视。学校里不让孩子拿手机，家里也不让玩，但孩子不想与同学们，不想与时代脱节，让爸爸妈妈帮助她偶尔进行网上交流，也未尝不可啊。这也是与孩子沟通的一种方式，也是孩子对家长的信任，毕竟，她把QQ密码给了爸爸妈妈。

在宝贝16岁生日的时候，我不能免俗地回忆起她成长中的点点滴滴。每每想起，每每感叹时光，也感谢时光。女儿从小就体恤我一力承担照顾她的不易，乖得很，从来没有现在我见过的那些孩子的调皮，从不疯跑，从不被老师投诉，从不在公共场所耍赖，逼迫大人答应她索要的东西。

她没有弟弟妹妹，却最会看孩子。我妹妹家她的浩南表弟小的时候，着实调皮，却最听她的话，即便带着我朋友的孩子玩，即便只比人家大两岁，也是摆着姐姐的范儿。

前些日子轩曾经跟我要过弟弟妹妹，说最好是个弟弟，她一定会好好教他，我答应她，只要她学习好，考虑考虑。

唉，这个孩子，就是学习不怎么样。需要变着花样激励，这回，连赌都打上了。我赌输了怎么办？真要生一个小孩给她玩？但愿她会忘记这件事吧。

夜深了，亲爱的孩子，你在学校，我在家里。

蛋糕一定在教室里分享完毕了，此刻的你一定进入梦乡。

忙完了手头的工作，写完了这篇日志，我也要休息。

明天太阳升起的时候，你开始你的学习，我开始我的工作。

一切如常。

不同的是，你过了16岁的生日，又长大了一些。暑假后，你将进入高二，2019年，你将迎来人生最重要的一次大考——高考。而这两年，我和你爸爸将要面临人生最集中，也是最身不由己的焦虑。不希望你长大，也不希望自己变老的我，却希望这几年快快过去。这是所有中国家长和学生相爱相杀的日子，我希望我们，只爱，不杀。

16岁花季，是人生最美的时刻。

生日快乐，我的宝贝。

（写于2017年春）

青春期，最需要父母的陪伴

某日，老公在厨房做饭，我心血来潮去帮忙收拾已经刷好的碗筷。突然，两个杯子从操作台滑落，在地上碎得很均匀。

女儿听见声音，从房间里跑来，直面批评："妈妈，你能不能不去厨房捣乱？就剩这两个喝饮料的杯子了，你又摔了。"

老公说，没事没事，碎碎平安。

我自知理亏，一声不吭，被老公搡开，他要收拾玻璃碴子了。

昨天，我们要煮毛豆。为了入味更深，我要把毛豆剪开一个小口，邀女儿来帮忙。剪着剪着，我又被批评了："妈妈，你别弄了，太慢了。"的确，别看小女孩平时不怎么干活，但是很会干呢，拿着剪子，上下翻飞的，果然比我快许多。

几天内，我连遭女儿批评。很明显，我虽然被批评，心里却是很高兴的。我由衷地感到：女儿长大了，真的长大了，她批评我的样子，俨然是个小大人了。

深夜，她还在看书做题。我说反正是在暑假里，不用搞得这么紧张。她摇摇头说，妈妈，时间真的不够用，刚接触高中的课程，我觉得有点难，我要仔细思考一下，弄懂它。她最近与我交流，常说：我一想到在学习上的进步，就觉得很快乐。

小学时，她需要催促才去写作业；初中时，她需要督促才慢慢进步。仅仅过了一个中考，她就长大了这么多：就能明白学习是自己的事情，而且知道学习的快乐，还知道自己找学习方法……变化之快，令我不太能适应。

按照心理学的说法，强烈的求知欲是孩子想通过学习成绩来证明自己，这是孩子自尊心的表现，家长应该无条件给予支持。

女儿愈加不喜欢被说教，恰好我也不喜欢说教。但老公却总觉得孩子小不懂事，需要耳提面命，所以女儿有时候会有些小情绪。

青春期的孩子，即便是再懂事，受身体变化等等原因，也会有一些叛逆的行为举止。我个人的经验是，不与之计较，让她发泄一下。大人的情绪，也会有需要发泄的时候，何况是这样一个特殊时期的孩子？

女儿近期喜欢和好朋友一起出去，书店或者其他地方。对于她的单独出行，其实我心里是有点担心的。但细想一下，十五六岁的大孩子，哪能天天关在家里？她已经不是那个时刻需要父母牵领的孩子，她终究是要走出去，独自一人在这世界上行走，我们能呵护她到几时？

孩子有了独立意识，做父母的应该高兴才是啊。

经常看到新闻上，有孩子离家出走的消息。以前总是觉得孩子不懂事，现在经过了教育女儿的过程，明白了很多。孩子之所以出走，原因是很多的。青春期的孩子，自主意识增强了，自我意识感和自尊心也强了。他希望被尊重，被理解，被认可，被肯定；他需要心理支持，情感安慰；需要一个民主，平等，宽容的家庭环境来容纳他的成长。简单粗暴的家长作风式的教育，只能让孩子的心离你的心越来越远。还好我们与女儿一直保持着密切的沟通，没有发生过激烈的争吵，很大的分歧，平常有些小意见，很快也就过去了。

就像这次"刘海"事件吧。女儿初中时学校规定，必须留刘海，齐耳短发。于是女儿漂亮的马尾被剪断，光洁的额头被遮盖。好不容易到了高中，我的意思是，把刘海趁着暑假留起来，以后恢复马尾。女儿可能是习惯了有刘海的样子，不太同意的我建议。在协商的时候，她提出了诸如眉型不好看等理由。如此好几天，最终沟通了一个好的方案：修眉。当发卡把刘海高高覆上去，我的女儿又露出了光洁的额头，恢复了漂亮的样子。她揽镜自照，好像也很满意。问题解决的时间虽然有点长，可还算圆满。

有时候我提起前一天不太愉快的事情，女儿就会说妈妈你还记着呢，我都忘了啊。也好，记不住不愉快的事情，心灵就有更大空间容纳快乐的事情，这是人生最健康的状态。

关于青春期孩子的教育，作家们或者教育家们都有很多好的文章给出建议。网络上也有各种热文，让人不知该如何是好。

但是每一个家庭是不一样的，每一个孩子也是不同的。没有任何一种教育模式可以像一个框子一样，将孩子塑造成我们喜欢的模样，即使有，我们也不能那样做。孩子都成了一个

样子，不管多优秀，世界的未来都会很惨。所以，教育还是要
"因人而异"。但不管怎样的教育理论，都不会离开两个字：
沟通。我与女儿之间关系相处的法宝，恰恰是沟通。

不过我想提醒的是，一时一事的沟通，是急功近利而效
果不好的，孩子要的是，从小到大一直的陪伴和沟通。做到了
这一点，孩子的青春期症状最少要减少一半以上，孩子的教育
问题也要同步减少。

可惜的是，有很多人因为很多原因，不能做到这一点。

（写于 2017 年秋）

我们终将怀念孩子青春期的麻烦

原本也没什么时间看电视，趁着国庆假期，粗略将电视剧《好先生》看完。我一直喜欢的孙红雷，没有《二炮手》里搞笑，可爱的关晓彤，依旧延续了自己的风格，就在我以为全程无亮点的时候，却在看到那个得了老年痴呆症的老太太犯病的情节时，突然泪奔。

老太太的犯糊涂时，儿子大海停留在十五岁的时候。看不到儿子时，她去技校门口等他，儿子在家时，把任何人都能当成家访的老师，一边招待老师，一边嗔怪儿子。儿子学习不好，就强迫孙红雷假冒的这个儿子背课文，儿子爱吃韭菜馅饺子，就每天不厌其烦包韭菜饺子。迷蒙中，老太太见到所谓的老师和校长，都是恭恭敬敬，这些恭敬背后都是为了儿子，因为十五岁青春期的儿子，经常调皮惹事。

每每遇到这个剧情，自诩泪点极高的我，都四处找纸巾，涕泪满面不能示人。

十五岁，正是青春期，正是孩子最不省事的年龄啊。可正是因为这些不省事，家长与孩子有了比小学时更多的交流，更多地了解了孩子。也正是这个档口，孩子面临高中以及大学，住校或者不住校，繁忙的学业都让父母感觉孩子离自己渐行渐远，再往后，就是人家成家立业，从此再也没有小时候搂搂抱抱，承欢膝下的时光。

今晚我刚刚给女儿改了一篇作文。这篇题目为"行走者"的散文，被她的语文老师打了"B"。她愤愤不平来找我，我一看便怦然欣喜：我的孩子，思想终于不拘囿在命题作文和应试作文的框框里，虽然文字还显得幼稚，但在思想上的确是一大飞跃。语文老师的褒贬可以暂时放在一边，因为那对于成长来说，次要的不能再次要。

这篇《行走者》，我用了一个多小时将它修改完毕，修改的过程中，我更深度了解了孩子，这是一种只能意会不能言传的了解，是母亲和女儿之间的心灵交流。此时，我不仅仅要保障她的吃穿用度，更重要是她摇摆不定青春期的性格，还有她终将成熟的心灵。修改这篇文章，不是为了参加什么奖项，仅仅作为母女之间重要的交流工具，这篇1500字的文章已经华丽完成快乐自己的使命。

除了这篇文章，这个时段的孩子也是麻烦得出人意料。爱美了开始挑衣服，买个书还按照书单，丝毫不能出错，否则就产生嘟嘴等不高兴反应。去学校接她，得"穿得板正的"……各种跑腿各种花钱。

这还只是乖乖女，换上调皮捣蛋的男孩，父母的麻烦还要增加几个级别。

然而作为父母的我们从不厌倦，也不应该厌倦。因为再麻烦再讨厌，也只是这几年而已。就像《好先生》里面的老太太一样，失去了儿子，就活在自己编织的梦里，儿子调皮，儿子麻烦，却终究还是想着儿子那一段最麻烦的时光。

她心里肯定想：多想回到这麻烦的时光，重新收拾这小倒霉孩子。

可是，永远不会再来了。

我知道，过去这个高中，再过去那个未知的大学或许还要继续深造的几年，我的孩子就二十多岁，长大到我几乎陌生的模样。现在回到家，还喊着妈妈抱抱，虽然她已经是大人的骨骼，我不能再全部拥她入怀，只能做个友情拥抱，却仍能感觉她的依恋，她长满青春痘的脸，贴着我的脸颊，腻着我的脸。我仍然能体会自己作为母亲，胸怀的博大，力量的完整。

明年呢？三年后呢？网上都说，中学时，家是周末和寒假暑假，上了大学，家就只是寒假和暑假，而等结了婚，家对于孩子来讲，就是春节。这样看来，我们与孩子相处的时间实在是不多。正是因为不多，所以要倍加珍惜。父母做的一切，都是为了孩子的幸福，所谓"可怜天下父母心"则是对天下父母爱子之心的高度总结。孩子明天的幸福与顺利，起源于今天甚至更早的教育，包括学习成绩、性格塑造、思想品德等，这也是大多数母亲焦虑半生的主要原因。初生的孩子都是完美的，却在我们手中性格各异，查漏补缺于是成了母亲的日常工作，焦虑症的源头就在这里，从不改变。

纵然这样的麻烦，我却可以笃定，多年后，你仍然会怀念这段时光，这段最麻烦的时光，这段一去不复返的时光。（写于 2018 年秋）

不管专科本科，都是最好的安排

女儿是个细心的孩子，喜欢把自己学习和生活过程中，她认为值得纪念的物件珍藏起来。这不，高考后又在收拾："妈妈，我在收拾东西呢，发现两张字写得特别好的作文，帮我珍藏起来！""好的宝贝。嗳？不是你写得啊！""是的，是我从同学很多试卷中挑选的！他们写得真好。"

我的宝贝……心理可真强大。

"妈妈，还有我这些年的成绩排名表，也存起来吧。"我默默地没说话，心想：孩子，你留着这些干啥，从小学到高中，你都籍籍无名，未曾名列前茅，有时候还很差……

女儿的心理素质，一直很强大。她努力学习，但学习成绩始终处于不高不低的水平，但从不气馁，也很少为了成绩好或者不好而情绪波动。高考水平发挥失常，距离平日成绩有着很大的距离，但是也没有常见的高考失利后的情绪失控，虽然她看起来有些不愉快，但努力在放松，调整自己。

经过了好几天的随意生活：打游戏，睡懒觉，看电视，与同学聊天逛街看电影……看似随意，实际她有自己的打算。正如她在自己公众号里写的：日子看似闲散，实则忙碌，毕业之后，回家看看长辈，做不是很远的未来规划，和朋友小聚，有一次长途旅行，看几本书，读写英文，音乐，很多事围绕着……是的，她已经定了旅行日期，回来后就是艰苦的学车。所有的一切，都是为了未来在储备。

今天，女儿在我们一家三口群里发信息，说要去买菜做饭。我很感动，却一点都不意外。中考结束时，她就做过饭，而且是很复杂的烙饼、炒菜。仿佛她有做饭的天赋，不需要怎么教，而且我从来都告诉她，不需要百巧万能什么都会，做饭够自己吃就好。不需要用什么"贤惠"取悦任何人。但是，如果是因为爱家人，则另当别论。

女儿说，我知道，但是我就想给爸爸妈妈做饭，心中带着爱做的饭，一定是最香的。所以她每次出手，都看似普通，而别出心裁。晚餐过半，她又跟我要玩具："太空泥"。这是小孩子玩的啊！可是宝贝很自信，把她做的手工拿出来：妈妈，这是我做的，很多同学都跟我要，都要跟我买呢！也许，我能靠这手艺吃饭呢。我一看，果然栩栩如生。指甲大的小动物，有鼻子有眼的，还怪好看。但是，靠这手艺吃饭，怕会饿着……

心理强大是优点还是狂妄？唉，顺其自然吧？那就给这个快二十岁的孩子买点太空泥吧。

虽然因为高考失利，我们照顾女儿的情绪，但高考志愿的问题，是怎么都绕不过去的。虽然还在等分数，但根据一贯的成绩，我们已经做好心理准备，开始查询能上贯通制的学校。我们一家三口在客观讨论，没有什么忌讳，心态都很平和：正确对待分数，即使考不好，也要寻找继续学习之路。

我每天催促她码字：你可是市作协会员，你不可荒废了！

写作没有别的捷径可走，只有写，你才会写！她总是答应着。今天她问我，妈妈，我可以写小说吗？不想每天写日记一样的感想。妈妈，我已经拟好了提纲，人物，故事情节等都写好很久了，只是前期没时间写。那就写吧。好的，我再琢磨一下。

今晚她还在收拾高中生活的所有东西。这个节约的孩子，所有东西都没扔，甚至已经不保温的暖壶，剩了一点的肥皂等。刚刚拿来一摞本子，跟我说这是未曾用完的作业本，平时我们在家写字玩可以用：妈妈，不是我小气，这是环保！这是节约，这是美德！

面对一个心理强大，快乐面对生活的孩子，做父母的，不管遇到什么样的事情，即使是"改变命运"的高考失利，也都应该释然。上本科也罢，上专科也罢，我们一家都相信，一切都是最好的安排。

人生或许有无数个可能，但我相信，一个身上始终温暖有光的孩子，会带着自己独有的幸运，一路顺遂。我们做父母的，不必担忧，唯有祝福。

（写于 2019 年夏）

无须刻意锻炼，孩子自会成长

离开闺女的校园，重新上了高速。看到导航上显示：剩余 252 公里。这个里程，今天我们往返一次，那天她爹刚独自往返一次，而余下几年里，还要往返许多次。我要尽量不睡觉，完成我此行的最终任务：不让独自开车的她爹过于孤单。于是我打开了电脑，敲一点文字。

今年的国庆假期，是闺女上大学后的第一个假期。我们原本商量好要锻炼她自己坐车，仔细告诉她怎么去车站，怎么买票，注意事项等等。她爹却在最后一刻反悔，义无反顾驱车上路，又带着闺女连夜赶回来。我其实也很不放心。

要是乘火车还好一点，长途大巴车拥挤难受，从未自己出门的孩子，带着手机和电脑，以及其他许多东西，实在是多有不便。而今再父母一路送回学校，很多人都会说，溺爱。以及孩子不锻炼没有自理能力等。

但是，朋友圈另外一种声音更多：事情到了自己身上才知道，什么锻炼孩子，就是想去接送！感谢同龄人的理解。不管别人怎么说吧，我们按照自己的方式生活。

做父母的心，无论是任何年代，都没有变过。只是囿于条件，表达的方式不同而已。

现在想起来，我小的时候外出求学工作，妈妈流泪目送很久，爸爸站在村口一直看。他们若是有现在这样的条件，没有其他孩子需要照顾，肯定不会让我孤孤单单自己走。尽管那样，妈妈还是忍着坐车晕车等不适，送了我好几回，中间还独自坐车给我送东西。为了保险，妈妈将所有的东西打在两个自己缝的布包里，用粗布条拴起来，搭在自己肩上……就在昨天，闺女那八十多岁的奶奶还一再嘱咐：把孩子送去哈，别让她自己坐车，不放心。

现在想来，古代那位拉着闺女脚痛哭并天天祷告闺女出嫁不要再回来的"赵太后"，要是有现在这样的便利交通和通信设施，也不会以那种形式"为之计深远"。

对于我这样的接近"80后"的父母来讲，遵从自己内心，表达自己的疼爱，是最舒服的状态。我没有办法在有条件的情况下，控制自己不去接送，而让闺女看着别人都是父母接送，爱意融融，而自己却要"孤单"地拉着大包小包辗转乘车，美其名曰：锻炼。我相信，那一刻对于她来讲，绝对不是锻炼，而是伤害，是"没有关心没有爱"的伤害。这对于初次远离父母的她，记忆将非常深刻。

话说，孩子的教育，绝不是一朝一夕，拘于一种形式。从小的思想、性格塑造，自理能力的锻炼，早就定型，我们此刻所谓的"溺爱"，只是在她直面社会时，温暖地护送。她自己深深地明白，此后，自己就是大人了。昨天还与闺女说起这个话题。闺女说，我觉得我现在就已经独立生活了，就像在社会上一样。

我说，还远着呢。你们现在只是自己洗衣服，整理床铺什么的，独立的最重要的标志是经济独立。换句话说，首先要自己工作挣钱，养活自己，才算是开始独立。在工作的过程中，要独立与人交流，面对工作压力，领导和同事的各种复杂关系等等。

她若有所思，我点到为止。道理说得再多，也不如让她自己去经历一次。而这些经历，将在不远的将来，如期而至。作为父母，我们唯有倾注所有爱，与她渐行渐远，目送她走向自己人生的征程。

车上颠簸摇晃，我内心起伏不定，唯有键盘敲击、倾诉。

（写于 2019 年秋）

不久的将来，我们会怀念
这个超长的假期

2020 年公历年初，正是农历己亥年的年末。农历的春节，即将到来。正当大家欢天喜地迎新年的时候，突如其来的疫情，打乱了所有人的生活。

小区封闭，村庄封闭。道路封闭。商场停业，企业停产。世界仿佛静止。上班的不能上，上学的要暂缓。有人急躁，有人被孩子闹得崩溃，疫情下的生活，完全乱了节奏。

很幸运，这个超长的假期里，我的孩子已经不是那需要监督帮助的小学生，也不是亟待中考高考的毕业生，作为大一的学生，虽然也上网课，写作业，老师连麦，回答问题……非常繁忙，但她一切都能自理，虽然有时候也会让我们帮忙，但终究我们自身水平有限，又因为原来的知识结构与现在的高校课程差得远，所以只能完全放手，没有太多焦虑。

这个超长的假期，虽然有疫情之虞，却非常难得。这个单纯地与孩子相处时光，真的难得而奢侈。

她小的时候，我们在一穷二白中漫长的攒房子首付，还贷款……那是一段异常艰苦的日子，虽然每天都带着她，却无暇也无心情"相处"，累到无力，喂饱她，哄睡她，给她提供衣食住行已经非常累……这个孩子，跟我过了太多苦日子，水果吃特价的，衣服都是路边摊，幼儿园也是私人创办，价格极低的……

再大一点，家里没人照顾她，她不只幼儿园时跟着我上班，跟着我招待应酬。我仍旧记得，她乖乖地待在办公室一角，不哭不闹自己玩，晚上招待客户吃饭时，给她弄点饭菜，她就乖乖地趴在旁边小椅子上，把自己吃得饱饱的。她跟着我上班，风里雨里，雪里滑倒，被摔在地上，咕咚咕咚甩出好几米……

我每次说这些的时候，总是紧紧搂着孩子，表达自己的歉意。这孩子总是说，我不记得啊，我只知道，一直跟妈妈在一起，妈妈给我买好吃的，陪着我玩。爸爸会做我喜欢吃的辣子鸡，很多同学都羡慕我，有这么好的爸妈。

我说，看看，你这孩子，只记得好事。

闺女说，我生命里只有好事啊，特别幸福。

她上初中的时候，跟我说过很多她们班富二代的事情。他们挥金如土，动不动就请全班吃冰激凌。他们吃穿讲究，一双鞋就得好几百上千……他们拿的手机，都是最新款的苹果……

我当时特别羞愧，跟她说咱们暂时做不到这些。

闺女却说，我不是羡慕他们，我觉得他们有些可怜。

为什么呢？

闺女说，他们很少见到父母，最多就是一周一次啊！多可怜。他们学习不好，老师找家长，都没人来。我当时感动地流下泪水，我没有什么好的言传身教，她却成长得这么好，上天对我，真的很好。

她上高中的时候，离家不远，却坚持住校。虽然学习不怎么拔尖，却得到老师和学校很多嘉许。班主任说，她晨读来得最早，从不捣乱。老师们说，她上课最认真，背诵，回答问题最棒。修于内，秀于外。成绩只是一部分。作为家长，我一直这样认为。后来她不幸折戟高考，我们一家，虽然遗憾，仍旧从容处之。我告诉她，只要心中有理想，坚持毕生学习和追求，人生一定会圆满。

在疫情期间，这个孩子仍旧快乐，坚持学习，早起晚睡配合学校网课，虽然没考上"985""211"，她仍旧不断探索前路，苦学技术，致力考取各种资格证……上进的孩子，总是让人欣慰。

最为难能可贵的是，她已经长大，会审时度势，除了学习，更加拓宽学习角度，课余时间苦练写作，在文学网站发表连载各种体裁文章，又因为2019年获得临沂中小学作文大赛一等奖而加入临沂市作家协会。

这个孩子，在这个超长假期里，依旧安静学习读书，学校要求写作的疫情作业，都会跟我们沟通，然后写作完善。高数作业，她通常喊着理科出身的爸爸一起攻克，历史和语文，依旧是与我沟通。

在这个空前绝后的假期里，所有的家长都经历了一场劫数。谁都知道，那陪伴小孩子写作业的鸡飞狗跳，那面对青春期孩子的崩溃无助……作为一个过来人的家长，我有很多话想说，又觉得没有资格说。我觉得，一个没有出培养重点大学孩子的家长，有什么资格分享教育经验呢？但我仍旧弱弱地说，孩子不必追求人中龙凤，因为概率太低，只要他们能踏实工作，为国家和社会做贡献，就是好孩子，就是国家的建设者。

至于女孩呢，不必多么漂亮，只要打扮干净利索，自力更生，学习上进，在社会上稳扎稳打，自尊自立，就是优秀的女孩。

余生很长，但孩子终将高飞，离我们远去。或者，再没有这样每天相对，纯粹一家人相处的日子，不必上班上学，不必商务应酬，不必走亲戚，不必朋友相聚……这样"被迫"待在家里，互相照顾与关心，一起照着网上教程做美食，也会因为玩手机而发生争执……

疫情终将过去，盛世依旧繁华。经此一疫，我们的人生观和世界观、价值观都产生了翻天覆地的变化，这段时光，因为疫情而起，也因为国家的强盛，疫情的快速控制而永远成为过去式。

那么，这不复再来的时光，值得永远怀念。

（写于 2020 年春）

你不必取悦任何人

网络的发达，让全球信息共享。世界另一端发生的事情，瞬间可见。这不，偶尔在网络看到一篇文章，说的是一个外国父亲，在网上晒出自己十九岁女儿的房间，房间很乱，这位父亲吐槽了女儿。文章下面的评论很多，大家都纷纷晒出自己孩子的房间，有的更乱，有的则很整洁，有的孩子甚至比自己的父母都整洁。

一个母亲的留言引起了我的注意：我闺女的房间就是一个字乱，急死我了，这要嫁出去怎么能伺候好公婆丈夫，照顾一个家呀［流泪］……

我是一般不回复或评论网络上的文章的，但这个我有点忍不住了，回复道："这位母亲，你思想不对啊！凭什么嫁出去就得照顾全家！为啥要在潜意识里给女儿灌输'结婚后必须承担全部家务，伺候全家人'的思想！"

我们的女儿嫁出去，为什么不能是被照顾被疼爱？为什么不是全家和睦共处？而是要充当家庭的保姆？要是嫁出去受这样的罪，为啥要选择这个家庭来嫁？

这让我想起了那天与一个朋友聊天，她夸我自己会做包子，真贤惠，你老公娶了你真有福。说实话，她说的话没有什么错，但我内心里不喜欢别人对我冠以"贤惠"这个词。我当即回复她：因为喜欢才做，不为取悦任何人，更不能冒领贤惠之名。

"不取悦任何人"这句话，她听了很有感触。她说自己刚刚结婚，从结婚开始，所有人都暗示甚至明示她：你得负责做饭，得负责收拾家，你得伺候公婆、丈夫。所以她才对我的包子感兴趣，问我如何发面，如何调馅等等。因为她要努力学习，以满足婆家的要求。

我问她工作吗？她说有工作。

那么也就是说，这个女子工作一天后回到家里，还要靠承揽全部家务去取悦全家人？说实话，女性因为身体结构本身就处于弱势，一天工作后会更加劳累，凭什么，还得去做饭洗衣伺候别人？你嫁人，难道不是因为追求幸福？你嫁的那个人，不是因为爱你才娶你？既然爱你，怎么舍得你这么累？

我认为，家务活最起码应该是全家人一起做！

她说她的父母，从来没有说过这些。她的母亲用身体力行给她的教育就是，女的嫁了人，就得做贤妻良母。

这种教育，是极其可怕的，以后引发的后果，绝不是做家务而已。女的该做家务，该生孩子，生了孩子该自己不眠不休地照顾……一点做不好，就是不贤惠、不称职。要是没有工作，那就是不挣钱，靠老公养家，就更得伺候他。要是有工作，还得承担工作上的劳累和压力。不保养自己，就成了黄脸婆，给了丈夫出轨和嫌弃的借口。要是保养打扮，又被诟病不过日子，乱花钱。有那些钱，还不如给孩子老人买点有用的。

生了女儿，还想要个儿子，生了儿子，又想女儿。公婆和丈夫的美好期望，你要去完成。更有甚者，在二十一世纪的今天，还是不生儿子不罢休，让你一个一个地生……

嫁了人，就得……应该……

这样的魔咒，一步步将自己打入深渊，还让人感觉一切都是应该的。

回到最初"房间乱"的问题。我曾经跟女儿谈过整理房间的事情，问她为啥不想叠被子，整理书桌。她说是故意的。在学校住校，要求很严格，她们把宿舍都整理得很好，女儿还是舍长，要对全宿舍的卫生情况负责。可以说，她很会整理房间。但是那样的要求，也让青春期的孩子感受到很大的约束，所以闺女说，在家里感觉乱一点很轻松，很舒服。

我就由着她，用这种方式宣泄情绪。宣泄完毕，她自己就开始收拾整理，归纳分类。这个整理收拾，不是因为我的督促，而是因为她也觉得房间干净利落，会让人更加舒服。

我没有跟她说"一屋不扫何以扫天下"，也没有用家长的威严要求她。我一直告诉她：做好自己。

做好自己的内容很多。比方说好好学习，为了以后工作更加顺遂；比方说会做点饭，让自己不至于依赖外卖，吃得安全健康；比方说将自己的房间收拾利索，让自己住得舒服些；比方说修炼品德不断进步，让自己拥有高贵自由的灵魂；比方说，以后要努力奋斗，让自己有独立的经济……

唯独没有对她说，要贤惠，要做个好媳妇……因为一个优秀的女性，找一个灵魂与生活的伴侣，一定会相知相爱，美满幸福。但不要为了所谓"美满"，刻意为之，委屈自己。

开学季：春雨蒙蒙赴征程

春雨蒙蒙，轻雾层层。汽车在路上飞驰，车窗外的田野和村庄里，仍有春雪残留，点点散落。车内的暖风开得很足，我在后排开着电脑写东西，前排爷俩一边听音乐，一边聊天。因为闺女刚刚拿了驾照，所以聊天的内容多是驾驶和路标等内容，老父亲语重心长地一再灌输安全驾驶的知识给他闺女，尽管这个新手除了驾考，一次也没摸过车，仍旧跟她爹聊得热乎。

又是一年开学季。去年的这个时候，全国都还在居家隔离中，孩子们没有开学，度过了一个前无古人后无来者的超长假期。突如其来的灾难让大人和孩子都经历了很多，也通过超长的居家生活，意外收获了很多，思考了很多。

父母之爱子，则为之计深远。从出生就期许，一路爱护，各种金钱和精力的加持，其间的辛苦自不必说，最后的结果却千差万别。多少父母曾经清华北大的愿望，变成了考上大学就行；多少父母曾经出人头地的祝福，变成了平安快乐就好。我也曾经对闺女有过这样那样的愿景，但面对事实与理想的差距，谁都无能为力，此刻，我只希望闺女能好好学习，毕业后能自食其力。

养个孩子不易。

　　喂饱、穿暖、养大都不容易，但最不容易的，还是跟进心理成长和学业进步。上小学辅导作业的崩溃，中学时面对她青春期的无奈，中考高考的焦虑……等上了大学，又牵挂她在外不适，谈恋爱又恐她遇人不淑，毕业了又焦虑工作和婚姻……

　　我时常羡慕孩子多又养得好的家庭，从而自责自己的无能。每天在看似轻松的状态下，思绪万千，一团乱麻。好在，她爹承担了大部分的责任；好在，孩子已经长大了。

　　新学期的课表已经发到手机上，闺女给我们絮叨着课程的繁重和外业课的种种。在学校餐厅一起吃过饭，我们开车返程。闺女则要去领课本，开始新学期的学习。

　　古人说，好事尽从难处得，少年无向易中轻。一路走来，家乡辛苦，孩子也不易。虽无寒窗之难，却有苦读之累。但是，要想实现梦想，有所作为，大学里更要多多汲取知识，为自己的人生储备更多力量。

　　少年辛苦终身事，莫向光阴惰寸功。正值韶华，切莫轻负。今日春雨微润，开启新的征程。

　　（写于 2021 年 2 月）

感受回归初心的温暖

——读阿莲《岁月有痕》

□李恩维

生活，总是共时于当下、过去和未来三个维度，走过的路，经历的日子，常常隐秘地参与现实生活。回味生活的背影，淘洗时光里的质感，浮现某些细节或画面，是人生之所需，也是散文写作的重要选项之一。

暮春时节，读了阿莲散文集《岁月有痕》，使我在当前浮躁文苑中看到了一片新绿。《岁月有痕》分"恩重如山""似水流年""劝世微言""柴米夫妻""岁月有痕"几个章节，收入了阿莲十几年间写的散文、随笔等，读之让人感到一种回归初心的温暖。阿莲散文捡拾和打磨那些有意味的岁月印痕和生活碎片，寻找生活本身的存在价值和书写意义，实在是难能可贵。在五个章节的作品中，不难发现，她都是触景生情，殚精竭虑，用心良苦制作。这些作品拒绝无病呻吟，篇篇有感而发，乃是作者的心海浪花。

说起来，我认识的阿莲是一个风风火火的女子，作为一名新闻媒体人，她总是在外采访，而在家里相夫教女的时候很少。按说那么多的采访、写稿任务，难得让她静下心来写一些新闻之外的东西。但是阿莲做到了，想不到，阿莲看上去娇弱的身子骨，却蕴含这么强大的能量，忙碌之中腾出时间梳理生活与人生的感悟，新闻与文学两手兼之，并且都有不俗的成绩，这洋洋洒洒的几十篇文字就是例证。

一篇好的散文，都是用情感的泥土把一个又一个细节的砖瓦砌起来的。细节犹如散文的骨头，让过往的回忆与庸常的生活有了热情和体温。阿莲一直在追求散文的有情书写，在散淡之中营建共情。"恩重如山"中的作品，我读过之后，感动最多，感受最深的，是她的那些由家常小事状写父母、婆婆、姥娘，以过往家事抒写亲情的篇什。她在看似随意的叙事中却常有令人感佩的细节，在看似寻常的感怀中辄见撞人心扉的情愫。在人的情感世界中，最柔软的是亲情，最坚固的也是亲情，这一切，阿莲的笔下文字都表现得淋漓尽致，表达得无以复加。《妈妈的好时代》《我的父亲》等部分篇什，是阿莲散文集里撩人的亮点所在。阿莲心思缜密，笔法细密，母亲与父亲、婆婆、姥娘的形象、性格以及挚爱下辈的至深情感，都由一个个小小的细节表现得栩栩如生又纤细无遗。这些文字，完全是真情流露，没有任何雕琢的痕迹，更看不到刻意为之的东西。所叙述的场景，表达和赞美的人际关系，情感世界，温暖、平和、安详，这是一种回归初心的温暖。

我一直觉得文学创作，既跟审美的感觉是否灵敏有关，也跟人生的阅历是否丰富有关。阿莲两者都兼而备之，而且卓

有自己的特点。丰富的生活阅历，成为她的写作资源。对日常
生活的真情观照，则让他回到生活内部去感知。抚摸生活的纹
理，吹皱记忆的水面，在饱含深情又从容叙述中追求自己的文
学气质。一回眸的印象，一瞬间的感念，经她细活细作之后，
读来就让人过目难忘，耿耿于怀。在"似水流年"章节，阿莲
成为一个活力四射、胸襟开阔的歌者，留下女性作家观察生活
的细腻和入微。这些文字读来清新自然、激情满满，让读者如
临其境。《凤仙花》《干豆角》《暮雨漫步洗砚池街》《梨未
开，柏正浓》《对土地的依恋》《六月六晒龙衣》等等，作者
那支纤巧生花、心思细腻的妙笔，以写景见长，在她的笔下，
景物似乎都有了灵气，精美绝伦、美不胜收，还有的就是对一
座城市景物的描述，抒发其热爱之情，生动感人。如《暮雨漫
步洗砚池街》在作者娓娓道来的叙述中，让我们感受到了一座
城市浓郁的文化氛围，好像走入其中，陶醉其中，让人流连忘
返。比如《对土地的依恋》一文所写"毕竟是从农村出来的孩
子，看见黄色的土，茁壮地长，绿色的翠，就心痒得不行。也
算是进城工作和生活了，总是在城里找不到任何的归属感，反
而是每次回娘家，总要赖着妈妈一起到园里走走，菜园，我们
那里简称为"园"，我总是喜欢在园里，一屁股坐在地上，回
忆起从小到大的很多事情，找到家的感觉。"这样的描述，让
人感同身受，对家乡的热爱之情油然而生。

　　在"劝世微言"章节，阿莲用无数个发生在身边的实例
感触，成就了其丰富的内心世界。阿莲长期从事新闻工作，对
于世事有着高度的敏感。然而，非常可贵的是，她写散文没有

跟风追潮地钟情于所谓的宏大叙事、宏大描写，而是将笔触伸向生活中的一朵浪花，一缕涟漪，缘事而发，引出对世事的感悟与思考。《除了二孩，我还有很多事要做》《面对孩子，请慎用小偷二字》《你记住，出去别让人家说你没爹娘管教》等等篇什，作者不是超尘脱俗的化外之人，她也必须面对人类一切的生活的各种层面，阿莲以智慧表现自己对世界的认知，对人性的认知，她运笔如风，娓娓而谈，带着她独有的观察视角，执着在浑浊中扬清，捍卫自我的内心，触摸生活的肌理，留意细节，不避矛盾，建构自己的观点，给人以警醒或教育。作品深邃尖锐，直抵事物的本质。文章既有生动的事实，又有生动的议论，更能发人深思。而且能引人入胜。文章字里行间所闪烁的理性之光，反映出作家那种不同于通常散文写作者的新闻敏锐，这些家庭或社会问题引发的作者关注，将所思所感写出来，其实是承担了一个作家的重大责任与使命。

在"柴米夫妻"章节，字里行间，我看到了一种叫幸福的东西，那么质朴，那么实在。一切随缘，任性自由，简单。珠光宝气，醉生梦死，不是作者想要的生活。在孜孜不倦地追求中，她寻求着一种不知名的诗意人生。平凡的故事同样也可以充满力量，柴米夫妻，他们相知相许，在苦旅中相濡以沫。酱米油盐醋，点横撇捺竖，他们的生活平凡而又充满诗意。如《人海茫茫，你是全部》一文，让人感叹一个平凡的家庭相敬以沫的温馨场景。"二十多年，你成了我的左手，我成了你的右臂，我们成为中年人的模样，却藏着孩子般的幼稚，藏着内心最初的美好和希冀你和我在彼此眼里，还是做出的可爱和帅气。"把爱写成了一首首优美的诗篇，在心底不停地轻唱。彼此的信任，彼此的欣赏，举案齐眉，如此幸福的家庭令人羡慕。

而"岁月有痕"章节中的篇目，则是过多地展示了作者对女儿的爱，那些常常被人们忽略的小小片段，那些常常被人们忘记的母爱，都被细心的作者捡拾起来，细心打磨，成为不可多得的饱满文字，或叙述女儿的成长经历，或娓娓道来的做母亲的体会，传递美好，传播做人之道。如《豆蔻年华谷雨生》《及笄之年润雨轩》等等篇什，叙述了作者女儿的成长过程，一个母亲对孩子的爱，良苦用心，无微不至。作者把女儿的这些成长经历当作珍珠，用爱之线串起，让平凡的往事，闪烁着母爱的光辉。清新活泼的文字，贴近心灵深处的表达，真实与随性，细腻与生动，使得这部分文字颇具魅力，读来感同身受，甚至能与她产生共鸣。

阿莲的写作既没有临空高蹈的哲思迷悟，也没有壮怀激烈的宏大叙事，紧贴生活时态、抒写人间真情，朴实、真挚。将"品味"还原于平实的细节和场景之中，进行原生性叙述，将写作者的身份转换成引导者，以文字的方式引导读者进入生活现场，直观和感受生活，这是阿莲的《岁月有痕》这部散文集值得人们关注的理由所在，值得人们看重的价值所在。当然，我们要期待，期待阿莲在文字上的更加成熟。期待她潜下去，静下来，把这本书的出版作为又一个新的起点，继续追梦，继续对生活饱含激情，写出更多更好的文字。

朴素耐品，接地气，字里行间有人间烟火，有对生活的热爱，有对世相观察后的思考，有对女儿成长历程的盘点，这是我对阿莲散文集的整体印象。我有理由相信，只要阿莲坚持追梦，不忘初心，像一位精明的厨师一样，精心料理自己的生活，用心培育自己的文字，适时给时光加点盐、加以作料，在今后的某一天，她定会成长为一位出色的作家。让我们拭目以待！

（李恩维，山东临沂作协网络创作委员会副主任，临沂在线青藤文学网副总编辑，兰山区作协理事，河东区作协副主席。保持原生态写作几十年，书写农田伦理与人间草木，在《人民日报》《山东文学》《时代文学》《天池小小说》《意林》《读者》《佛山文艺》《文汇报》《牡丹》《石油文学》等多家报刊发表文学作品若干，其作品多次被收入《齐鲁文学年展》等，荣获2020年兰山区義之文艺奖文学类二等奖等奖项。）